上海校园文化传承创新发展行动计划—中国风丛书出版项目资助

中国风

CHINA WIND

Jiangnan
Culture

江南文化

主编 刘士林 洛秦

诗性江南的道与怀

姜晓云 著

上海音乐学院出版社

西洲在何处，两桨桥头渡。

想好好地做一点江南的书，这个愿望实在是不算短了。

每登清凉山，临紫霞湖，看梅花山的灿烂云锦，听秦淮河的市井喧阗，这种想法就会更加难以抑制……更不要说在扬州瘦西湖看船娘腰肢轻摇起满湖涟漪、在苏州的网师园听艺人朱唇轻吐"月落乌啼霜满天"，以及在杭州的断桥边遥想许多已风流云散的"三生石上旧精魂"了。这是一片特别容易招惹起闲情、逸致甚至是几分荒凉心的土地，随便一处破败不堪的庭院，也许就是旧时钟鸣鼎食的王谢之家，而山头上一座很不起眼的小小坟茔，也许深埋的就是曾惊天动地的一泓碧血……而在江南生活的所有诗性细节之中，最令人消受不起的当然要算是还乡感了。特别是在明月之夜、风雨之夕的时候，偶尔走进一个陌生的水乡小镇，它一定会勾起那种"少小离家老大回"的人生沧桑。在这种心情和景物的诱惑下，一个旅人会很容易陷入一种美丽的幻觉中，搞不清楚此时此刻的他和刚才还在红尘中劳心苦形的那个自我，谁的存在更真实一些，谁的音容笑貌更亲切温柔一些……

然而，毕竟是青山遮不住逝水，一如江南佳丽总是难免于"一朝春残红颜老"的命运，像这样的一种诗性江南在滚滚红尘中的花果飘零，也仿佛是在前生就已签下的悲哀契约。而对于那些生逢其时的匆匆过客们，那交集的百感也不是诗人一句"欲说还休"就可以了断的。一方面是"夜深还过女墙来"的旧时明月，另一方面却是"重过阊门万事非"的江边看月之人；一方面是街头桂花的叫卖声、桂花酒酿的梆子声声声依旧，另一方面却是少年时代的长干、横塘和南浦却早已不可复闻；一方面是黄梅时节的细雨、青草池塘的蛙鼓依然如约而来，另一方面却是采莲、浣纱和晴耕雨读的人们早已"不知何处去"；一方面是在春秋时序中的莼菜、鲈鱼、荸荠和茨菰仍会历历在目，另一方面在夕阳之后却再也没有了夜唱蔡中郎的嗓音嘶哑的说书艺人，还有那良辰美景中的旧时院落，风雨黄昏中的客舟孤侣，浅斟低唱的小红与萧娘，春天郊原上的颜色与深秋庭院中的画烛，以及在江南大地上所有曾鲜活过的一切有声、有形、有色、有味的事物。如果它们的存在不能上升到永恒，那么还有什么东西更值得世人保存呢？对于这个世界上存在的万物来说，还是苏东坡的《前赤壁赋》说得好："盖将自其变者而观之，则天地曾不能以一瞬；自其不变者而观之，则物与我皆无尽也。"而对于一切已经丧失物质躯壳的往昔事物，它们的存在和澄明当然只能依靠语言和声音来维系。用一种现代性的中国话语去建构一个有生命的古典人文江南，就是勉励我们策划"江南话语"并将之付诸实践的最高理念和实践力量。就像东山魁夷在大自然中写生时的情况一样，漫步在美丽的江南大地上，我们也总是会听到一种"快把我表现出来"的悲哀请求。而有时这种柔弱的请求会严厉得如同一道至高无上的命令，这正是我们必须放弃许多其他事务而首先做这样一件事情的根源。

记得黑格尔曾说古希腊是"整个欧洲人的精神家园"，而美丽的江南无疑可以看作中华民族灵魂的乡关。尽管正在人们注目中的这个湿润世界，已经更多地被归入历史的和怀旧的对象，但由于说话人本身是活的、正在呼吸着的生命，因而在他们的叙事中也会有一种在其他话语空间中不易见到的现代人文意义。让江南永远是她自身，让江南在话语之中穿越时光和空间，成为中华民族生活中一个永恒的精神家园，这就是《江南话语》希望达到的目标和坚持不懈的人文理想。

2003年7月7日于南京白云园

目 录

内容提要

　　读点书，喝点酒，弄点风花雪月，不失为一份雅事，但在诗性的江南，这却成了一种流俗。江南是一个充满诗性精神的所在，倒映在江河湖海之中的，是妩媚的青山，是缤纷的花树，是低回的明月和清风，是杏花春雨下轻轻摇动的舳舻；生长在这片温软土地之上的，有莼鱼稻香，有诗酒和似水流年，有自由如风的快乐岁月，还有空灵玄虚的思想，足以让你游目骋怀，在品味四时别样的佳兴的同时，更有一层精神上的顿悟和心灵上的超脱。本书的作者长期旅居在江南，读书时有所思，生活中有所感，并在精神上对江南文化中自然澄明的诗性哲学有着深切的皈依。本书的文章篇幅上有长短，内容上有浅深，形式上也多样，总而言之是自然为之，是对诗性江南澄怀观道的一种结果，可以一观。

前言

　　江南是一个充满诗性精神的所在。倒映在江河湖海之中的，是妩媚的青山，是缤纷的花树，低回的明月和清风，是杏花春雨下轻轻摇动的舳舻；生长在这片温软土地之上的，有莼鱼稻香，有诗酒和似水流年，有自由如风的快乐岁月，还有空灵玄虚的思想。徜徉在这四季别样的水光山色里，江南的读书人除了吟啸欣赏与冥会玄思，似乎很少再去进行繁复的理论的追问，而特别讲究顿悟与超脱。江南人秉持的这种生命精神和生活态度，诚如孙绰所云："恣语乐以终日，等寂默于不言；浑万象以冥观，兀同体于自然。"

　　处在这样的境遇中，江南文化中占主导地位的思想，绝不是西方物、我两分的认识论（真），也不是儒家身、心两分的道德论（善），当然也不是现代心、脑两分的审美论（美），而是"不知己之是己，不见物之为物"、以"质有而趣灵"的方式存在的诗性智慧。由于诗性智慧的非对象化的特点，江南文化思想的内核是不可言说、只能静观的，这集中体现在江南的自然天道、玄学、南禅、心学、诗学等思想资源中；也由于诗性智慧的整体思维的特点，江南的文化思想总是与日常人生紧密地结合在一起，表现的是在日常生活中完成人生的升华。扎根在江南民间的这种诗性智慧基础之上的，就是江南文化中呈现出来的诗性哲学。

　　宗白华认为："中国自六朝以来，艺术的理想境界却是'澄怀观道'，在拈花微笑里领悟色相中微妙至深的禅境。"澄怀观道作为江南诗性哲学的最高境界，同时也是进入这种境界的根本方法。澄怀观道是自六朝以来在体味江南山水的审美活动中产生与形成的，当然，经过如此"玄览"之后的江南山水也显得更加明丽动人。受此影响，生长其中的江南学人既喜爱精神上的"玄思"，也爱好"四时佳兴"，而且往往以"直见本心"的方式行事，言谈之中充满着自然精神，充满着诗性智慧。

　　本书收录的诗文为自己久居江南、沉潜滋味的产物，集中体现了十多年来对诗性江南的诗与思。其中，思想篇、审美篇、读书篇侧重于"思"，体现形式是短论和笔谈；游历篇、闲居篇侧重于"诗"，体现形式是诗歌与随笔。私下认为，体现江南，最好的文体为诗（词、曲），其次为散文，再次为小说，最次为论文。但在诗性的江南，无论是诗还是思，无论是诗还是文，澄怀观之，都是一种生命的自然咏唱，大约每个人都能从中直接体会得到的。

溟涨无端倪，虚舟有超越
——江南思想篇

江南的自然诗性思想

江南文化在中国地域文化中无疑是独树一帜的。它始终标举以自然为中心,以"质有而趣灵"(宗炳《画山水序》)的诗性存在方式,进入中国人的精神版图,影响着中国人的日常审美。它与注重人伦秩序、代表着黄河流域的诸夏文化一起,以南、北文化并立交融的姿态,共同构成了中国传统文化的主体。

宗炳主张"质有而趣灵"的自然诗性

一、自然诗性的起源

史初的江南地区经济地理环境比较特别:"地广人希,饭稻羹鱼,或火耕而水耨,果隋蠃蛤,不待贾而足,地势饶食,无饥馑之患。"(司马迁《史记·货殖列传》)从个体生存的小生态环境来看,这个地区易于为生,以至使人产生了对自然环境的自然顺应感和深度倚赖感,"池塘生春草,园柳变鸣禽"(谢灵运《登池上楼》),自然思想的悄然滋生,应是一件水到渠成的事情。从群体生存的大生态环境来看,江南地区

谢灵运体会到了江南人对自然的深度归依

的文明发展也具有独特的地域特色："山峦阻隔,河川纵横,森林密布,沼泽连绵,人们只能在河谷或湖泊周围的平原上发展自己的文化,自然的障碍将古代的文化分割在一个一个的'文化龛'(cultural niche)中……文化龛之间虽然互相存在影响,但交往上却不如北方平原地区那么方便密切。"(童恩正《中国北方与南方古代文明发展轨迹之异同》)

江南地区独特的自然条件,孕育产生了顺应自然的泛神论思想;生活资料的易得,使伦理的教诲让位于审美的观照;再加上山、水、林、沼的阻隔,族群之间缺少交往与竞争,以家庭为单位的社会长期处在自足封闭、闲暇少争的自然状态之中,文明的发展呈现出"杂花生树"式的自然生发景象,与北方文明"百川东到海"式的"大一统"发展逻辑明显不同。对此,梁启超有着比较与总结:"(南地)气候和,其土地饶,其谋生易,其民族不必惟一身一家之饱暖是忧,故常达观于世界以外。……探玄理,出世界;齐物我,平阶级;轻私爱,厌繁文;明自然,顺本性:此南学之精神也。"这种"南学之精神",与"常务实际,切人事,贵力行,重经验,而修身齐家治国利群之道术,最发达焉"(《清代学术概论》)的"北学之精神",有着显著的差别。

处在这样的经济地理环境中,决定了江南地区占主导地位的思想,绝不是西方物、我两分式的认识论(真),也不是儒家身、心两分式的道德论(善),当然也不是现代心、脑两分式的审美论(美),而是"不知己之是己,不见物之为物"式的"浑万象以冥观,兀同体于自然"(孙绰《游天台山赋》)、以"质有而趣灵"的方式存在的自然诗性智慧。维柯认为,诗性智慧是"世界中最初的智慧","古代人的智慧就是神学诗人们的智慧,神学诗人们无疑就是异教世界的最初的哲人们,又因为一切事物在起源时一定都是粗糙的,因为这一切理由,我们就必须把诗性智慧的起源追溯到一种粗糙的玄学"(《新科学》)。

"诗性智慧不仅是思维方式,更是一种心理功能。"(刘士林《中国诗学原理》)历史上江南地区由于没有食物链断裂("断乳")的危机,文明得以独立自在地发展,思想文化上更多的是对原始诗性智慧的自然延承与发展。因此,不从诗学的角度,是无法把握江南学术文化的本质精神的;不从诗性智慧的角度,是无法把握蕴涵其中的神韵的。由于诗性智慧的非对象化的特点,江南学术文化思想的内核是不消言说、只能静观的,这集中体现在其后的自然天道、玄学、南禅、心学、诗学等江南思想资源中；由于诗性智慧的整体思维的特点，江南学术文化思想与日常人生总是紧密结合在一起的，表现的是在日常生活中完成人生的升华。

二、早期学者的自然诗性风貌

与孔子同时的季札是江南学术人物的先行者，他的身上表现出了与诸夏各学术流派不同的思维向度。首先值得我们注意的就是他的朴素的自然观，以及从中流露出的泛神论思想。《礼记·檀弓下》记载，季札的长子不幸早亡，季札在埋葬他时，"其坎深不至于泉，其敛以时服。"也就是说，墓坑不是很深，还没有挖出地下水；陪葬几乎没有，甚至没有特别添置一件新

始祖延陵季子像

赞曰

泰伯之德肇於先生乗国知恵委蛇而行坐閱春秋幾五之二古之真人有化無茫

季札是江南学人的自然清雅象征

的衣物，在北方看来，这几乎是薄葬，与死者的贵族地位毫不相称。原因何在，季札在唁词中给予说明："骨肉归复于土，命也。若魂则无不之也，无不之也。"视死如归，归于物质，不迷信来世，自然通达，却又相信灵魂不灭，万物有灵，眷念于今生，满怀着深情。其次，就是这种发自内心的自然深情。"延陵季子过徐，徐君好其剑。季子以当使于上国，未之许与。季子使还，徐君已死，季子解剑带其冢树，御者曰：'徐君已死，尚谁为乎？'季子曰：'前已心许之矣，可以徐君死故负吾心乎？'遂带剑于冢树而去。"（王充《论衡》）季子对徐君的这种情感，源于自然本心，跨越了生死的鸿沟，超越了世俗的伦理准则。东晋南朝士人风度实滥觞于此，这是江南学术文化思想里一直蕴藏着的宝贵传承。季札多次礼让王位，甚至弃室而耕、逃离家国；识见高深，兼收并蓄，博学清言；爱慕知识，不事著述，注重内心体验，所有这些，都成为以后江南学者的自然清雅象征。

孙武从齐国来到江南，《孙子兵法》吸收江南自然切用的思想，不迷信鬼神，而是结合江南地形（"不知山林险阻沮泽之形者，不能行军"），以法言兵（将"智"列作为将者的首要条件，把"仁"降至第三），用兵之中极尽

变化之道（"兵无常势，水无常形"）。季札与孙武一文一武，成为江南学术起步阶段相互辉映的双星，成就与影响远远超过了被后世儒家誉为"东南学术之祖"的孔子学生子游。当然，子游"敏于道而不滞于形器"（朱熹语），为人为学也具有鲜明的江南学人特色。

江南学人和江南学术的这种自然诗性思想，与以中原为代表的北方学人和北方学术思想相比，区别是相当明显的。刘师培从地缘方面寻找个中原因："北方之地，土厚水深，民生其间，多尚实际。南方之地，水势浩洋，民生其际，多尚虚无。"（《南北学派不同论》）王国维则从人性方面予以考察："南方人性冷而遁世，北方人性热而入世；南方人善玄想，北方人重实行。"（《屈子文学之精神》）这两位江南著名学者对南北学术的比较，同样可以适用于南北学人。

与以中原为代表的北方学术相比，在江南学术文化发展历程中，你看不到高高在上的圣人圣师，也看不到神圣不可侵犯的思想和经典，却能够看到许多自然通达、博学清言的学者，以及一些怪癖得不合政治时宜、快乐得不近世俗情理之士，他们既喜爱自然诗性的生活，也钟情于自然玄妙的思想，而且往往以"直见本心"的方式行事，著述里充满着自然精神与诗性智慧。

三、自然诗性思想的传承与发展

如前所述，历史上的江南地区由于不存在食物链断裂之类的严重危机，因而也没有经历过因应对严峻挑战而导致的"轴心期"，在学术文化思想上体现更多的是对原始诗性智慧的自然延承与发展。

当饱历乱世的永嘉士族来到江南时，不仅失去了传统的物质、文化根基，甚至已经失去了思想信仰的支撑。但是，无论是抱残守缺的传统儒学，还是"贵无"的新兴玄学，甚至是追求"出世与超脱"的佛学，都在与江南自然诗性思想的风云际会中，找到了新的生发点。江南人的信仰带有明显的泛神论色彩，这种泛神论意识是江南道教产生与传播的思想基础。《历代崇道记》记载："吴主孙权于天台山造桐柏观，命郭玄居之；于富春造崇福观，以奉亲也；建业造兴国观，茅山造景阳观、都造观三十九所，度道士八百人。"随着孙吴集团的信仰与倡导，道教发展由自发转为自觉，并融入了主流意识形态。以葛洪为代表的丹鼎派宣扬服丹成仙，形成了比较完整的神仙理论体系；陆修静吸收儒家礼法，对道教进行改革，促进了道教的官方化，上述这些为抱残守缺的传统儒学派别自然而然地接受江南学术文化思想创造了条件。茅山上清派等道教团体远离政治，隐居山林，探讨玄理，陶弘景更是开创了一代道风，"山中何所有，岭上多白云。只可自怡悦，不堪持赠君"（《诏问山中何所有赋诗以答》），让"贵无"的新兴玄学派别感觉到殊途同归。当然，江南道教作为一种普世的宗教，其信仰对象多是神仙化了的人，且多神论的松散形式，也有利于与追求"出世与超脱"的外来佛学找到共鸣。

"溟涨无端倪，虚舟有超越。"（谢灵运《游赤石进帆海》）由于整个时代失去思想信仰（或曰信仰多元化），也由于江南学术文化自身的包容性，促使道教、玄学、佛学等思想在同一时代中并列局面开始形成，并在共同发展中逐渐远离了具体的世俗，亲近于自然的山水与清虚的玄理，形成了一种新的以"澄怀观道"为中心的诗性哲学。"中国自六朝以来，艺术的理想境界却是'澄怀观道'，在拈花微笑里领悟色相中微妙至深的禅境。"（宗白华《美学散步》）江南的学者、名士们也由西晋末的对伦理政治近乎粗鄙的怪诞，转变为东晋时"居易而以求其志"

"山中宰相"陶弘景　戴敦邦绘

《美学散步》体现了宗白华"澄怀观道"的江南人生哲学

式的"不竞"之风,"玄礼双修"的优雅风度中包含着一种以自然为中心的崭新的诗性文化精神。"从此,中国民族的审美意识才开始获有了一个坚实的主体基础,使过于政治化的中国文明结构中出现了一种来自非功利的审美精神的制约与均衡:一方面有充满现实责任感的齐鲁礼乐来支撑中国民族的现实实践,另一方面由于有了这种可以超越一切现实利害的生命愉快,才使得在前一种生活中必定要异化的生命一次次赎回了它们的自由。"(刘士林《江南轴心期与中国古典美学精神的生成》)

江南学术文化与自然有一种天然的沟通,通常将清虚的玄理寓于日常生活之中,并以此为基础孕育出一种活泼而又空灵的特殊的诗性特质,这在"理"学盛行时期表现得非常明显。在中唐,当意识形态化了的佛教逐渐教条化、世俗化,不仅容纳不了思想者自由思想的空间,而且由复杂的理论和烦琐的修行程序来表达的"佛法"已经成为一种"理障"时,来自江南地区、强调"得自然智慧"(李华《润州鹤林寺故径山大师碑铭》)、主张"无心合道"的牛头禅的出现,促使了中华禅的形成。在晚明,当"存天理,灭人欲"的程朱理学逐渐意识形态化、已经桎梏了新兴的市民思想时,王阳

径山大师法融强调"得自然智慧"

明从人的直觉本心出发,强调"致良知",要求道德自觉,突显主体精神。当然,江南学术文化的这些新发展,与江南日常生活的审美化密切相关。随着江南地区物质生活的日益改善和书院教育的快速发展,包括许多普通民众在内的江南人对精神生活不断萌发新的追求,市民文学、古玩收藏、藏书、出版、园林艺术、饮食、娱乐等与日常生活相关的文化应运而生,同时也为诸多学人获得了不依赖于政治的存在,山明水秀的江南也为他们提供了一个展示的舞台,因此,包括文学、学术在内的高雅文化如同"旧时王谢堂前燕,飞入寻常百姓家"。哲学与艺术融入日常人生,衍生出许多更加精美的戏曲诗文、小说弹唱,以及工艺器物与园林文化。

"异端"话语与江南
主体精神

战国以后，江南地区曾经长期远离政治统治的中心，"在山泉水清"，学术文化始终保持自然诗性的风貌。同时，江南地区也失去了独立发展的主动权，学术文化发展受到业已跃升为主流意识形态的诸夏儒、法、阴阳等思想的一统专制，因而呈现出一定程度的"异端"色彩。

一、"异端"话语的生成源于对主流意识形态的批判

秦汉大一统后，江南学术文化可谓徘徊在主流意识形态的边缘："太湖流域学术不振于汉王朝，除了政治上

秦汉大一统后的江南徘徊在主流意识形态的边缘。图为汉砖画

复仇，经济上自给自足的原因阻碍学术发展外，太湖学术的原有优势在汉王朝政治生活不能进入主流也是十分关键的。……王朝所崇尚的学术文化是太湖流域原先所缺门类，而太湖流域的本来优势又不得其用，太湖学术在秦汉时期的主流市场上徘徊沉寂就是必然之势了。"（田兆元《秦汉时期太湖与东南地区学术发展趋向研究》）在这样的背景下，以自然诗性为核心理念的江南学术文化思想作为一种异质文化思想，与以诸夏学术文化思想为主体的主流意识形态相比，确实存在着诸多不同的元素，相互之间有着一定的学术思想争端；而且由于两者之间地位上的不对等，江南学术文化还受到主流意识形态的压制，致使江南学术文化思想呈现出一定程度的"异端"色彩。

这种"异端思想"始见于汉大赋。汉大赋的开创者枚乘在《七发》中写"楚太子有疾，而吴客往问之"，讲的是江南文化。"吴客"以赏乐、美食、游览、观涛等七事启发"太子"，不可不谓鞭辟入里，也不可不谓曲折隐晦；其重视自然、享受生活的态度，也真切地反映了江南人的生活观。然而，最值得我们注意的，却是文中所表达的那种源于自然的"万不失一"的生命玄想："将为太子奏方术之士

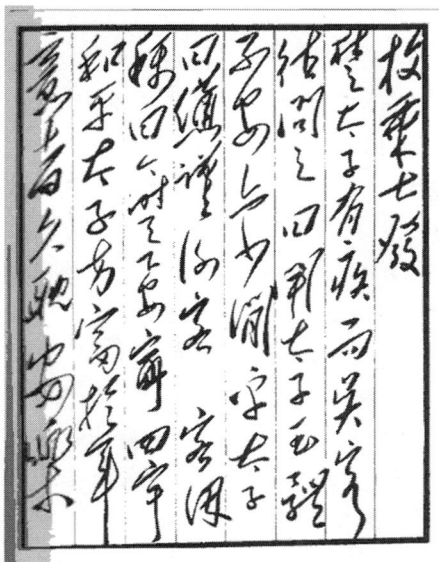

枚乘的思想不同于主流的"罢黜百家，独尊儒术"。图为毛泽东书法《七发》

有资略者，若庄周、魏牟、杨朱、墨翟、便蜎、詹何之论，使之论天下之精微，理万物之是非。孔、老览观，孟子持筹而算之，万不失一。此亦天下要言妙道也。"在这种"万不失一"的生命玄想中，处于当时意识形态中心位置的孔、老、孟，只是"要言妙道"中形而下的一种思想资源；真正可以"论天下之精微，理万物之是非"的形而上的思想，却来自于庄周、杨朱、墨翟等人。这种对待问题、对待生活、对待学问的态度，既体现了江南学术的自然诗性风貌，也呈现出一定程度的"异端"色彩。

到了王充，他本着这种自然天道

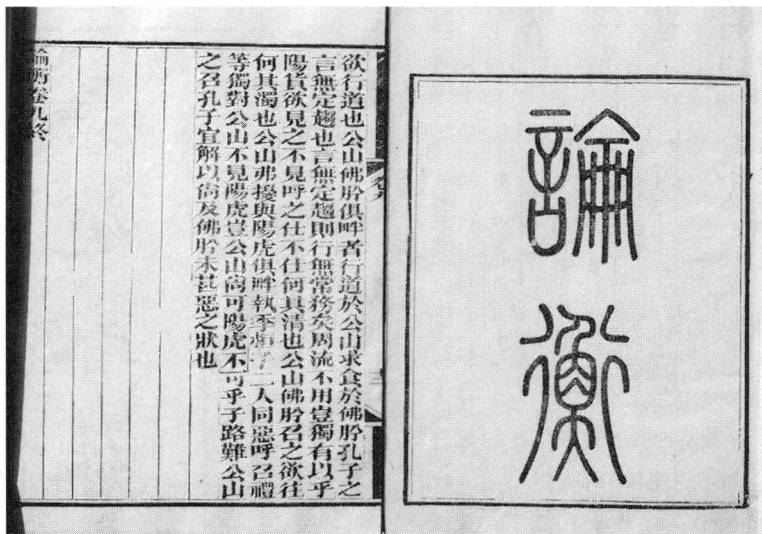

王充在"论衡"中建立了一个完整的"异端"思想体系

观,建立了一个完整的"异端"思想体系。自汉武帝"罢黜百家,独尊儒术"之后,特别是到了东汉时期,神权与政权、学术权合为一体,组成谶纬之学牢笼自由的学术思想。王充以自然澄明的学术态度,对当时盛行的谶纬之学进行批判,不仅"批驳了'天人感应'理论……揭穿了'符瑞'、'谴告'的虚妄性和欺骗性"(《论衡》),还认为"道虚"、"儒增",并"非韩"、"刺孟",甚至对谶纬之学神化了的中心人物——孔子进行了追难:"凡学问之法,不为无才,难于距师,核道实义,证定是非也。问难之道,非必对圣人及生时也。世之解说说人者,非必须圣人教告,乃敢言也。苟有不晓解之问,造难孔子,何伤于义?诚有传圣业之知,伐孔子之学,何逆于理?"王充对孔子的威权提出如此质疑,在经学时代尚属首次,这也一直影响到了明代的李卓吾和清末民初的章太炎。曹聚仁认为:"王充的先行者,只是提供了'异端'思想的萌芽与雏形,到了王充,才系统地清算了正统派的汉儒思想体系,建立了一个完整的'异端'思想体系。"(《中国学术思想史随笔》)

二、批判性话语的存在彰显了江南学术文化的主体精神

主体精神的彰显不仅来自于对异己的批评,还来自于对自我的认识及

肯定。为此,汉末江南地区地方史书写活动的兴起具有特别的象征意义。"两汉时的太湖吴越之地学术,或批判文化主流,或张扬自我,都有卓然不群之感。前者如王充《论衡》,后者如赵晔《吴越春秋》和吴越贤者的《越绝书》,是汉学术的异端声响。而《吴越春秋》与《越绝书》的问世,在一定程度上是太湖固有文化精神的回归。它是失落的吴越精神的重振。《吴越春秋》和《越绝书》唤醒了沉睡的吴越精神。"(田兆元《秦汉时期太湖与东南地区学术发展趋向研究》)

张觉在点校《吴越春秋》时,与北方的诸多史书相比较,也特别指出了这一点:"和《春秋》《左传》《史

四部丛刊初编史部

吴越春秋

《吴越春秋》彰显着江南的主体精神

记》的记载相比较,本篇(指《吴越春秋·吴王寿梦传》)具有十分鲜明的特色。其一是突出吴文化与中原文化的不同。吴国虽然在寿梦之世崛起了,但其文化则显然不同于中原的礼仪之邦。所以文章一开始便描写了寿梦与鲁成公相见时的场面。显然,'陈前王之礼乐'、'咏歌三代之风'的鲁成公是华夏文化的代表,而'以椎髻为俗'的寿梦则是吴文化的代表。文章通过他们那些具有强烈反差的言行对比,形象揭示了两种文化的不同色彩;而寿梦之叹,更渲染了一种对于华夏礼仪不屑一顾的傲气,十分传神。这些笔墨,在其他史籍中是没有的。特别值得注意的是,《左传》襄公二十九年与《史记·吴泰伯世家》都以极大的篇幅详细地描述了季札在鲁国观赏周乐的情节,由于季札的评论带有浓厚的华夏文化色彩,所以此文竟只字不提。这史料的一添一删,很能体现作者的写作意图。"

"在这种乡邦文献中,不仅正在失去的一切都暂且停留下来,而且在其中还寄托着重振家声的痛苦而隐秘的愿望。"(刘士林《江南文化的诗性阐释》)为此,在《吴越春秋》和《越绝书》中,作者本着反对贬抑、彰显

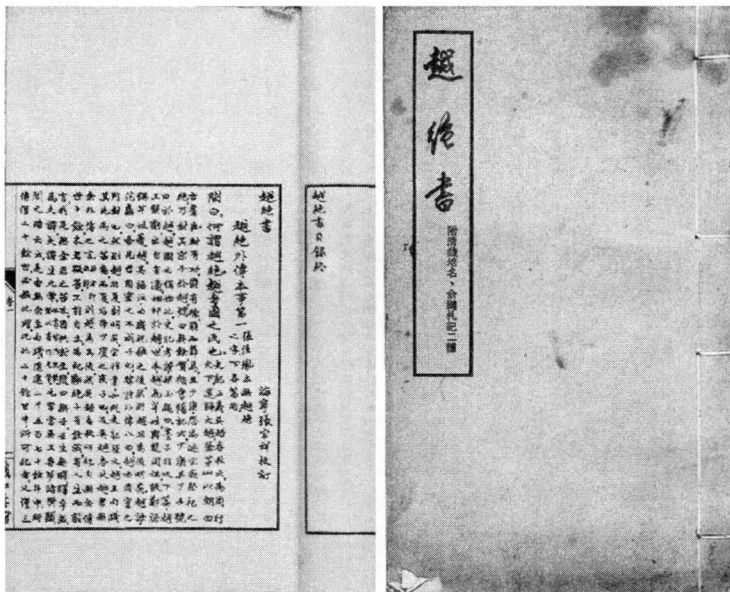

乡邦文献的激越彰显让人对江南产生一种"悦兵敢死"的整体错觉

自身的意图,对吴越人士的神勇和兵器的精良作了神秘化的、诗性的描画(如"杀其二子,以血衅金"炼就的吴钩、"神物之化,须人而成"炼就的干将莫邪宝剑、"或自有之"的"越女之剑"等),以至让人对江南地区产生一种"悦兵敢死"的整体错觉,与北方统治集团"吴楚之民,脆弱寡能,英才大贤,不出其土"(袁淮语,见《三国志·魏志·齐王芳传》注引)的贬抑之辞显著不同。现在还有许多学者疑惑,江南人是如何在东晋南朝时期从崇武转为尚文、"从百炼刚化为绕指柔"的?实际上,秦汉时期江南地区的学术文化发展虽然呈现出一定的"异端"色彩,但始终是以自然诗性为基础的。

在学术思想领域,批判的过程实际也是接受的过程。江南地区这些不入主流的"异端"思想的边缘性存在,不仅有着彰显自身文化价值所在的意识,同时也为东晋南朝时期江南地区的思想变迁打下了深厚的基础。从此,学术主体强烈的批判个性、学术体裁的多元化发展,也逐渐成为江南学术话语的重要特征。

三、江南学术文化的主体精神推进了中国学术的演化

魏晋南北朝是我国学术思想领域继春秋战国之后的又一个思想大解放时期。与春秋战国时期学术思想解放仅仅发生在北方文化圈不同,魏晋南北朝时期学术思想解放发生在北方文化圈、鼎盛于江南文化圈。也就是说,春秋战国时期学术思想解放是在北方文化背景下完成的,原有的学术思想与传统得到了进一步的强化和发展,没有发生质的变化;而东晋南北朝时期学术思想解放则是在具有江南主体精神的文化背景下完成的,原有的学术思想与传统更多的是被扬弃,形成的是一种以自然为中心的新的玄学思想。此后,来自印度的具有"他赎"倾向的禅宗,也在江南主体精神的熏陶下,演化成了充满"自悟"精神的中华禅:"公元三、四世纪(两晋时期)时的著名学者在思想上往往是道家,其中不少还和佛教高僧结为至交。这些学者对佛经非常熟悉,而佛教高僧对道家经典,尤其《庄子》也非常熟悉。他们相聚时,往往从事所谓'清谈';当谈到精妙处,即'非非'处时,往往相视无言而会心微笑,这是一种心领神会的思想交流。正是在这样的时候,人体会到佛教'禅'的精神。禅宗是中国佛教的一个宗派,它实际是道家哲学和佛学两家精妙之处的汇合。"(冯友兰《中国哲学简史》)

充满江南主体精神的自然诗性话语,在东晋南朝时期促使儒、道、佛思

冯友兰对充满"自悟"精神的江南禅的
产生有着精妙的阐释

王阳明建立了完备的心学

想的玄学化，其后又促使佛、道思想的禅学化。这是江南学术对中国学术发展的两大重要贡献，在某种程度上甚至是暗暗地促进了中国学术文化思想的整体性转变。到了明朝，肇始于程颢、发展于陆九渊的追求心性的理学，在南禅的进一步影响下，已经在王阳明手中成为完备的心学了。"当王学在短短的几十年中在士人中风靡开来的时候，另一种思路和取向，却更迅速地发酵膨胀起来，其内在的自然主义和追求自由的精神，渐渐越出了王阳明设定的极限，也超越了主流意识和政治秩序允许的边界。……他们把俗人与圣人、日常生活与理想境界、世俗

情欲与心灵本体彼此打通，肯定日常生活与世俗情欲的合理性，把心灵的自然状态当成了终极的理想状态，也把世俗民众本身当成圣贤，肯定人的存在价值和生活意义。"（葛兆光《中国思想史》第2卷）最为典型的莫过于主张"百姓日用即道"的泰州学派了。泰州学派的创始人王艮主张"圣人之道，无异于百姓日用，凡有异者，皆谓之异端"，认为"圣人不曾高，众人不曾低"，"满街都是圣人"。泰州学派是中国历史上第一个真正意义上的思想启蒙学派，它发扬了王阳明的心学思想，反对束缚人性，引领了明朝后期的

思想解放潮流。

　　然而，这种新兴的具有主体精神的思想和处于意识形态中心位置的儒家思想之间的大规模交锋还没有正式开始，就被满清入关意外而又简单化地扼杀了，旧有秩序仍然继续得以维持。在这样的环境里，这些具有主体精神的新兴思想失去了自由表达的权力，甚至在更大的苦难面前失去了表达的意义。孔尚任《桃花扇》中李香君和侯方域的爱情最富有象征意味。你看他们二人为了自由和爱情，与旧

势力展开了殊死的抗争，但是这种充满血泪和牺牲精神的抗争，最后得到的却不是现代意义上的自主恋爱的甜蜜，也不是传统道德意义上的赞赏，甚至不是普泛的人性意义上的同情，而是一种变了味的东西。当他们在乱世欣喜重逢时，旁观者的感受是这样的："羞答答当场弄丑惹的旁人笑；明荡荡大路劝你早奔逃。"这种沉痛，怎不让当时新兴的知识分子产生"回头皆幻景，对面是何人"式的怀疑。

　　进入清代以后，由于遭受到了异

《桃花扇》中的自由爱情是一种变了味的东西

梁启超的《清代学术概论》描画了一幅江南地区因"疑今"进而"疑古"的轨迹图

族文化精神上的残酷挤压和摧残，再加上统治者掌控了象征着知识与真理的儒家经典，在明末江南地区生成的这种新兴的主体精神反映在学术界，就是演化成了一种因"疑今"进而"疑古"的怀疑精神，而且这种怀疑精神因为有了考据的辅助而日趋深入，成为一种习惯和传统。江南学术界从对空竦的宋明理学的反动开始，沿着汉代古文经学、今文经学的逆时针发展方向不断向前探究，直至先秦诸子乃至原始儒学。在这不断地怀疑与否定、证实与证伪之中，一种奇异的现象产生了：学者们逐渐抛弃了曾经苦苦追求的致用的义理，转而眷顾于过去的知识本身，学术方法也由诗性的玄思转为实事求是的考证。为此，梁启超在《清代学术概论》总结清代学术研究时说："综举有清一代之学术，大抵述而无作，学而不思，故可谓之为思想最衰时代。"但不可否认的是，除了考证之功不可没外，此时的江南学术仍有一种立于政治伦理对面的"异端"色彩，因为正是有了他们的独立存在，"结束了新儒学的正统学说以及它的钦定体系和强烈的形式主义对学术的垄断"（艾尔曼《从理学到朴学：中华帝国晚期社会与精神文化面面观》），彰显了江南地区学人强烈的主体精神。

江南文化中理性与诗性的相互观照

在历史上多次大的政治、军事南北对垒上，江南地区虽然大多处于劣势，但与北方地区相比，并未曾遭受过大的战争和其它毁灭性的影响，自然诗性文化发展一脉相承，具有自身的优势与特色；同时由于经济地理和社会人文方面的优势，以及自身学术文化组成结构的松散，致使江南地区学术文化在发展过程中，能够不断得以兼收并蓄其它文明成果，从而促进了自身学术文化的理性反思与不断超越。在这种诗性与理性的相互观照中，江南学术文化不断发展，逐渐呈现出日渐繁荣的良好态势。

一、江南诗性文化的发展需要外在的激发

马克思曾指出："过于丰饶的自然，'使人离不开自然的手，像儿童离不开引绳一样'。那不会使人类本身的发展成为一个自然的必然。"（《资本论》第1卷）江南地区自然条件的优越，生活资料的易得，反而容易使得当地人对于生产不够重视，从而造成经济文化发展的停滞。同时，再加上

诚如马克思在《资本论》中所言，江南过于丰饶的自然导致内需力的缺乏

自然地理条件上的限制，江南地区的发展也缺乏内部各个区域之间的相互刺激："在各个封闭的地理单元内食物长足，从局部区域来说，江南地区在某一时间段内也可以发展比较大规模的早期文化类型，如良渚文化、石家河文化等。但是，当这些文化的发展达到这一地区环境所提供的生存空间的上限时，地理上的分割所造成的政治上的小单元，对于更大范围的融合便形成了局限，这些文化便无法继续向前发展。"（李鑫《江南地区文明初期发展迟滞原因探析》）

此时的江南，由于没有内忧和外来民族的压力，人与人之间也就缺乏协作的动力，去创造更大的文明成果，自然的障碍将古代的文化分割在一个一个的"文化龛"中，文明的发展呈现出"杂花生树"式的自然生发景象。这种状况在春秋战国时期曾得到了很大的改变，泰伯奔吴以及紧随而来的吴文化与中原文化之间的交流，促进了季札、孙武、子游等吴国早期学术人物与思想的产生。随着楚国的日渐强大，吴国不得不把都城迁移至目前的苏州。苏州一带本为越人的领域，而且吴国重心的南移，对湖海山河环绕、已无退路的越国造成了巨大的威胁。为此，吴越两国在狭小的长江三角洲上互相倾轧，是一件必然的事。战争是残酷的，但其本身却是一种理性行

范蠡为知识分子走出了一条新路

为，诚如《吴越春秋》中所言："夫战之道，知为之始，以仁次之，以勇断之。"吴越长时间的争霸，不仅促进了相互之间的沟通与交流，还刺激了各自以对象化为主要特征的理性思维能力的发展。其中，范蠡本着自然天道观，对政治保持着极其清醒的认识，他功成身退后从事"货物交易"（司马迁《史记·货殖列传》），以崭新的思想观念，为知识分子走出了一条新路。

二、江南学术文化在内外交汇中的开放心态

江南学术文化在发轫期所呈现出的"杂花生树"式的自然生发景象，表明其内在精神结构不仅是自然诗性的，而且是简约松散的；在进一步的发展过程中，不仅需要外在的激发，还需要在内外交汇中保持一种开放的心态。

"儒学传统中，有一个最薄弱与最柔软的地方特别容易受到挑战，他们关于宇宙与人的形而上的思路未能探幽寻微，为自己的思想理路找到终极的立足点，而过多地关注处理现世实际问题的伦理、道德与政治的思路，又将历史中逐渐形成的群体的社会价值置诸不容置疑的地位。于是，当人们不断追问这一思路的起源以及其合理性依据时，它就有些捉襟见肘。"（葛兆光《中国思想史》第1卷）在历史

经验失去效用、社会现实秩序崩散的"乱世"，思想敏锐的知识分子喜欢追问的却往往又是这些"玄而又玄"的"终极的立足点"。东晋南朝学人在对两汉儒学反思以及名教与自然关系的论辩中，在南北两种学术文化思想的相互映照下，重新发现了生命的意义，在自然山水中体会到某种异质同构的玄理，完成了玄学的创建。更加富有意味的是，神仙化了的江南道教也将儒家的诸多道德信条列为成仙的必要条件。葛洪认为："欲求仙者，要当以忠孝和顺仁信为本。若德行不修，而但务方术，皆不得长生也。……人欲地仙，当立三百善；欲天仙，立千二百善。"（《抱朴子·对俗》）此外，江南学术文化也以开放的精神，使得佛教在

葛洪

葛洪的神仙教实现了"儒道互补"

江南流传过程中,逐渐从印度禅转化为中华禅。

江南学术文化所持有的开放心态,不仅体现在南北学术文化思想的互补和对佛学的接受和改造上,还体现在中西学术文化思想交流方面。明代的徐光启在反省他和传教士利玛窦学术交往时说:"(西方有)一种格物穷理之学,凡世间世外,万事万物之理,叩之无不河悬响答,丝分理解。"(《泰西水法序》)为此,他本着"救儒补佛"的目的,向利玛窦等西方传教士学习天文历法、经济水利,首开了"西学东渐"之风。清末随着国门的被打开,西方学术思潮开始涌入,"国故"逐渐由置疑的对象转为"整理"、"革命"的对象,儒学也尽失"建制",变成了"游魂"(余英时《中国思想传统及其现代变迁》)。由于经济地理等原因,江南地区受冲击最大,也得风气之先。诸多江南学人本着开放的心态,或自觉接受海外思想,或以"博通古今"的国学功底,力求"学贯中西"。反思传统与回应西学,构成了江南现代学术的思想基调。他们中涌现出一批大师级的人物,为中国现代学术的确立做出了很大的贡献。王国维作为中国现代学术开山人物之一,陈寅恪是这样评价他的学术理路的:"自昔大师巨子,其关系于民族盛衰学术兴废者,不仅

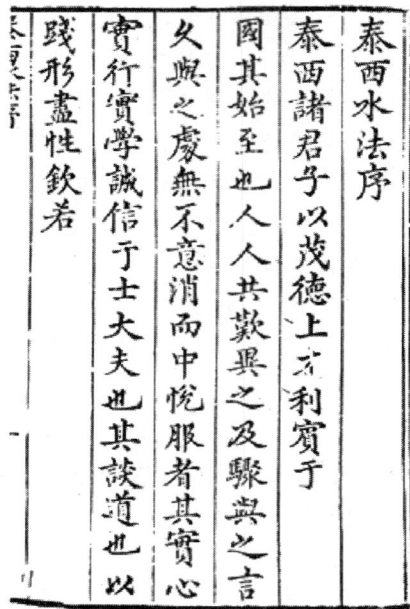

徐光启首开"西学东渐"之风

在能承续先哲将坠之业,为其托命之人,而尤在能开拓学术之区宇,补前修所未逮。故其著作可以转移一时之风气,而示来者以轨则也。"(《金明馆丛稿二编》)

江南禅学的"自然"与"自悟"

江南禅学植根于江南自然诗性文化之中,融汇了本土的自然天道思想和外来的玄、佛思想。江南禅学具有

整体思维的特质，它通过"自悟"而非"外修"的方式，超越了一般宗教的神学性，因而实现了对日常人生的升华。

一、江南禅学的自然诗性根基

江南文化具有自然诗性特质，是受到地理、历史、文化等诸多方面的综合影响。梁启超认为，江南"其气候和，其土地饶，其谋生易，其民族不必惟一身一家之饱暖是忧，故常达观于世界以外。初而轻世，既而玩世，既而厌世。不屑屑于实际，故不重礼法；不拘拘于经验，故不崇先王。又其发达较迟，中原之人，常鄙夷之，谓为蛮野，故其对于北方学派，有吐弃之意，有破坏之心。探玄理，出世界；齐物我，平阶级；轻私爱，厌繁文；明自然，顺本性：此南学之精神也。"这种"南学之精神"，与"常务实际，切人事，贵力行，重经验，而修身齐家治国利群之道术，最发达焉"的"北学之精神"（《清代学术概论》），有着显著的差别。刘师培和王国维作为江南学人，和梁启超有着相同的观点。刘师培认为："北方之地，土厚水深，民生其间，多尚实际。南方之地，水势浩洋，民生其际，多尚虚无。"（《南北学派不同论》）王国维认为："南方人性冷而遁世，北方人性热而入世；南方人善玄想，北方人重实行。"（《屈子文学之精神》）

江南文化中的"探玄理"、"齐物我"、"轻私爱"、"明自然"等思想，在内在理路上显然更接近于有着地理近缘优势的道家思想，而与源自北方的儒家思想有着一定的心理隔阂。因此，随着孙吴集团的信仰与倡导，道家思想逐渐进入了江南主流意识形态。据《历代崇道记》记载："吴主孙权于天台山造桐柏观，命郭玄居之；于富春造崇福观，以奉亲也；建业造兴国观，茅山造景阳观、都造观三十九所，度道士八百人。"孙权的崇道信仙活动，吸引了大批神仙方术之士和道教徒从四面八方来江南安居乐业，江南地区逐渐涌现出了众多的民间道团。所以，

吴主孙权崇道

当饱历世乱的永嘉士族来到江南，崇尚玄学的他们很快与江南学人一起感受到了思想上的"殊途同归"，从而引发了玄学思潮的风行。

"儒学传统中，有一个最薄弱与最柔软的地方特别容易受到挑战，他们关于宇宙与人的形而上的思路未能探幽寻微，为自己的思想理路找到终极的立足点，而过多地关注处理现世实际问题的伦理、道德与政治的思路，又将历史中逐渐形成的群体的社会价值置诸不容置疑的地位。于是，当人们不断追问这一思路的起源以及其合理性依据时，它就有些捉襟见肘。"（葛兆光《中国思想史》第1卷）但在历史经验失去效用、社会现实秩序崩散的汉末乱世，思想敏锐的知识分子喜欢追问的却往往又是这些"玄而又玄"的"逻辑原点"。他们在对两汉儒学反思，追寻宇宙本体，以及名教与自然关系的"辨名析理"中，在南北两种文化思想的相互映照下，重新发现了生命的意义，在自然山水中体会到某种异质同构的玄理。

"有无"是"清谈"的核心问题。江南学人通过虚玄的"辨析"，最终以"回归自然"的方式，部分地解决了知识分子对安身立命问题的自我思考。这种生命精神和生活态度，诚如孙绰在《游天台山赋》中所云："恣语乐以终日，等寂默于不言；浑万象以冥观，兀同体于自然。"然而，这种充满超越精神的玄学思想，解决的只是"此时此地"的存在问题，对人的存在中的许多根本问题仍然是悬而未决。况且，这种充满"虚玄、逸乐"的新的生命思想和生活方式，对普通人来说，也缺乏现实意义和可操作性。而此时日趋流行的外来佛学，就提供了一种新的思想资源："凡其经旨，大抵言生生之类，皆因行业而起。有过去、当今、未来，历三世，识神常不灭。凡为善恶，必有报应。渐积胜业，陶冶粗鄙，经无数形，澡练神明，乃致无生而得佛道。其间阶次心行，等级非一，皆缘浅以至深，藉微而为著。率在于积仁顺，蠲嗜欲，习虚静而成通照也。故其始

孙绰在自然山水中体会到某种异质同构的玄理

修心则依佛法僧，谓之三归，若君子之三畏也。又有五戒，去杀、盗、淫、妄言、饮酒，大意与仁、义、礼、智、信同，名为异耳。云奉持之，则生天人胜处，亏犯则坠鬼畜诸苦。又善恶生处，凡有六道焉。"（魏徵等《隋书·释老志》）

二、江南禅学思想的精妙萌生

在自然诗性的江南文化氛围里，玄学和佛学开始汇合，精妙的江南禅学思想于是萌芽。"公元三、四世纪（两晋时期）时的著名学者在思想上往往是道家，其中不少还和佛教高僧结为至交。这些学者对佛经非常熟悉，而佛教高僧对道家经典，尤其《庄子》也非常熟悉。他们相聚时，往往从事所谓'清谈'；当谈到精妙处，即'非非'处时，往往相视无言而会心微笑，这是一种心领神会的思想交流。正是在这样的时候，人体会到佛教'禅'的精神。"（冯友兰《中国哲学简史》）

这种通过"心领神会"的"微笑"传播的"精妙"思想，是禅宗中不可说破也无法说破的"第一义"。禅宗作为发轫于江南的一个佛教宗派，它实际上是道家哲学和佛学两家精妙之处的汇合。

从玄学方面来看，东晋的谢安、支遁等名士拥有深厚的中国文化背景，他们在参与研究和讨论佛理时，

对外来佛学的理解就常常超出世俗具体的救赎、供养、施舍、报应等范围，而往往涉及精深的禅思。其中，支遁是"色即是空"一说的倡导者，而这种说法体现了玄学思路。支遁"在《即色游玄论》中说，'色'（现象世界）自身本来没有实在的本性，其实就是'空'，虽然色与空不同，但归根结底'色即是空'，'知'（意识世界）自身也不能自足地拥有知觉，所以'知'

支遁的"色即是空"说法体现了玄学思路

与'寂'实际上也是一回事。按照这种思路，人们不必专门固执于心灵之'空'，不必逃避宇宙之'色'，不必提心吊胆地提防知识的障碍，也不必苦苦地追求空寂的境界，所以，在自然适意之中，反而达成了宇宙与人心的合一。"（葛兆光《中国思想史》第1卷）从上可以看出，支遁将佛教般若学的深奥道理与玄学思辨的最高成就融汇，使得我国思想世界得以以佛学接续并超越玄学。同时也可以看出，受玄学的影响，佛教在江南流传过程中，依靠神异力量的"他力救赎"取向逐渐消解，转为依靠自身的宗教信仰与道德行为的"自力救赎"取向。由"自力救赎"发展而成的"自悟"，是江南禅学的核心理念之一。

从佛学方面来看，僧睿对般若学的阐发和对禅法的重视，僧肇对"不真空"的解释和对"物不迁"的表述，竺道生对"佛性"以及"顿悟"的解释，谢灵运、宗炳等人对佛教越来越深入的理解和阐述，对江南禅学的形成也有着重要贡献。以竺道生为例。他提出了"顿悟成佛"理论，认为成佛在于与"无"成一体，或者可以说，和"宇宙心"成为一体。"无"既超乎形体，便不是"物"；既不是"物"，便不能分割成多少块；因此，人不能今天与这块"无"合一，明天与那块"无"合一。"一体"只

能是一个整体，合一只能是与整体合一。凡不是与整体合而为一，便不是一体。竺道生还提出"一切众生，莫不是佛，亦皆涅槃。"认为一切有情都有佛性，而不自知。这种"无明"是人被缚在生死轮回中的缘由。因此，人首先应当知道自己里面有佛性；然后经过学佛和修行，得"见"自己内在的佛性。这个"见"只能来自一种"顿悟"，因为"佛性"是一个不能分割的整体，人若"见"，所见的必定是那整体，若未见整体，就是未见。佛性又是从外面无法见到的，人若"见"到自己里面的佛性，只能经过与佛性融为一体的体验（冯友兰《中国哲学简史》）。从上可以看出，竺道生的"顿悟成佛"理论有着深厚的佛学修养和玄学功底。在江南禅学之后发展中，"顿悟"也成为其核心理念之一。

道生说法，让顽石也点头

禅宗在南朝时已在江南形成，为何在当时却没有产生广泛的影响力？这与江南的文化风习以及佛教的发展息息相关。印顺认为："玄学清谈者，大都有好简易的倾向。然而佛法，一切经律论，正如万壑朝宗那样地流向中国。支遁、道生的精神，不合时宜，还不能领导佛教。广译佛典而分判部类的，由慧观的五时教开始。这一发展，到天台家而完成。玄学清谈，是南方精神而透过贵族与名士的意境而表现出来，所以简易而不够朴实，充满了虚玄、逸乐（也许是山水之乐）的气息。南朝佛教，也不免沾染这些气息，玄谈有余，实行不足。到了隋唐统一，江东不再是政治文化中心，贵族也消失得差不多了。较朴质而求实际的禅风，才在江东兴盛起来——牛头禅。"（《中国禅宗史》）

三、讲求"自悟性"的江南牛头禅

中国的禅宗，与印度禅不同。印度禅，即使是达摩禅，还是以安心定慧为方便。宗教性的印度禅蜕变为"自悟性"的中华禅，胡适以为是神会。印顺认为不但不是神会，也不是慧能，而是"东夏之达摩"——法融；他建立的"得自然智慧"的牛头禅，是中华禅的根源。

李华在《润州鹤林寺故径山大师碑铭》中，有这样一段记录牛头禅来源的文字："初，达摩祖师传法三世，至信大师。信大师门人达者曰融大师，居牛头山，得自然智慧。信大师就而证之，且曰：七佛教戒诸三昧门，语有差别，义无差别。群生根器，各各不同，唯最上乘，摄而归一。凉风既至，百实皆成。汝能总持，吾亦随喜。由是无上觉路，分为此宗。"其中，"得自然智慧"五字，可谓得牛头禅的精髓。牛头禅六祖，从法融到慧忠，都是在山中修行，到晚年才出山弘化，表显了重心在山林的特色。

·印 顺／著

东方文化丛书

中国禅宗史

主编／季羡林 周一良 庞朴 等／介

印顺的《中国禅宗史》阐述了江南禅宗的独立发展

牛头禅主张"虚空为道本",与江南玄学有着密切的渊源。《续僧传》载法融"年十九,翰林文典,探索将尽。丹阳牛头山佛窟寺,有七藏经画:一、佛经,二、道书,三、佛经史,四、俗经史,五、医力图符。……内外寻阅,不谢昏晓,因循八年,抄略粗毕。"可谓精研佛学与"道书"。 牛头六代相承,都在牛头山弘化,且六代祖师都为江南人。法融援引玄学的"道"于佛法中,以"无"为佛法的根本,提出"虚空为道本"。为此,当有人本着印度禅思维方式问法融"云何名心?云何安心?"时,他的回答是:"汝不须立心,亦不须强安,可谓安矣!"因为"无心",自然"忘情",自然"安心";如果想"立心",情感上"强安",自然"烦恼",所以,"虚空为道本"。

道本虚空,是不可以言诠,不可以心思的。这样的大道,要怎样才能悟入呢?法融从"道本虚空"这一逻辑原点出发,认为以"无心用功"为方便,也就是"无心合道"。据五代吴越国延寿集的《宗镜录》记载,"融大师云:镜像本无心,说镜像无心,从无心中说无心。人有心,说人无心,从有心中说无心。有心中说无心,是末观,无心中说无心,是本观。众生计有身心,说镜像破身心。众生著镜像,说毕竟空破镜像。若知镜像毕竟空,即身心毕竟空。

假名毕竟空,亦无毕竟空。若身心本无,佛道亦本无,一切法亦本无,本无亦本无。若知本无亦假名,假名佛道。佛道非天生,亦不从地出,但是空心性,照世间如日。"从"道本虚空"的观点来看,"佛道"不过是"本无"的"假名"。因此,要"合道",就要"无心",这是"无修之修"。《绝观论》云:"高卧放任,不作一个物,名为行道。不见一个物,名为见道。不知一个物,名为修道。不行一个物,名为行道。"

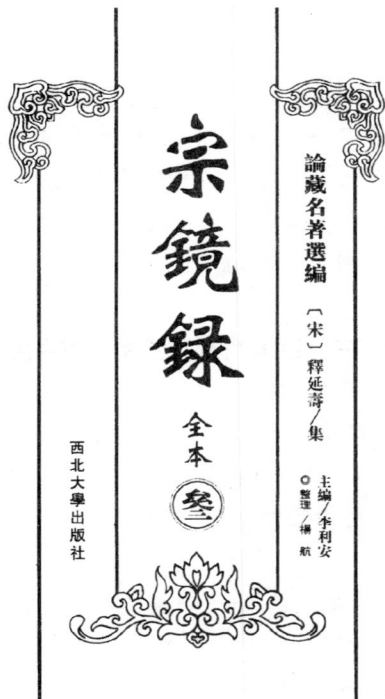

宗镜录

全本 叁

論藏名著選編

〔宋〕釋延壽/集

主編/李利安

◎整理/楊航

西北大學出版社

五代吴越国延寿集《宗镜录》

法融还从"道本虚空"这一逻辑原点出发,提出"道遍无情"、"无情成佛":"夫道者,若一人得之,道即不遍。若众人得之,道即有穷。若各各有之,道即有数。若总共有之,方便即空。若修行得之,造作非真。若本自有之,万行虚设。何以故?离一切限量分别故。"为此,"青青翠竹,尽是法身;郁

青青翠竹,尽是法身;郁郁黄花,无非般若

郁黄花,无非般若",是牛头禅的成语。牛头禅的这一理论创见,有着浓厚的玄学"齐万物"思想意味,初为禅宗其他宗派所反对,后被南阳慧忠等接受。印顺认为,牛头宗说"道本虚空",泛从一切本源说,是宇宙论的;与之同时的东山宗说"佛语心为宗","即心是佛",是从有情自身出发,以心性为本,立场是人生论的。

江南禅学经过一段时期的发展,到中唐时终于大盛("牛头法众,欲近万人",法钦被唐代宗李豫请到长安)。牛头禅的"虚空为道本"、"无心合道"、"无情成佛"等理论创见,不仅是对南朝玄学的传承与发展,还是对外来佛教的革命性颠覆。在牛头禅的推动下,宗教性的印度禅终于蜕变为"自悟性"的中华禅:"在理论上终于出现了要求信仰与生活完全统一起来的禅宗:不要那一切繁琐宗教教义和仪式;不必出家,也可成佛;不必那样自我牺牲、苦修苦练,也可成佛。并且,成佛也就是不成佛,在日常生活中保持或具有一种超脱的心灵境界,也就是成佛。"(李泽厚《美的历程》)"担水砍柴,无非妙道",禅扎根于心,是聪慧的哲学、热忱的宗教、浓郁的诗性和日常的生活的统一。江南禅学对当时的慧能南宗禅学产生了积极的影响(相对而言,江南禅学受玄学影响较大,为

李泽厚认为在日常生活中保持一种
超脱的心灵境界即是成佛

"雅禅",易为知识层接受;慧能南宗禅
学反对知识的"理障",为"俗禅",易
于在普通民众中流传),对以后的江南
新理学和阳明心学也产生了革新性的
影响。"禅是中国人接触佛教大乘义
后体认自己心灵深处而灿烂发挥到哲
学境界与艺术境界。静穆的观照和生
命的飞跃构成艺术的两元,也是构成
'禅'的心灵状态。"(宗白华《艺境》)

两位江南学人对"境界说"的现代解读

"境界",又称"境",本为佛学用
语,《成唯识论》云:"觉通如来,尽佛
境界",指的是人在心灵忽然开悟时
所呈现出的澄明状态。唐代王昌龄在
《诗格》中率先用来论诗:"诗有三境:
一曰物境,二曰情境,三曰意境。"后
来这一境界理论被历代沿用生发,逐
渐成为一个最具中国特色的传统美学
范畴。进入现代以来,"中国站在历史
的转折点。新的局面必将展开。然而
我们对旧文化的检讨,以同情的了解
给予新的评价,也更形重要。"(宗白
华《美学散步》)王国维、宗白华这两
位江南学人本着"认识你自己"、"改造
这世界"的精神,以此为切入点,"研
寻其意境的特构,以窥探中国心灵的
幽情壮采,也是民族文化的自醒工作"

王昌龄以境论诗

（宗白华《美学散步》）。从他们对这个美学范畴所进行的阐释中，我们不仅可以看到中国人丰富广阔的心灵境界，还可以感受到在现代中西文化思想交汇中民族文化自觉的心路历程。

一、王国维将"欲"引入境界说

王国维所处的十九世纪向二十世纪转换时期，是中国历史上最为衰颓的时代，不仅物质文明上落后于西方，饱受西方列强的轮番羞辱，甚至在甲午战争中完败于传统的东方小国日本，精神上也逐渐丧失了原有的自信，思想界掀起了重新检讨和看待中西方文化的浪潮。在这个浪潮中，学习西方文化、怀疑传统文化逐渐成了主流思想，深受传统文化所化的中国学人在自觉接受西方文化思想时，精神上获取新知的欣喜与心灵上失去宁静的迷惘无疑是共存的。从王国维率先引入西方哲学思想对中国传统境界说所进行的阐释中，我们可以看出这种时代的精神风貌。

传统的境界说在言志缘情的基础上，强调的是情与景的交融，体现的是田园时期"天人合一"的自然诗性境界。在这个境界中，只有情感，没有欲望；只有情与景的统一，没有物与我的冲突；只有冲淡平和的灵境，没有身与心、诗与思的尖锐冲突。而在《红楼梦评论》中，王国维却大胆地引入了叔本华的哲学理念，把"欲"作为其境界理论的起点，把"物"与"我"之间的利害冲突作为其境界理论的基础："生活之本质何？'欲'而已矣。"因为"欲"的存在，且"欲之为性无厌"，导致人生充满了矛盾，深怀着苦痛，就连知识也无法解决这个矛盾与苦痛。推而广之，"科学上之成功"、"政治之系统"都是建立在"生活之欲"基础之上的。现实人生处在一个功利的世界，"物"与"我"之间存在着不可调和的利害关系。在这样的状况下，如何才

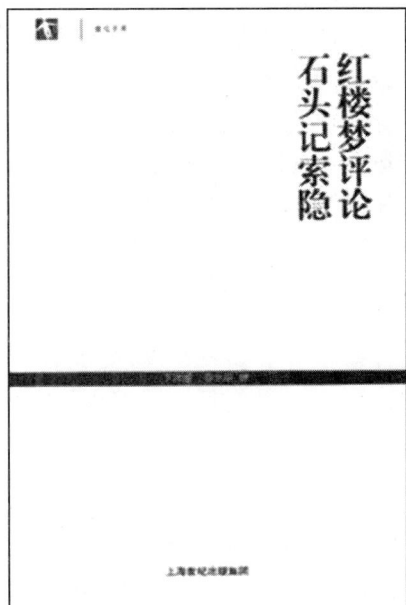

红楼梦评论
石头记索隐

王国维在《红楼梦评论》中将"欲"引入境界理论

能获得解脱？王国维认为，惟有"美术"才能"使吾人超然于利害之外，而忘物与我之关系"，从而使人暂时进入一种"优美"或"壮美"的境界。王国维把境界理论建立在解决"物"与"我"之间矛盾的基础上，开始了对传统境界理论的现代阐释，开创了历史的先河。

从上述哲学思考出发，王国维在《人间词话》里进一步阐述了境界在诗歌中的地位与作用。"词以境界为最上。有境界则自成高格，自有名句。""有境界，本也。"与传统文论殊途同归，把境界作为诗歌的核心美学内涵。在境界的塑造上，传统理论注重情感的自然抒发，注重"物感"与"感物"，希望能够做到"思与境谐"式的统一。王国维却有所不同，他在主张抒写"真景物、真感情"的基础上，一方面对诗人的心灵给予更为广阔的要求："诗人对宇宙人生，须入乎其内，又须出乎其外"，另一方面又倾向于情感抒发的客观性，而不是主体性、能动性。为此，他在推出"以我观物"、"物皆著我之色彩"的"有我之境"的同时，特别推崇"以物观物"、"物我难分"的"无我之境"，强调了文艺对功利生活、现实社会的"解脱"作用，与他的哲学主张一脉相承。这为传统的境界理论增添了现代的色彩。

《在人间词话》中，王国维还总结出一个广为人知的治学境界理论："古今之成大事业、大学问者，必经过三种之境界：'昨夜西风凋碧树。独上高楼，望尽天涯路'，此第一境也。'衣带渐宽终不悔，为伊消得人憔悴'，此第二境也。'众里寻他千百度，回头蓦见，那人正在灯火阑珊处'，此第三境也。"王国维的治学境界也与传统的治学境界有很大的不同，陈寅恪归之为"脱心志于俗谛之桎梏，真理因得以发扬"。这样的学术主体所着力追求的"真理"境界，以及所具有的"独立之

王国维在《人间词话》中提出治学"三境界"

精神，自由之思想"品格，具有非常显著的现代色彩。当然，我们也可以从中感觉到王国维在世事纷乱、文化被迫转型时期落寞的治学心态。

王国维对传统境界理论的阐释具有划时代的意义，他不仅深刻地揭示了传统境界理论的丰富内涵，反映了中国人诗意的心灵，还勇敢地吸收了现代西方理论，促进了这一理论的现代转换。同时我们也可以看出，在西方外来文化冲击下，中国传统民族文化向现代文明由自发转为自觉的转换过程，以及文化变迁时期现代学人充满矛盾与奋斗的心路历程。

二、宗白华借"艺术境界"展中国文化的自觉与自信

王国维在社会急剧转型之际，首次从西方的现代的"欲"的哲学角度，对中国人的心灵及中国文化作出了系统的理论剖析，将之分为充满"欲"的功利世界和"超然于利害之外"的"美术"境界。他的这一理论在中国社会另一个急剧转型之际得到了热烈响应，那就是中国全民自觉起来抗战的二十世纪四十年代中叶。"当我国家民族复兴之际，所谓贞下起元之时也。我国家民族方建震古烁今之大业。"（冯友兰《贞元六书》）所谓"贞下起元之时"，依照古典解释就是冬去春来之

时，依照近典解释就是抗战给民族带来复兴的转机。在这样的巨大转机面前，与民族复兴意识同步苏醒的是整个中国人的心灵，是中国人开始恢复了对民族文化的自信心。

面对时代的转型，宗白华敏锐地把握到了这一时代精神，在《中国艺术意境之诞生》中提出这样的观点："历史上向前一步的进展，往往是伴着向后一步的探本穷源。"为此，以"同情的了解"的精神对旧文化进行研讨非常重要，因为这一方面可以"窥探中国心灵的幽情壮采，也是民族文化的自醒工作"，另一方面也是"建设新

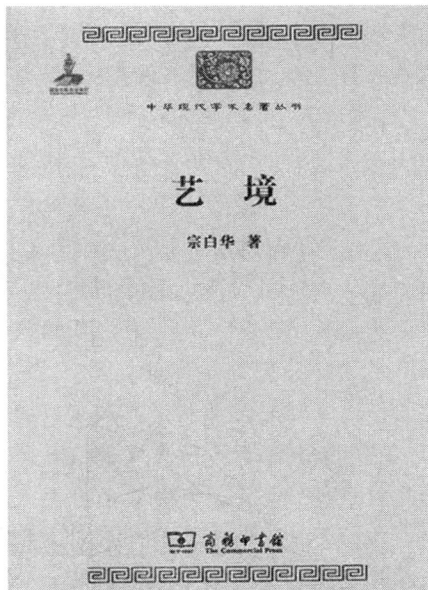

中华现代学术名著丛书

艺 境

宗白华 著

商务印书馆
The Commercial Press

宗白华的《艺境》主论"艺术境界"

文化"的需要。宗白华对传统文化的整体评价是从"境界"开始的："什么是意境？人与世界接触，因关系的层次不同，可有五种境界：（1）为满足生理的物质的需要，而有功利境界；（2）因人群共存互爱的关系，而有伦理境界；（3）因人群组合互制的关系，而有政治境界；（4）因穷研物理，追求智慧，而有学术境界；（5）因欲返本归真，冥合天人，而有宗教境界。功利境界主于利，伦理境界主于爱，政治境界主于权，学术境界主于真，宗教境界主于神。但介乎后二者的中间，以宇宙人生的具体为对象，赏玩它的色相、秩序、节奏、和谐，借以窥见自我的最深心灵的反映；化实景而为虚境，创形象以为象征，使人类最高的心灵具体化、肉身化，这就是'艺术境界'。艺术境界主于美。"

宗白华和王国维在青年时期都深受叔本华思想的影响，宗白华还提出"拿叔本华的眼睛看世界"的号召，因此这二人的境界理论有着相同的哲学架构，一是把"物"与"我"之间的关系层次作为划分境界的标尺，二是大体将境界划分为功利世界和艺术境界，三是充分肯定了艺术境界。不同之处在于，一是宗白华的划分更为细致一些，比如将艺术境界构筑在学术境界和宗教境界之间，将功利世界划分为功利境界、伦理境界和政治境界；

"拿叔本华的眼睛看世界"

二是宗白华在充分肯定艺术境界的同时，认为"功利世界"也有境界，存在着功利境界、伦理境界和政治境界，体现了对现实世界人生的肯定。

宗白华的境界理论进一步展现了在现代中西文化思想交汇中民族文化更为自觉的心路历程。在《中国艺术意境之诞生》中，宗白华依次提到了西方的文艺复兴、古希腊哲人、浪漫主义、中古、近代、瑞士思想家阿米尔、印象派画家莫奈、印象主义、写实主义、古典主义、象征主义、表现主义、后期的印象派、德国诗人诺瓦理斯、德国诗人侯德林（今译荷尔德林）、歌德、英国诗人勃

宗白华的境界说深具民族根性

莱克(今译布莱克)、希腊神话里的水仙之神，但这些都是作为他论述的材料出现的，本文阐述的中心内容却是最具中国特色的意境理论，与王国维将叔本华哲学理论作为其境界理论的基础有着很大的不同，深具民族文化的根性。

这与宗白华对中西文化关系的看法有着密切的联系。他在《中国的学问家——沟通——调和》中提出："吾国学者打破沟通调和的念头，只要为着真理去研究真理，不要为着沟通调和去研究东西学说。"在《中国青年的奋斗生活与创造生活》中提出："学术上本只有真妄问题，无所谓新旧问题。……我们要有进化精神，而无趋新的盲动。"用这样的眼光，他不仅看

到了西方文化的优点，如歌德"从生活的无尽流动中获得谐和的形式，却又不要让僵固的形式阻碍生命前进的发展"，也看到了西方文化的缺点，如"数理界与心性界，价值界，伦理界，美学界终难打通，而此遂构成西洋哲学之内在矛盾及学说分歧对立之主因"。同时，他看到"我们泥途中可怜的民族"也有"心灵的幽情壮采"，甚至借西方文化之"镜"，发现了中国民族文化之"境"："时空统一的、音乐化了的、和谐的世界。"因此，宗白华认为各个民族文化都有自己的特点，"中国将来的文化决不是把欧美文化搬了来就成功。……中国以后的文化发展，还是要极力发挥中国民族文化的'个性'，不专门模仿，模仿的东西是没有创造结果的。"(《宗白华全集》第1卷)宗白华的学说不仅与现代中国民族经历的心灵危机有关，而且和20世纪初西方思想经历的精神危机有关，可以说在进行民族文化自觉的同时，间接地回应了西方现代性的自我反思。

研寻江南都市文化的美丽精神

在中国都市现代化的历史进程中，发展新文化和检视旧文化是同等

的重要，本不存在畸轻畸重的问题。但在现实利益的推动下，以发展的名义直接引进或克隆"新文化"总比以"同情的了解"的态度检视吸收"旧文化"来得更猛烈一些。只有本着"文化自醒"的态度，回溯历史深入研寻江南都市文化的本体精神内涵，才能真切地把握到江南都市文化未来的发展走向。

一、江南文化和江南都市的产生与发展

文化是都市的灵魂，没有文化精神的都市是不能长久生存的；同时都市文化的产生也是一个历史的过程，需要长期的发展和不断的累积。为此，尽管目前以上海为首的江南都市发展处在一个上升时期，多元文化的交汇特别是中西文化的融合，赋予其更多的现代色彩和新鲜力量，但我们在研寻江南都市文化的本体内涵时，还是把目光放在了江南文化上。因为江南文化作为江南地区的原生态文化，也是孕育江南都市文化的母体，与其它类型文化相比，自然具有本体意义上的内涵。

从文化起源和发展角度来说，江南文化是一种自然诗性文化，而非意识形态性的文化。这从江南文化和江南都市的产生与发展历程中可以清晰地看出。

首先让我们看一下江南文化的产生。江南地区由于位于长江下游冲积平原，土壤肥沃，再加上光照充沛，雨量充足，物产丰富，生活资料易得。与北方文化相比，由于江南地区易于为生，不存在食物链突然断裂之类的严重危机，在自然的天光下，人们对人的伦理精神的推崇让位于对自然灵性的皈依；同时由于"山峦阻隔，河川纵横，森林密布，沼泽连绵，人们只能在河谷或湖泊周围的平原上发展自己的文化，自然的障碍将古代的文化分割在一个一个的'文化龛'（cultural niche）中。"（童恩正《中国北方与南方古代文明发展轨迹之异同》）江南文化更多的是分散地独立式生长，与北方文化中"天下一统，百姓安康"的精神追求明显不同。如果说前者更多地体现了以"人与自然"为中心，淡化了文化的意识形态性，那么后者体现更多的是以"人与社会"为中心，强调文化发展中政治伦理的干预和协调。在表达方式上，由于江南文化更多的是对原始诗性智慧的自然延承与发展，所以习惯于自然情感呈现这种诗性表达方式，而不是采用道德认知的态度。

在其后的发展过程中，由于曾经长期远离政治统治的中心，江南文化受到以儒家伦理思想为主体的主流意

识形态的影响较少，得以保持自然发展的风貌；社会的长期稳定和经济的持续发展，也使江南诗性文化的发展一脉相承，积淀丰厚。而且诗性文化本身所具有的松散的结构组成，也有利于包容其它异质文明，所以每一次大的社会动乱之后，不同地域文化特别是南、北文化都会进行广泛深入的交汇，促使江南文化新质的产生。

其次，让我们看一下江南都市的产生与发展。有比较才能显示出区别，我们先来研究北方的都市特征。北方的城市，"就其外形所显示的，主

韦伯作品集

V

中国的宗教
宗教与世界

马克思·韦伯《中国的宗教》对中国城市的阐述很精到

要是理性行政的产物"（马克思·韦伯《中国的宗教》）。这些城市是作为君侯等统治者的居住之所存在的，实际上是一种政治统治的产物，主要表现在：第一、城市设有围垣，与乡村相隔断，是一个与乡村异质的活动场所；第二、城市居民是被作为某种政治资本而聚集在一起的，有时甚至被强制聚居的，战争时代挟持城市居民一起迁徙就是明证；第三、城市作为行使政治权力的地方，主要消费来源是通过直接或间接政治力量取得的收入。这一方面带来乡村对城市的敌视，造成城市与乡村的严重对立，"城市对于其大多数的居民而言，从来就不是'故乡'（Heimat），而毋宁是个典型的'异乡'（Fremde）"（马克思·韦伯《中国的宗教》）。另一方面，统治者采取更多的措施，加强了对城市的控制，既不利于城市的独立发展，也不利于城乡之间的交流，直接损害了城市自身的发展。在目前北方城市的都市化发展中，这种思维方式的残留还是一个大的障碍。

江南城市的产生与发展有所不同，有其自身的文化特色。第一、江南城市的产生不是出于政治统治的需要，而是在经济发展基础上因实际需要自然形成的。《吴越春秋》记载：泰伯、仲雍自周奔吴后，"数年之间，民

人殷富,遭殷之末世衰,中国侯王数用兵,恐及于荆蛮,故泰伯起城,周三里二百步,外郭三百余里,在西北隅,名曰故吴,人民皆耕田其中。"江南地区原先是不设防的(良渚莫角山遗址没有发现围垣,可为物证),该城市的建立,既是为了防御来自北方的威胁,也是向北方城市学习的结果。第二、江南地区星罗棋布的城镇,也是依据便利的交通和丰饶的物产形成的。弘治《吴江县志》记载:"民生富庶,城内外接栋而居者烟火万井,楼台亭榭与释老之宫掩映如画。其运河支河贯注入城,屈曲旁通,舟楫甚便。其城内及四门之外皆市廛阛阓,商贾辐辏,货物腾涌,垄断之人居多。"第三、江南城市向都市化发展,就是建立在这种强有力的市镇网络基础之上的。由于江南城市的自然形成,以及以经济文化发达的城镇为依托,为此,城乡之间更多的是交流,而不是对立,这也与北方繁华的政治首府之外就是落后的乡村有着显著的不同。

二、江南都市文化的美丽精神

通过上文分析,我们知道江南文化是现代江南都市文化的本体内涵。如果在此基础上进一步分析,既然自

临水而生的江南城镇　高晓峰摄

然诗性精神是江南文化的魅力所在,那么在这种文化底蕴上发展起来的江南都市文化,又具备什么样的文化精神?

城市与乡村根本的不同,在于乡村构筑在传统农业生产的基础之上,生产的目的是为了自身的生存和种的延续;城市构筑在商品生产的基础之上,生产的目的是通过交换获得生活的享受。所以,"城市本身表明了人口、生产工具、资本、享乐和需求的集中"(马克思、恩格斯《马克思恩格斯全集》第3卷)。当然,能享受需要经济发展和辛勤付出,会享受则需要思想的解放和文化的参与。如果从这个角度研寻江南都市文化的精神,我们可以看出,由于江南诗性文化的发展和都市工商业的繁荣,以审美性和实用性两大特征为标记的大众审美消费,就是江南都市文化的特色所在。

首先是大众日常消费走上审美化。来自北方政治中心的意识形态化了的儒教对经济利得和物质消费总是持一种保守的态度,认为巨额的营利会动摇人的心性,影响社会的安定;超出礼仪之外的消费有损个人的德性,"有伤风化",甚至会有谮越的政治风险。为此,虽然他们信奉的孔圣人有"食不厌精,脍不厌细"的言论,但他们思想深处却对审美消费有一种本能的抵触。

江南都市的消费价值取向却与之有很大的不同。由于手工业的发展和商业的繁荣,以及长期处于政治"化外",一方面以利为本的新观念压倒了以农为本的老观念,以金为尊同时也获得了与以德为尊并列的地位。明末周灿在传统的"言志诗"中写道:"水乡成一市,罗绮走中原。逐利民如鹜,多金价自尊。人家勤机杼,织作彻晨昏。"另一方面,许多普通市民也对精神文化生活不断萌发新的追求,市民文学、古玩收藏、藏书、出版、园林艺术、饮食娱乐等与日常生活相关的审

水乡成一市,罗绮走中原

姜晓云 中国凤——江南文化系列丛书

美消费应运而生,并因文化含量的逐渐增加而日趋精细化。以日常生活所需的刺绣出品为例,从最初简单的装饰性图案开始,发展到东吴时赵夫人的刺绣山川形势图、明代顾绣的仿文人画、清代沈寿学习西洋油画的"仿真绣",市民的审美消费水平得到了很大的提升。

其次是高雅的审美消费走上日常生活化。江南都市的繁荣,为江南士人获得了更为广泛的活动空间,同时也为包括哲学与艺术在内的高雅文化融入日常人生提供了前提。以读书为例。孔子曰:"诵诗三百,授之以政,不达;使于四方,不能专对;虽多,亦奚以为?"认为读书与从政两位一体。后来实行科举制度,以教育资格而不是以出身或世袭的等级来授予官职。由于读书与求官之间有着非常直接的联系,"学而优则仕",读书成了一种政治消费行为。但是对江南都市的读书人来说,读书只可称为文化消费行为,因为他们的读书,不仅仅指向考试为政,还包括日常诗性生活的全部(钟嵘所

江南园林取法自然,容可居、可观、可游、可赏为一体　高晓峰摄

言的"使穷贱易安,幽居靡闷"也是其中一项)。"腹有诗书气自华",读书也不是士人的专利,而是在社会上形成了一种文化风习。陆九渊讲学,"每诣城邑,环座率二三百人,至不能容,徙寺观。县官为设讲席于学官,听者贵贱老少,溢塞途巷"。真是彬彬大盛。

园林文化可以作为江南高雅审美消费日常生活化的代表。园林本为帝居的附属品(苑囿),江南士人却将之移至坊间巷旁,采纳山川之势并加入人文创造,形成了一种可居、可观、可游、可赏,融实用性和审美性于一体的生活空间。无怪乎沈复有"值太平盛世,且在衣冠之家,居苏州沧浪亭畔,天之厚我可谓至也"(沈复《浮生六记》)的幸福感叹。

我想,以自然诗性的文化为底蕴,将看似寻常的生活于不经意间做得精细,获得当下的体验和感性的愉快,也许就是江南都市文化的美丽精神了。

三、发现并增添江南都市的文化精神隐喻

由于都市现代化进程的加快,中国许多城市在与国际化大都市接轨的同时,失去了自身的特色。为此,许多人认为,都市国际化的过程就是一个"脱魅"的过程。作为中国都市化发展代表的上海,也在追求"洋气"的过程

中,忽视了江南文化这个最大的"本土"资源。于是,都市文化精神与它的物质和记忆载体一起在历史的雨打风吹中大量地流失了,只有少许的遗存物留在世间,因蕴涵传统的"规则、理念、秩序和信仰"(刘梦溪《学术思想与人物》),而成为都市文化精神的隐喻。

梁思成认为:"一个东方古国的城市,在建筑上,如果完全失掉自己的艺术特征,在文化表现及观瞻方面都是大可痛心的。因为这事实明显地代表着我们文化的衰落,至于消失的现象。"那么,在中国目前的现代都市发展中,如何发现并增添这种文化精神的隐喻,保持各个都市的个性魅力?

首先是要研寻都市中具有文化精

梁思成主张我们的城市建筑应有自己的文化特征

神隐喻的历史遗存。"都市文化不是一个孤立的实体，它是从城市发展的突变中形成的东西。虽然我们能看到很多文化突变的特征，但根本上来说，都市文化带有文化叠压的特征，它是过去的城市在一层层发展中叠压起来的。"（高小康《都市文化研究的基本框架》）这些带着文化突变特征、标志着时代演变痕迹的历史遗存，散落在现代繁华的都市里；其中有许多还不为人识，于落寞处见证着历史沧桑，甚至有的被人们肆意破坏而毫不心痛，需要我们不断地认识、发现、保护、欣赏。这个观念在现代都市中已经成为共识，兹不赘论。紧接这一问题的是：这些历史遗存中的哪一个可以隐喻这个都市的文化精神？

究竟是秦淮河还是清凉山能够代表南京文化？这是一段时间以来南京市民关注的一个热点问题。如果让所有南京人（包括来南京的外地人）票选，绝大多数会选择夫子庙。但有些学者提议把清凉山作为南京文化的标志，理由是秦淮乃"六朝烟月之区，金粉荟萃之所"，其贡院应试、青楼、美食、灯会、游船、古董器玩等，代表的是一种世俗的"脂粉文化"；而清凉山人文荟萃，有石头城、崇正书院、龚贤的扫叶楼、袁枚的随园、吴敬梓的《儒林外史》、魏源的小卷阿、近代大学及图书馆建筑群等众多遗迹，代表的是一种高雅的"精英文化"。"江南诗性文化最重要的现代性意义就在于，它最有可能成为启蒙、培育中华民族个体性的传统人文资源。"（刘士林《西洲在何处——江南文化的诗性叙事》）所以，撇开雅俗文化的先验性规定，从南京的江南诗性文化底蕴、厚重的历史积淀以及都市的现代发展来看，也许后者更能隐喻南京的历史文化精神，虽然目前这些资源还没有得到有效的整合，并且缺乏一个核心的形象。

究竟是秦淮河还是清凉山能够代表南京文化？ 姜晓云摄

　　其次，要研寻运用技术人工复活自然，增添都市文化精神的隐喻，强化都市的个性魅力。如上所述，都市文化并不是单一的，而是经过了历史的综合，所以，完全可以利用先进的技术，给现代都市文化发展注入新鲜的血液。在现代都市中，人与自然失去了曾经的亲密接触，每日接触最多的是拥挤的社会。如何解决这一问题满足都市人的需要？雷姆·库哈斯在《大都市中的生活——拥挤的文化》一文中，描述了由Roxy设计的纽约电台城市音乐厅："这是一个巨大的卵圆形空间，覆盖着石青'射线'的天花板像苍穹一样拥绕在观众周围。幕布用一种经过特殊加工的人造纤维织成——它发出的光芒胜过真正的太阳。当光线逐渐变暗，人们会不可避免地想到落日。但是光线不得不再次亮起，并再次暗下。每个完整的剧目会有三四个这样的循环。如果观众能够感悟到这种隐喻，那么他们就像是经历了三四个被加速过的昼夜。"这种经过技术转换获得的落日意象，以强有力的视觉刺激方式满足了都市人对自然的渴望，同时也隐喻着纽约这个西方现代文化都市的辉煌与感伤。

　　江南都市一直推崇的是自然诗性文化，这种文化尊重巧夺天工的技艺，而摈弃人工雕琢的技术。为此，在江

上海的文化精神隐喻　波兰Martin Stavars摄

南都市发展中，当我们运用技术为都市复活自然、增添文化精神隐喻的时候，就应该从自然诗性的角度出发，在追求切用的同时考虑到审美需求，让居民在感受到便利的同时也有一种亲切的诗意。拿北京和上海作比较，北京作为中国的政治中心，天安门、人民大会堂、春节联欢晚会等已经成为其文化精神的隐喻；上海作为中国的经济中心，外滩、东方明珠电视塔、中国第一高楼等已经成为其文化精神的隐喻。如果仔细研寻上海的文化精神隐喻，我们会发现其中缺乏传统文化的标识（外滩可喻其洋气、东方明珠电视塔和中国第一高楼可喻其现代，均为物质性的）。由此，我突然产生了一个不成熟的想法，应该由上海来永久举办中国另一个重大传统节日——中秋节庆祝活动。一是因为中秋节作为江南诗性文化的产物，已经成为中国诗性文化精神的隐喻，成为民族文化精神的象征，在全球华人中有着广泛的影响；二是春节和中秋节的主题虽然都是富有民族特色的"团圆"，但春节的表现形式是"回家"，回家过年体现了一种现实的伦理要求，而中秋节的表现形式是"思念"，对月思乡凝聚着一种诗性的情结，意识形态性不强，适合上海这个经济中心；三是中秋节庆祝活动所要求的声、光、电、乐等现代技术条件，上海作为中国最现代化的都市已经具备，尤其是上海完全可以在自己的星空中升起一轮皎洁的、散发着清辉的人造月亮。

江苏的城市文化精神

紧接着经济全球化浪潮来到中国的，是现代城市的崛起，以及现代城市对现代性的热烈追求。2005年江苏城市人口比重达到50.5%，首次超过农村人口；2011年中国城市人口比重达到51.3%，社会结构发生历史性变化。传统的农耕文化是一种"植物性"文化，整个生产与生活过程既源于自然又回归自然，体现着人与自然之间的亲密关系，"天人合一"成为农耕文化的最高追求。现代的城市文化则是一种"构造性"文化，整个生产与生活过程既依托自然又异于自然，以物质与快乐等消费追求为中心，集聚着人的主体精神和创造，同时也为这种"不自然与无根"状态所困扰。在当前中国城市宏大的物质变迁中，许多城市对当地居民来说变得越来越陌生，越来越像是异乡，越来越缺乏文化认同感和归属感，变得不再亲切。

城市文化精神蕴含在城市的各种文化载体之中，具有群体性和鲜明的个性,发挥着导向作用、凝聚作用、约束作用、育人作用和传承作用,拥有自身的文化品格和内在的力量。一座缺乏文化精神的城市,比缺乏外在的发展更可怕。综观江苏省的城市,虽然在不断的拓展与构造过程中,逐渐疏离了自然生产与生活,但与传统的农耕文化之间却始终保持着千丝万缕的联系,积淀着极其丰富的城市文化内涵,形成了各具特色的城市文化精神,值得进一步挖掘和借鉴。

一、江苏城市的建立

城市的起源从根本上来说,有因"城"而"市"和因"市"而"城"两种类型。因"城"而"市",就是先有"城"后有"市","市"是在"城"的基础上发展起来的,这种类型的城市是先有政治、军事的需要而后有市场经济的需要,多见于中国的北方城市;因"市"而"城",则是由于"市"的发展而形成的"城",即是先有市场后有城市的形成,这类城市多见于中国南方,是经济发展到一定阶段的产物。江苏城市的建立,有着自身的客观条件和文化因素,也打上了中国南北文化交汇的烙印。

梅里城是史书上记载的江苏地区最早的城市。据《吴越春秋》记载,商朝末年,也就是公元前11世纪,歧周

泰伯奔吴建梅里城

古公之子泰伯、仲雍南奔至荆蛮,建立勾吴国。"数年之间,民人殷富。遭殷之末,世衰,中国侯王数用兵,恐及于荆蛮,故泰伯起城,周三里二百步,外郭三百馀里,在西北隅,名曰故吴。人民皆耕田其中。"泰伯所起之城史称梅里,据考证在现今的无锡梅村。

梅里城的建立,具有三大特点:一是该城市的产生不是出于政治统治的需要,而是在经济发展、民生富庶的基础上,因"市"而"城",顺其自然形成的。二是该地区原先是不设防的,城市的建立,既是为了防御来自北方"用兵"的威胁,也是向北方学习的结果,《吴越春秋》记载泰伯之父古公在歧周时,"居三月,成城郭,一年成邑,二年成都"。三是城市规模不太大,城

乡之间相联紧密。后汉以前，六尺为步，三百步为里，1尺相当于现在的0.231米。也就是说，梅里城的内城长1 524.6米，外城长12 4740米。在不太大的城市区域里，原先的农耕业也保留其间。

公元前770年—前476年，常州武进地区筑有淹城，淹城是中国目前保存最完整的春秋时期城址。淹城系北方奄族人迁徙于江南后始建的。从里向外，淹城由子城、子城河，内城、内城河，外城、外城河三城三河相套组成，这种建筑形制在中国的城池遗存中独一无二。子城呈方形，周长500米；内城呈方形，周长1 500米；外城呈不规则椭圆形，周长2 500米；另外还有一道外城廓，周长3 500米。淹城的城墙，系用开挖城河所出之土堆筑而成；淹城遗址还出土了中国最古老的独木舟，独木舟是这座"水城"的重要交通工具。

独木舟是淹城这座"水城"的重要交通工具

夏禹治水时，把全国疆域分为九州，徐州即为九州之一。当时"徐州"只是作为一个自然经济区域的名称，

黄帝曾都彭城

彭城才是这一区域的中心城市。彭城的城建历史悠久，据先秦典籍《世本》记载，"涿鹿在彭城，黄帝都之。"徐州地理位置冲要，"东襟淮海，西接中原，南屏江淮，北扼齐鲁"，素有"五省通衢"之称，为兵家必争之地。据《春秋》记载："（鲁成公）十又八年……夏，楚子、郑伯伐宋，宋鱼石复入于彭城。"鲁成公十八年即公元前573年，这是"彭城"见诸文字最早的记载。公元前201年，汉高祖刘邦之弟刘交受封为楚王，都彭城，筑石垒城。

苏州城的建立，与梅里、淹城一样，也是苏南向北方学习的结果。公元前514年，伍子胥从楚国投奔吴国，向阖闾提议："凡欲安君治民、兴霸成王、从近制远者，必先立城郭，设守备，实仓廪，治兵库。"认为治国的首选，在于有一个稳固的都城。于是，吴王阖闾委托伍子胥"造筑大城"。据《吴越春秋》记载，新建的阖闾大城"周回四十七里。陆门八，以象天八风；水门八，以法地八窗。"《越绝书》对阖闾大城的周长有着更详细的记载："周四十七里二百一十步二尺。南面十里四十二步五尺，西面七里一百十二步三尺，北面八里二百二十六步三尺，东面十一里七十九步一尺。"与其时的"周十二里"的"吴小城"相比，伍子胥"相土尝水，象天法地"，所着力造筑的阖闾大城，周长19 542米，拥有水、陆城门各8座，气势雄伟，构思精巧，代表着更高的城建水平。阖闾大城奠定了苏州城的基本格局，目前许多城市功能仍在发挥着很大的效用。1229年《平江图》碑问世，该图刻绘了宋代平江（苏州）城市的平面轮廓和街巷布局，详绘城墙、护城河、平江府、平江军、吴县衙署和街坊、寺院、亭台楼塔、桥梁等各种建筑物，其中桥梁多达359座，河道20条、庙宇、殿堂250余处，可谓"小桥流水，人家枕河"。《平江图》碑是中国现存最古老、最完整的城市平面地图。

扬州也是夏禹治水时划分的九州之一，目前的扬州是其重要组成部分。

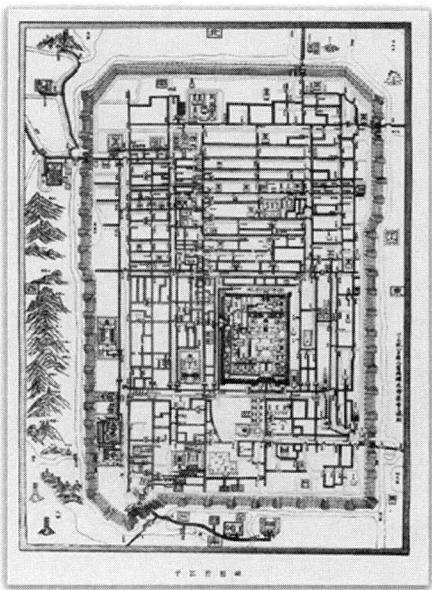

《平江图》是中国现存最古老、最完整的城市平面地图

公元前486年，吴国开凿邗沟，沟通长江、淮河，因筑邗沟而形成的邗城，是扬州建城之始。邗城筑于蜀冈之上，城的南沿在蜀冈南麓断崖上，断崖下即是长江；城为方形，板筑城垣，周长约5 000米；城南有两道垣，外城垣和内城垣之间有壕沟，外城之外也有壕环绕，郦道元《水经注》记载："城下掘深沟。"公元前195年，吴王刘濞在邗城旧址增筑都城。

公元前495年，吴王夫差在今南京市朝天宫后山设立冶城，铸造兵器。所谓冶城，其实并非城邑，只是一个

扬州的挹江门　高晓峰摄

规模较大的围有土墙的"百工作坊"。公元前472年，越王勾践令范蠡筑城于今中华门外的古长干里，这是在南京建造最早的一座城池，史称"越城"或"越台"。因筑城工程是由范蠡主持的，故又叫"范蠡城"。越城很小，城周只有"二里八十步"，相当于现在的942米。楚威王熊商灭越后，于公元前333年，在今南京清凉山上筑城，置金陵邑。229年，吴大帝孙权将都城从武昌迁至建业，开始宫城的规划建筑。其宫城早期以太初宫为中心，晚期以昭明宫为中心，太初宫为南京最早的帝王宫殿建筑。1700年后的1929年，南京作为都城有了历史上第一部系统的城市规划——《首都计划》，在它的

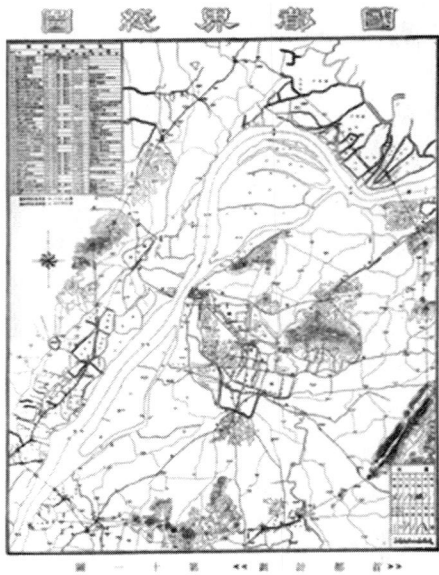

《首都计划》国都界线图

指导下，南京出现了以中山大道为代表的林阴大道和中西合璧的近代建筑，形成今日南京老城的总体格局，初步呈现出现代都市的风貌。

公元前223年秦灭楚后，在今淮安马头镇筑城，传为甘罗所筑，因名甘罗城，清河县志载"甘罗城周 427 丈"。公元前221年，秦置下相县，宿迁始建城。公元前212年，秦在今连云港锦屏山侧设立朐县，并立石东海上以为"秦东门"。据《汉书》记载，公元前117年在今泰州市设有海陵郡，海陵郡以其地高阜而又傍海得名。172年，盐城始筑土城，西狭东阔，状如葫瓢，后人称之为瓢城。208年，孙权在京口（今镇江）北固山前峰筑"铁瓮城"，又名"京城"，作为治所。957年，南唐静海制置巡检副使王德麟筑通州土城，是南通建城之始。

无锡梅里城、常州淹城、苏州阖闾大城、南京金陵邑的主要设计者均来自北方，徐州彭城、淮安甘罗城、宿迁下相县、连云港朐县、泰州海陵郡、盐城瓢城均来自位于北方的中央政府的设置，扬州邗城、南京越城、镇江铁瓮城、南通通州土城的主要设计者均来自南方。江苏早期城市的建立，是经济发展到一定阶段的产物，基本上是南北文化交流的结果。

二、江苏城市的发展

城市的形成，是人口与物资汇聚的结果；城市的发展，更离不开便捷的交通。依托大运河、长江、铁路和海洋等纵横中国南北或东西的交通干道，以及密如蛛网的河道，江苏的中心城市发展迅速。三千多年来，江苏城市的空间格局，经历了一个从沿运到沿江，再到沿铁、沿海的发展过程，先后形成了诸多繁华的都市，并构建起了沿运城市带、沿江城市带、沿铁城市带和沿海城市带。

（一）沿运城市带

大运河由北向南纵贯江苏全境，与淮河、长江形成十字交叉，沟通洪泽湖和太湖两大淡水湖，连接着黄海，在江苏城市发展中起着极其重要的作用，并促进了徐州、宿迁、淮安、扬州、镇江、常州、无锡、苏州为中心城市的沿河城市带的形成。江苏省境内的秦置县，主要是沿着河流分布的，大致与古今的运河沿线相吻合，大运河开通后交通更加便利。唐宋时期，大运河成为维系统一国家的交通运输基础，特别是安史之乱以后，藩镇割据，中央失去了中原的财政税收，只能依靠东南八州的资源供给，大运河便成了连接政治中心所在地与经济重心江南地区的唯一南北运输通道。

在这条交通孔道上，位于大运河

大运河连接南北,哺育了庞大的城市群　高晓峰摄

与长江交汇口的扬州、与太湖交汇口的苏州、与淮河交汇口的淮安、与钱塘江交汇口的杭州,位置尤为冲要,也更加繁华,它们一起被誉为运河线上的"四大都市",其中前三个在江苏,扬州更是有着"运河之都"的美誉。扬州曾经是隋、唐、北宋运河通往江南的枢纽,也是对海外交通的必经之地,日本遣唐使多由海上抵达扬州,鉴真六次东渡日本传授佛法的出发地都是扬州。唐朝扬州上升为仅次于都城的全国经济中心,明清时期仍然是盐运和漕运的

鉴真六次东渡日本传授佛法,出发地都是扬州

中心，"青钱十万贯，骑鹤下扬州"，可见扬州城是多么的繁华。北宋末黄河夺淮河河道入海，淤塞了大运河的北方航道，沿运的北方城市逐渐衰落，而淮安却"南船北马"汇聚，"船一靠岸，千车万担"，更加繁华。明、清两朝将漕运总督府和河道总督府设在淮安，来维护这条南北"生命线"。苏州位于太湖平原的中心，始终是江南地区的中心城市。作为吴国后期的都城，苏州两千多年来城址也始终没有变动。随着江南地区的深度开发，清朝苏州更是成为全国最发达的经济城市。沿运城市带汇聚着中国最大的城市群，保留着许多物质与非物质文化遗产，并仍保持着旺盛的发展活力。

（二）沿江城市带

江苏省13个地级市以长江为界，传统上分为江北、江南（苏南）两大区域；如果再结合地理与经济发展水平来划分，长江以北沿江和淮河南北又分为苏中和苏北两个区域。其中，黄金水道长江连接起了江苏的南京、镇江、常州、扬州、泰州、南通6个地级市和句容、扬中、丹阳、江阴、张家港、常熟、太仓、仪征、江都、泰兴、靖江、如皋、通州、海门、启东15个县（市），以及1927年之前的上海。

早期的长江喇叭形入海口在扬州和镇江一代，扬州位于长江南岸，由于更靠近直接通往北方都城的要道，因而成为著名的河港兼海港，鉴真六次东渡日本传授佛法，出发地都是扬州。南京位于长江南岸，是所在地区的中心城市和江南地区通往北方的主要集散地，历史上发生永嘉丧乱、安史之乱、靖康之难等社会动乱之后，南京往往也是"衣冠南渡"的重要目的地，在六朝时已成为中国历史上第一座人口超百万的城市。南京控扼南北，襟带东西，虎踞龙盘，地势险要，长期作为江苏省的省会，多次成为全国或半壁江山的都城，有着"六朝古都"、"十朝都会"的美誉。随着泥沙的淤积和长江口的东移，扬州、镇江、南京等城市离海越来越远，逐渐失去了江海良港的地位。元明以后，娄江水道经过疏通成为沟通长江、太湖的主要出海通道，苏州的太仓刘家港便成为对外的主要港口，号称"六国码头"，元朝南粮北运的海运起点。明初郑和七下西洋，都是从刘家港起锚出海，归国后又在此停泊。清朝中期以后，刘家港逐渐淤塞，地处长江、黄浦江和苏州河的上海迎来发展机遇。1843年上海开埠，很快就成为全国最大的贸易港口。扬州、苏州等传统社会最大的工商业城市逐渐让位于上海。1927年上海成为特别市，江苏失去了长江入海口处最大的江海良港，但上海对江苏沿江

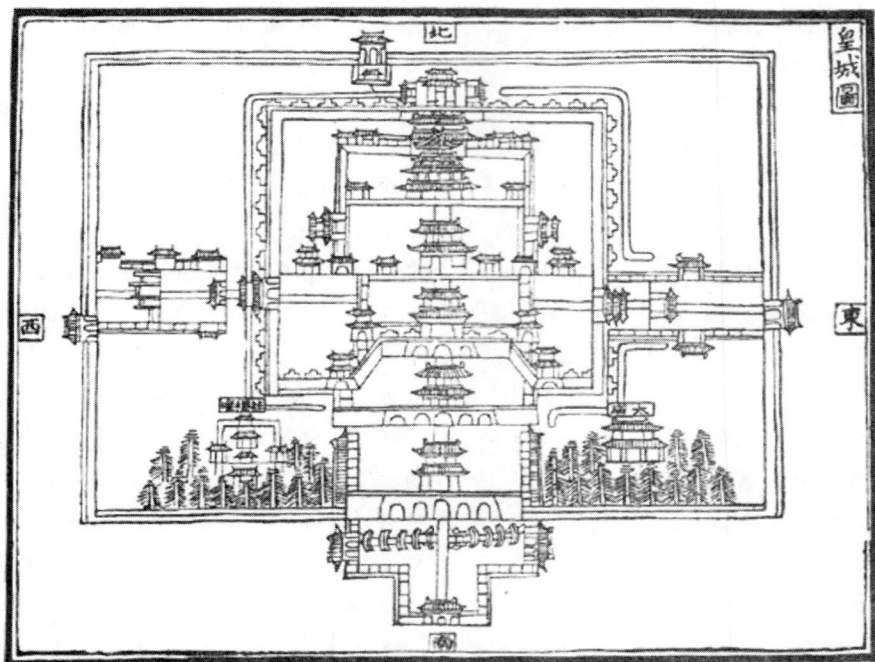

《洪武京城图志》载南京皇城图

城市发展的龙头拉动作用,却越来越大。2006年,《江苏省沿江城市带规划》通过并实施,以加快沿江地区特别是苏中地区城市化和城市现代化步伐,形成布局合理、特色鲜明、优势互补、协调发展的沿江城镇体系。

(三)沿铁城市带

京沪铁路是一条从北京通往上海的铁路,建于十九世纪末二十世纪初,连接着中国的政治中心、经济中心和文化中心,以及一系列地区中心城市,沿途大都为沿海经济发达地带。京沪铁路在江苏境内,从北向南连接着徐州、南京、镇江、常州、无锡、苏州等城市。陇海铁路建于二十世纪二、三十年代,贯穿中国东、中、西部,也是从太平洋边的中国连云港至大西洋边的荷兰鹿特丹的新亚欧大陆桥的重要组成部分。陇海铁路在江苏境内,从东到西连接着连云港、徐州等城市。

徐州作为淮北的中心城市,一直是南北、东西的交通枢纽,控扼着黄淮和江淮两大区域。京沪铁路和陇海铁路十字相交于徐州后,有力地巩固了徐州的交通枢纽地位，同时也更加成为兵家必争之地，铁路促进了徐州的城市建设，战争在很大程度上破坏了城市的发展成果。与之相比，京沪铁路的开通，使得同样沟通南北的大运河的地位显著下降，制约了扬州、淮安等沿运城市带的发展，却有力地促进了南京和苏南地区沿运城市带的发展。无锡的兴起就是一个典型，它从一个大运河边的小城市，迅速变成太湖流域的交通中枢，并进而发展成为全国四大米市之首、民族工商业的重要发祥地和著名的工商业城市。目前，随着高速、高铁等交通方式的加入，沿沪宁线城市带已逐渐一体化，形成了一个规模巨大的城市群。

（四）沿海城市带

早期的连云港与大陆分离，是大海中的一个岛屿，今天的上海、连云港、盐城、南通的大部分沉浸在大海之下，扬州、淮安是有通海河流的良港。其后，受长江泥沙淤积的影响，扬州与海洋渐行渐远。北宋末以后黄河长期夺淮河河道入黄海，受黄河泥沙堆积的影响，海岸线迅速向黄海推进，淮安也逐渐失去了出海口。不仅如此，在黄河泥沙堆积和长江泥沙淤积的双重影响下，江苏沿黄海岸线由砂质海岸转变成淤泥质岸线，加之没有贯通的通海河流，发展腹地不足，成港条件较

无锡依托京沪铁路迅速兴起成为"太湖明珠"

差。1855年黄河北徙后,江苏沿海岸线基本稳定,为沿海城市带的发展创造了有利条件。

二十世纪初,连云港成为新建的陇海铁路的起点,获得了广阔的发展空间,孙中山在《建国方略》中,谋划将其建成东方大港。连云港作为亚欧大陆桥的东端,发展后劲更足,已跻身全国十大港口之列。盐城是名副其实的"盐"城,至今保留着"团"、"灶"、"总"、"丿"、"仓"等与盐业生产管理相关的名称。盐城处在江苏沿海的中心位置,拥有江苏最长海岸线和许多优良的深水港,湿地和滩涂资源丰富。

孙中山在《建国方略》中谋划将连云港建成东方大港

南通地处长江三角洲东北角,"据江海之会、扼南北之喉",与上海隔江相望。清末状元张謇在南通创造性地开展城市规划和建设,使之成为近代棉纺织业中心、"中国近代第一城"。如今南通与上海通过跨江大桥等多种交通方式相连,不仅为上海打通向北发展的大门,也为南通真正"南通"并融入上海发展提供捷径。2009年国家通过了《江苏沿海地区发展规划》,将依托上海,加快连云港、盐城和南通三个中心城市建设,集中布局临港产业,形成功能清晰的沿海产业和城镇带。

2010年,国家批准实施《长三角区域规划》,指出要统筹包括上海、江苏、浙江在内的区域发展空间布局,形成以上海为核心,沿沪宁和沪杭甬线、沿江、沿湾、沿海、沿宁湖杭线、沿湖、沿东陇海线、沿运河、沿温丽金衢线为发展带的"一核九带"空间格局,推动区域协调发展。通过规划建设,将长三角建设成为亚太地区重要的国际门户、全球重要的现代服务业和先进制造业中心、具有较强国际竞争力的世界级城市群。

三、江苏城市的文化精神

江苏传统意义上的城市,从外观上来看,与北方城市相比,多是建筑错落、道路弯窄、花木葱茏、绿水环绕;

从内在布局上来看，也是自然淡雅、精雕细琢、曲径通幽、舒适宜人，人与自然、城市与乡村紧密地联系在一起。江苏城市的文化精神，可简单概括为以下四个方面。

（一）自然诗性精神

江苏国土面积10.26万平方公里，其中平原面积7.06万平方公里，水域面积1.73万平方公里，平原、水域面积分别占69%和17%，是典型的"鱼米之乡"。江苏跨江滨海，河湖众多，水网密布，共有大小河流和人工河道2 900多条、大小湖泊290多个，尤其是长江以南的太湖平原和长江以北的里下河平原，大大小小的河流形成蛛网状。在这样的经济地理条件下，江苏的城市更多不是依托陆地来建造的，而是依托水来塑造的，可以说因水而生，依水而发展。

所谓"因水而生"，是指水既能带来肥沃良田和丰富的物产，支撑起城市人口的消费，为城市的建立打下良好的物质基础，又会带来无尽的水涝，促使城市依高地建设，发展出良好的

江南的小桥流水人家　高晓峰摄

山水城市风貌。所谓"依水而发展"，是指水既能带来便利的交通，有利于人口和物资的汇聚，促进城市的发展，又会成为一道道"天堑"，限制城市的发展空间，促使依水系形成一个个城镇带。在这样的背景下，城市始终与乡村联系在一起，保持着一种自然诗性精神。

江苏城市文化中所体现出来的这种自然诗性精神，是与生俱来并一以贯之的，可以说是江苏城市文化精神的核心。梁启超曾指出"（南地）气候和，其土地饶，其谋生易，其民族不必惟一身一家之饱暖是忧，故常达观于世界以外。……探玄理，出世界；齐物我，平阶级；轻私爱，厌繁文；明自然，顺本性：此南学之精神也。"这种"南学之精神"，与"常务实际，切人事，贵力行，重经验，而修身齐家治国利群之道术，最发达焉"的"北学之精神"，有着显著的差别。这种自然诗性精神体现在城市居民身上，往积极的方面说，就是平和、达观，就是安居乐土、城市宜居；往消极的方面说，就是柔弱、寡淡，就是冲劲不足、缺乏协作，城市的进一步发展需要外来的激发。

（二）怀疑创新精神

由于中国南、北社会组织形式的不同，以及对外物质需求度的不同，导致了政治、军事力量上的不对称局面。

战国以后，江苏地区被并入统一的大帝国，失去了独立发展的主动权，城市文化发展受到业已跃升为主流意识形态的诸夏儒、法、阴阳等思想的一统专制，因而在自然切用的基础上，呈现出一定程度的"异端"色彩，充满着怀疑和创新精神。

在思想文化领域，枚乘开创了汉大赋，在《七发》中指出真正可以"论天下之释微，理万物之是非"的，不是处于当时意识形态中心位置的孔、老、孟，却来自于庄周、杨朱、墨翟等人。王充本着自然天道观，认为"苟有不晓解之问，追难孔子，何伤于义？诚有传圣业之知，伐孔子之学，何逆于理？"建立了一个完整的"异端"思想体系。《吴越春秋》和《越绝书》"寄托着重振家声的痛苦而隐秘的愿望"，开启了地方史学的书写历史。东汉末道教的创立、魏晋玄学的兴起、隋唐禅宗的转化、明朝心学的繁盛，进一步拓展了人的内心，同时充满着激越的主体精神。清朝朴学的求证精神，体现了现代科学实事求是的态度。戏曲、小说等市民文学飞入百姓家，更是起到了思想启蒙的作用。

在科技文化领域，吴国的冶炼技术精良，尤其以铸剑闻名，"干将"、"莫邪"驰名天下，吴国还专门在如今的南京设立"冶城"；阖闾大城（今苏州）

苏州古城

规模宏大,气势宏伟,建筑艺术高超,开山水宫苑园林之先河。六朝时,生活在健康（今南京）的祖冲之计算出圆周率已达小数点后的第六位数字,比欧洲早1 100多年;句容人葛洪的炼丹术名著《抱朴子》具有重要的化学成就;秣陵人陶弘景的《本草经集注》对药物学作出重要贡献。北宋科学家沈括晚年居润州（今镇江）筑梦溪园,撰《梦溪笔谈》,对中国的科学事业影响深远。明清时期的科学界,出现了徐霞客的《徐霞客游记》、徐光启的《农政全书》、王锡阐的《五星行度解》、焦循的《开方通释》、徐大椿的《医学源流论》等不朽著作。园林的营造体现了城市和自然的精致结合,其成就登上了古典园林艺术的巅峰,拙政园、留园、网师园、环秀山庄等苏州园林列入《世界遗产名录》。这些科技成就的取得,离不开思想解放和不断创新。

（三）精益求精精神

江苏并不是一个地理条件优越的地区。据历史记载,从1400年到1900年的500年中,淮河流域共发生350次较大水灾。汉朝时长江以南也是"地广人希,饭稻羹鱼"（司马迁《史记》）。随着黄淮、江淮和苏南地区的先后开发,江苏逐渐成为中央财政的主要来源之一,有"苏常熟,天下足"的民谚。随着经济社会的持续发展和外来人口的大量涌入,江苏逐渐成为全国人口密度最大、经济密度较大的省区,也是世界人口密度较大的地区。江苏为什么享有"锦绣江苏"的美誉?为什么能承载如此巨大的人口密度和经济密度?这与江苏发达的城镇体系有关,其中也离不开江苏人的勤劳、智慧和精益求精的创造。

精益求精首先体现在对"江苏人"的精心化培养。江苏向来崇文重教,教育文化昌达,人才辈出。宋文帝元嘉十五年(438年),在南京建立了儒学馆、史学馆、文学馆和玄学馆,分专业招生培养。从前汉到明代,江苏籍人在《二十四史》中有传者6000余人,在全国数一数二。在清代,共举114科(含恩科),中状元114名,其中江苏籍人49名。同一家族中先后取中"三鼎甲"(状元、榜眼、探花)的全国只有23个,江苏就占了21个。文化世家的大量涌现,是江苏地区教育文化繁荣的重要标志。吴江薛凤昌曾提出过"世家"的三个标准:"一世其官,二世其科,三世其学。"实际上,这些

文化世家由于具备深厚的教育和文化基础,在科举、学术、仕宦等诸多方面都取得了相当的成绩。

精益求精其次体现在对"江苏货"的精细化生产。江苏文化是一种根于自然的精细化创造,无论是诗词、曲艺、雕刻,还是饮食、服饰、建筑、园林,都含有许多精妙的诗性成分在内。江苏的丝绸天下闻名,在中国三大名锦中,南京云锦、苏州宋锦名列其中;苏绣有着独特的风格,与湘绣、粤绣、蜀绣并誉为"四大名绣";苏州缂丝作为制造工艺,别具一格。在饮食方面,淮扬菜"食品之繁,虽历三昼夜之长,

李渔记载了许多精细化的生活　高晓峰摄

而一席之宴不能毕"（薛福成《庸庵笔记》），碧螺春茶叶、宜兴紫砂陶器、苏州各式糕点也是名扬全国。苏州园林驰誉世界，香山帮建筑营造技艺高超，苏式家具简约优美，扬州漆器和玉器无比精当。"江苏制造"以其精巧、细腻、素雅和切用，走向省外和国外，赢得了广阔的市场。

精益求精还体现在对待"家居日用"的审美化态度。俗话说得好："态度决定一切。"江苏人对待日常生活，绝不是小事一桩、得过且过，而是非常细腻、极端认真、保持适度的，不仅思想上高度重视，过程中想方设法，使其不仅实现最直接的实用功能，同时还获得包含其中的更高的审美愉悦。这种生活观经常自觉或不自觉地上升到"道"的层面，泰州学派的基本思想就是"百姓日用即道"。据李渔《闲情偶寄》记载，他把一普通的躺椅加入了自己的改造，虽然只是"前后置门、两傍镶板"，功能及带来的生命享受却已大不相同："此椅之妙，全在安抽替（屉）于脚栅之下……抽替（屉）以板为之，底嵌薄砖，四周镶铜。置炭其中，上以灰覆，则火气不烈，而满座皆温。自朝至暮，止用小炭四块。……只此一物，御尽奇寒。"此椅之妙远不止于此，置炭的抽屉里放一香饼，就是现成的香炉；在桌面上放砚台，可免因

天冷墨汁结冰；衣服受潮时可作熏笼用；还能顶替轿子出门，"游山访友，何须另觅肩舆？只须加以杠柱，覆以衣顶，则冲寒冒雨，体有余温"。

（四）开放包容精神

马克思在《资本论》中指出："过于丰饶的自然，'使人离不开自然的手，像儿童离不开引绳一样'。那不会使人类本身的发展成为一个自然的必然。"早期江苏地区生活资料的易得，反而容易使得当地人对于生产方式的革新不够重视，从而造成经济文化发展的停滞；再加上自然地理条件上的种种限制，整个江苏地区的发展缺乏内部各个区域之间的相互刺激，人与人之间也就缺乏协作的动力，去创造更大的文明成果。

江苏的开放发展和城市建设，需要外来的刺激。苏南地区早期城市的建立，就是自觉接受北方文化影响的结果，梅里城、淹城、阖闾大城的建造者均来自北方；江苏的黄淮、江淮、沿江、苏南地区及其中心城市徐州、扬州、南京、苏州的先后繁荣，也离不开北方外来人口的开发。再从来自南方的影响来看，春秋战国时期，随着楚国的日渐强大，吴国不得不把都城迁移至目前的苏州；吴国重心的南移，对湖海山河环绕、已无退路的越国造成了巨大的威胁。吴越长时间的争霸，不

吴越争霸在很大程度上促进了相互交流

仅促进了相互之间的沟通与交流，还刺激了各自以对象化为主要特征的理性思维能力的发展。范蠡功成身退后在江苏陶地从事"货物所交易"（司马迁《史记》），以崭新的思想观念，为知识分子走出了一条新路。元朝棉花在江苏地区广泛种植，松江黄道婆从海南黎族妇女那里学到纺织技术后回来广泛传播，对社会经济生活产生了深远的影响，从而也奠定了江苏纺织和服装产业的优势地位。

　　江苏城市文化在内外交汇中，能够保持一种兼收并蓄的包容心态。原始儒学关注现实中的道德伦理秩序，对自然与人的形而上的思路未能探幽寻微。魏晋南北朝时期江苏学人在亲近山水时，体会到某种异质同构的玄理，完成了玄学的创建。道教将儒家的诸多道德信条列为成仙的必要条件，葛洪认为："欲求仙者，要当以忠孝和顺仁信为本。若德行不修，而但务方术，皆不得长生也。"（《抱朴子》）。明代的徐光启本着"救儒补佛"的目的，向利玛窦等西方传教士学习天文历法、经济水利，首开了"西学东渐"之风。清末随着国门被打开，西方学术思潮开始涌入，由于经济地理等原因，以开埠后的上海为首的江苏地区受冲击最大，也得风气之先。诸多江苏学人本着开放的心态，或自觉接受海外思想，或以"博通古今"的国学功底，力求"学贯中西"。反思传统与回应西学，构成了江苏现代学术的思想基调。他们中涌现出一批大师级的人物，为中国现代学术的确立做出了很大的贡献。

四、新时期江苏城市及其文化精神的构建

　　多年来，中国在追求城市现代化的进程中，许多城市片面地"求大"、"求洋"、"求新"，忽视了"本土"的文化资源，逐渐失去了自身的特色。当前国家提出要推进新型城镇化，新型城镇化是以城乡统筹、城乡一体、产城互动、节约集约、生态宜居、和谐发展为基本特征的城镇化，是大中小城市、小城镇、新型农村社区协调发展、互促共进的城镇化。对处于经济社会发展

新时期的江苏来说,如何在新型城镇化进程中,加强文化精神建设,保持各个城市的个性魅力?

（一）凝练新时期的江苏城市文化精神

经过多年的改革探索和总结提炼,江苏省在争取实现"两个率先"的时代进程中,于2011年正式推出了新时期江苏精神:"创业创新创优、争先领先率先"(简称"三创三先")。"三创"体现了江苏人的现实精神状态,"创业",倡导艰苦创业、自主创业、全民创业;"创新",倡导解放思想、与时俱进、创新发展;"创优",倡导精益求精、勇创一流、追求卓越,其中,创业是基础、创新是灵魂、创优是追求。"三先"突出了对江苏发展的总要求和面向未来、奋力开拓的精神导向,"争先",是江苏改革开放以来形成的鲜明精神特质,体现为主动进取、奋发向上、不甘落后的意识和精神状态;"领先",既是经济、社会、文化、生态等各方面的工作定位,又是一种引导和行为过程;"率先",是中央领导对江苏发展的目

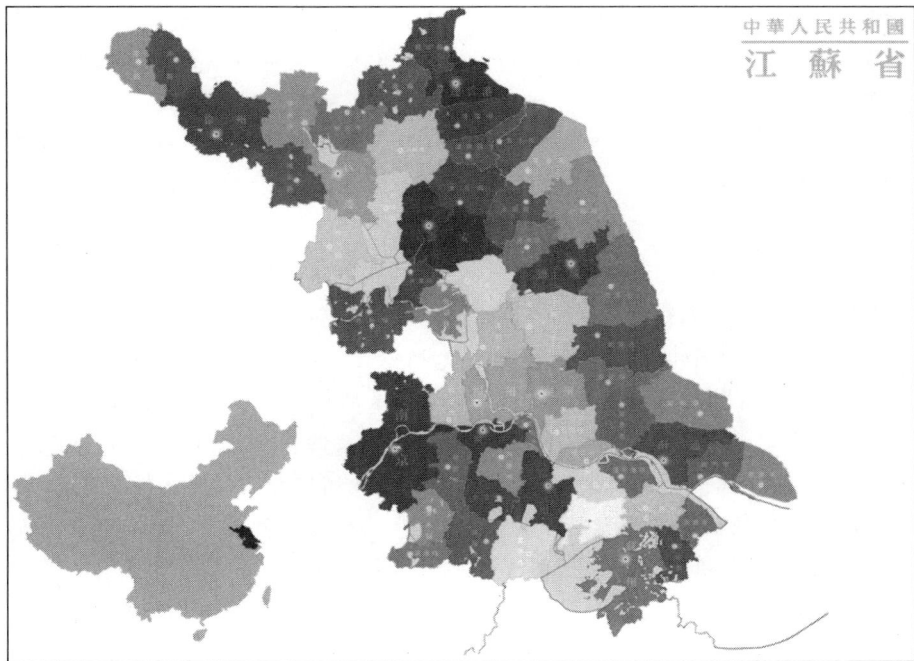

锦绣江苏

标要求,也是江苏率先发展、科学发展、和谐发展的实践追求,其中,争先是前提,领先是责任,率先是目标。"三创三先"有机统一,逐步递进,现实精神状态与未来发展要求全面体现,相互贯通,倡导指向十分鲜明,体现了江苏人的"精气神"。新时期江苏精神的提出,对江苏各城市文化精神的凝练具有指导作用。

江苏许多城市根据自身的历史文化特点和建设发展要求,曾提出过一些具有明显时代特征的城市精神。比如,南京把"开明开放、诚朴诚信、博爱博雅、创业创新"确立为南京市民精神和城市精神,充分发挥深厚的历史文化积淀和独特的山水城林优势,鼓励创新创业和文明进步,努力打造"绿色之都、博爱之都"。苏州把"崇文、融合、创新、致远"确立为城市精神,探寻和追求一种"宁静致远、内敛不张扬"的境界。无锡把"尚德务实、和谐奋进"确定为个性化的城市精神,其中"尚德"典出自孔子赞誉泰伯的"至德名邦"。常州又称龙城,把"勤学习、重诚信、敢拼搏、勇创业"确立为引以为豪的新时期常州精神。新时期镇江精神的主题语为:"创业创新、开放文明、务实诚信"。扬州把"崇文尚德、开明开放、创新创造、仁爱爱人"确定为扬州城市精神。徐州曾提

出"有情有义、诚实诚信、开明开放、创业创新"十六字城市精神,并围绕城市精神开展"温情徐州"系列活动。宿迁把"团结奋进,敢试敢闯,务实苦干,自立自强"作为宿迁精神,把"生态为归宿,创业求变迁"作为新时期的城市精神。

在新的发展时期,对江苏各城市精神进行凝练,需要对城市文化底蕴的准确把握和对时代发展趋势的深刻洞察,也需要个性化的概括和表述,当然还要走一定的具有公信力的法定程序予以确认。只有这样,才能真正做到历史性、时代性、个性和稳定性的高度统一。对江苏城市文化精神进行精确提炼,是一项难度很大的工作,同时也是一项很有意义的工作,一座没有文化精神的城市往往也就没有精、气、神。

(二)加强三大都市圈的文化建设

城市从乡村中建立起来,形成城乡二元结构,是城市文明发展的第一步;依托传统的交通方式,中心城市的繁荣及城镇群、城市群的出现,是城市文明发展的第二步;依托现代的交通方式,现代化大都市建设及都市圈、都市群进程的逐步拉开,是城市文明发展的第三步。

1. 江苏三大都市圈规划的提出

大都市圈已成为衡量一个国家或地区社会经济发展水平的重要标志。

戈特曼提出"大都市圈"概念

1957年，法国学者戈特曼提出"大都市圈"概念。大都市圈形成的基本条件和标准为：区域内有比较密集的城市；有相当多的大城市形成各自的都市区，核心城市与都市区外围地区有密切的社会经济联系；有联系方便的交通走廊把核心城市连接起来，各都市区之间没有间隔，且联系密切；必须达到相当大的总规模，人口在2500万以上；属于国家的核心区域，具有国际交往枢纽的作用。按照戈特曼的标准，中国目前称得上"大都市圈"的地区只有三个：京津唐、长三角和珠三角。这三大都市圈将引领国家经济发展的方向，并成为辐射带动相关区域经济社会发展的龙头。

江苏城市在历史演进过程中，先后形成了徐州、南京、扬州、苏州等发达的区域乃至全国中心城市，形成了吴文化、楚汉文化、淮扬文化、金陵文化等一批特色鲜明的地域文化，并拥有南京、苏州、扬州、镇江、常熟、徐州、淮安、无锡、南通、宜兴等10个国家级历史文化名城，为全国之最；同时形成了沿运、沿江、沿铁、沿海等发达的城市群，以及诸多发达的城镇群体，其中昆山市周庄、吴江市同里、吴中区甪直、吴中区木渎、太仓市沙溪、姜堰市溱潼、泰兴市黄桥、高淳县淳溪、昆山市千灯、东台市安丰、昆山市锦溪、江都市邵伯、海门市余东、常熟市沙家浜、吴中区东山、锡山区荡口、兴化市沙沟、江阴市长泾、张家港市凤凰等19个镇为中国历史文化名镇。

在此基础上，2002年江苏省率先推出"苏锡常都市圈规划"，2003年南京、徐州两大都市圈规划也正式推出。苏锡常、南京、徐州三大都市圈是江苏省实施城市化战略，整合城镇群体优势，促进区域经济社会发展的重大战略举措。江苏三大都市圈规划的提出，既考虑到传统区域文化的影响，也考虑到新时期经济发展的需求，还综合考虑到了交通等因素。江苏三大都市圈建设在促进区域经济社会发展的同时，也必将对未来江苏区域文化发展和城市文化精神塑造带来重大的影响。

2. 南京都市圈城市文化精神

南京都市圈规划范围包括江苏的南京、镇江、扬州，安徽的马鞍山、滁州、芜湖的全部行政区域及淮安的南部和巢湖的部分地区。该都市圈的功能定位是：长江流域与东部沿海交汇地带的枢纽型都市圈，江苏省核心型都市圈，兼容并蓄、开放多元的文化型都市圈，以上海为龙头的长江三角洲的重要组成部分。总体目标是，推动都市圈的经济、市场发展一体化，培育平等、互利的发展环境；针对市场、产业、基础设施、城市化等方面的共同发展制定相应策略，扩大区域合作，创造多种灵活的合作方式，形成区域一体化发展格局；大力发展循环经济，走新型工业化道路，促进都市圈区域可持续发展；以长江为纽带、沿江城市为依托，联合培育都市圈信息生产和信息服务中心，构建国际性的沿江先进制造业集群和以历史文化、山水城林为特色的城市带。南京都市圈的核心和龙头是南京，镇江和扬州为两个副中心，并向"宁镇扬同城化"方向发展。

南京都市圈所属区域，深受金陵文化和淮扬文化的影响，其中心城市南京及镇江、扬州、淮安，更是金陵文化和淮扬文化的核心区域。南京都市圈的城市文化精神，基本上是政治文化主导型。南京就具有所谓的"帝王之气"。公元前333年，楚威王熊商打败越国，在南京地区设金陵邑，并在石头山上筑城，以控制长江要塞。相传他还听信方士之言，在紫金山和幕府山一带埋金以镇"王气"，南京古称金陵（"陵"的意思是山陵），就是从这时开始。秦统一全国后，据说秦始皇巡游东南，见金陵之地有王者之势，便于公元前210年改金陵邑为秣陵县，使之为牧马场所（"秣"为"禾"之"末"，也就是草料的意思），同时"凿北山以

南京都市圈的城市文化精神，基本上是政治文化主导型。
图为南京总统府 姜晓云摄

绝其势"，"凿钟阜，断金陵长陇以通流"，所凿的北山为幕府山、钟阜为紫金山，所开的河道为"秦淮河"。东吴孙权受此影响及诸葛亮"钟山龙蟠，石头虎踞，此乃帝王之宅也"的建议，第一个在南京定都，此后东晋、宋、齐、梁、陈接连定都于此，使南京成为著名的"六朝古都"。隋文帝灭陈后，为了杜绝"金陵王气"，派晋王杨广彻底荡平了建康城的城邑、宫殿，改作耕田。五代十国时期，杨吴的徐知诰重建石头城，后废皇帝自立，史称南唐，定都南京。后来，明朝、太平天国、中华民国先后定都于此。南京有着"十朝都会"的美誉，并与西安、洛阳和北京一起并称为"中国四大古都"。

镇江、扬州、淮安的城市发展也深受国家政策的影响，城市文化中政治意味很强。镇江作为长江下游军事重镇，一直与南京互为表里。东汉建安中，孙权治此，称为"京城"，及迁建业（南京），改名"京口"；六朝时刘裕发迹于此，称之为"北京"；1929年至1949年，镇江为江苏省省会。扬州素有"苏北门户"之称和"运河之都"美誉。汉初刘濞为吴王，定都扬州。唐末杨行密在扬州受封为吴王，其子杨渭正式建吴国，以扬州为国都。1949年苏北行政公署等先后驻泰州、扬州。明清时期官商结合的盐政制度，在给帝国带夹巨额财政收入的同时，也给扬州文化打上了鲜明的政治烙印。淮安曾是漕运枢纽、盐运要冲，明清两朝一致将漕运总督府和河道总督府设在淮安，来维护这条南北"生命线"。运河是通过关系来组织运行的，淮安"南船北马"的特殊交通方式，使之具有相当浓厚的官气。

南京都市圈的城市文化精神，具有以下显著特征。一是凝重的历史沧桑感。政治上的巨大变迁，往往会给城市带来沧海桑田般的变化。"金陵王气"的文化隐喻，带给这几座城市多番兴毁。南京的口头禅"多大事啊"、"不存在"，扬州的口气词"乖乖隆的咚"，有着看透一切的市民自娱精神。南京、镇江、扬州等地科举文化、宗教文化的发达，也与之密切相关。二是开放包容的心态。开放包容主要体现在南北兼容的处世态度、雅俗共赏的文化环境、刚柔相济的人文精神三个方面。南京、镇江、扬州、泰州、淮安等城市处在中国南北文化的过渡区，历史上南北文化及人员之间交流频繁，城市文化往往具有强烈的市民精神。此外，有大批外籍人士来此经商、传教、从政、定居。三是浓郁的古商业文化气息。城市经济的兴起，形成了城市工商业者、农户、士子、官宦、艺人和流动性商贩等多元的复合

姜晓云

中国风——江南文化系列丛书

群体，南京夫子庙就是这种混合体的代表。扬州、南京、淮安等城市也是对外贸易和国际友好交往的港埠。南京都市圈的城市文化精神，总的来说，敦厚有余，创新不足。

3. 苏锡常都市圈城市文化精神

苏锡常都市圈规划范围包括苏州、无锡、常州，实际上也应该包括南通。该都市圈的功能定位是：全国和亚太地区现代制造业的重要基地、上海都市圈的重要组成部分。总体目标是：在以上海为中心的沪宁杭城市群中，组合苏中，辐射苏北，联合浙北，围绕上海，相对独立，互惠互利，率先实现现代化，不断提升发展水平，加快经济国际化积极融入国际经济贸易体系和世界城市体系。总体要求是：以苏州、无锡、常州为核心优化区域城镇空间布局，加强都市圈内城镇布局网络化；统筹安排和积极推进区域性重大基础设施和公共设施的共建共享，加强特大城市与周边地区的各项联系，促进中小城市的合理集聚优化资源配置，避免重复建设；加强生态环境、人文环境的保护与建设。苏锡常都市圈的关键点是"提升与上海对接与互动水平"。

苏锡常都市圈所属区域，深受吴

苏锡常都市圈的城市文化精神，基本上是经济文化主导型。图为苏州工业园区

文化的影响,其中心城市苏州、无锡、常州更是吴文化的核心区域,南通也是吴文化的"移民区"。苏锡常都市圈的城市文化精神,基本上是经济文化主导型。在吴文化中,似乎一直就有避让政治(君位)的传统。根据《史记》记载,泰伯是周太王古公亶父的儿子,他还有一个弟弟仲雍和一个同父异母弟季历。季历和他的儿子昌素有贤名,周太王因此有立季历为储的想法。于是泰伯、仲雍二人同避荆楚,并文身断发,示不可用。后来季历继位做了周季王,他的儿子昌就是周文王姬昌。泰伯、仲雍最后定居无锡梅里,并建立"句吴"国。《吴越春秋》除了记载泰伯"三让天下"的故事,还记载了季札秉承"惟仁是处,富贵之于我,如秋风之过耳"的精神,两次"让国"于长兄诸樊、侄子僚的故事。季札封地在延陵(今常州),被称为"延陵季子"。春秋战国以后,特别是大运河贯通南北以来,苏锡常地区经济快速发展,苏州逐渐成为该区域乃至全国的经济中心。近代中国经济中心转移到上海,苏锡常和南通地区为其重要腹地。

苏锡常都市圈的城市文化精神,具有以下显著特征。一是热爱生活,具有自然诗性的生命精神。苏锡常地区具有热爱自然、享受生活的传统,注重全面提高日常生活的质量,甚至达到了不厌精细的程度。二是克己爱人,具有多元包容的价值取向。除了上文中泰伯、季札的"惟仁是处",苏州的范仲淹提出了"先天下之忧而忧,后天下之乐而乐"的喻世明言,来自苏州昆山的顾炎武主张"天下兴亡,匹夫有责"。长洲《彭氏宗谱条例》言:"宗人生业,以读书习礼为上,次则训徒学医务农,次则商贾贸迁。"既推崇读书做官,又鼓励自主多元发展,市民文化发达。三是柔中带韧,具有创新创业的实干态度。苏锡常和南通地区崇文重教,苏州是著名的"状元之乡",宜兴是著名的"教授之乡"。除了读书之外,通过精细化的生产和创造,还在园林、丝绸、服装、刺绣、灯彩、木刻、盆景、绘画、音乐、饮食、医药、科技等各个方面都取得了很高的成就。在经济方面,创办了现代民族工商业,创造了当代著名的"苏南模式"。苏锡常都市圈的城市文化精神,总的来说,安逸有余,冒险不足。

4. 徐州都市圈城市文化精神

徐州都市圈的设定范围包括江苏的徐州市、连云港市、宿迁市及其所辖县市,安徽、山东、河南部分市县,实际上还应包括盐城。根据规划,徐州都市圈和徐连城镇发展轴要加强接受长江三角洲经济区和环渤海经济区的产业、技术扩散和转移；发挥承东启西、南引北联的区位优势，加强各城市间优势互补，加快我国东部沿海"低谷"地区的发展；为国家中西部地区开发开放服务，推动陇海兰新经济带加快崛起；充分发挥苏北地区后发优势，成为苏北地区首要的增长极和实施全省区域共同发展战略的重要区域。规划的重点是：围绕"阶段推进、扬长避短、重点突破"，突出对产业、劳动力、政策环境等发展要素的有序培育、择优培育和重点培育；围绕"市场主导、广求机遇、创造特色"，加强对产业发展规划引导；围绕"政府推动、市场运作、形成合力"，深化对城镇布局、交通网络、区域基础设施和公共设施、旅游资源、生态环境等重大问题的协调。徐州都市圈建设的关键点是"发挥徐州和连云港龙头和带动作用"。

徐州都市圈所属区域，深受楚汉文化、海洋（盐）文化的影响，其中心城市徐州及宿迁是楚汉文化的核心区域，连云港、盐城是海洋（盐）文化的核心区域。徐州都市圈的城市文化精神，基本上是军事文化主导型。以徐州为中心的该都市圈所属区域，自古以来就是兵家必争之地。根据统计，仅发生在徐州的战争，史书记载的就多达400余次。最远的一次，发生在公元前21世纪，即彭伯寿征西河；最

徐州都市圈的城市文化精神，基本上是军事文化主导型。图为徐州淮海战役纪念馆

近的一次,发生在1948年11月6日至1949年1月10日,即淮海战争。平均每十年左右就要打一回仗。徐州人刘邦从家乡起兵抗秦,宿迁人项羽灭秦后自立为西楚霸王并定都徐州,其后的楚汉之争更是惊心动魄。盐城为新四军总部所在地,是苏北和华中抗日根据地的心脏。连云港的抗日山是我国第一座也是唯一一座以抗日命名的山,青山有幸埋忠骨。

徐州都市圈的城市文化精神,具有以下显著特征。一是质朴厚重,有尚武情结。该都市圈所属地域土地辽阔,民风质朴,加上北接齐鲁、西联中原、南襟吴越,有明显的齐鲁文化、中原文化和吴越文化的影响,再加之战略位置重要,战乱频仍,因而既粗犷豪迈,质朴厚重,又崇尚武术,推崇勇力。与之相关的重型机械、海盐和酒文化也很发达。二是楚风汉韵,重情重义。楚风是指古代楚国的国体"辞",代表作为屈原的《离骚》;汉韵乃是汉朝的国体"赋",代表作有刘邦的《大风歌》及项羽的《垓下歌》。楚汉文化有着极其丰富的内涵,重感情,重义气,重集体,重人际关系,言辞慷慨,情真意切。汉朝建立后,楚风汉韵上升为国家文化主体形态,成为中国典范文化——汉文化的重要组成部分。三是务实苦干,有后发优势。徐州都市圈所属地域艰苦的自然条件和恶劣的社会环境,锻炼出本地人民艰苦卓绝、顽强不息的意志品质和务实进取、埋头实干的精神。尤其是盐丁、矿工和船民,既吃苦耐劳,又富有组织,成为革命和斗争的中坚。黄河夺淮后冲出的沿海滩涂和恢复故道后留下的湿地,逐渐成为这些地区和城市发展的新的增长点。而广阔的黄海和蓝色的太平洋,更是徐州都市圈各城市新的"战场"。

江南国学:诗与思的中国对话

编者按:国学本是北方文化的产物,也是以北方与中原为中心的中国传统社会、文化与学术的独特反映与表现形态。但早在春秋时代就传播到江南地区,并历史地形成了具有独特学理内涵与精神性格的江南话语谱系。在以后漫长的中国思想与文化史上,日益成熟的江南国学不仅对北方儒学系统产生了重要影响,有力地促使了中国传统学术的知识增殖与价值多元化,同时,以经济与文教发达的古代江南社会为中心与根据地,江南国学也在相当大的程度上影响了中国传统社会的生活方式与精神文化生态。

从江南文化角度关注国学，既显示出国学存在方式的多样性，进一步开拓了研究的学术空间，同时也可以使我们的理解在内容上更加丰富，在细节上更加真实与生动。有鉴于此，我们邀请相关专家就此进行对话，并希望能有更多关心国学及其现代化问题的同仁予以关注、参与和批评指正。

刘士林（上海交通大学教授）：十几年前，在哲学上以不同于康德、黑格尔的尼采、海德格尔为代表，在文学上以不同于雪莱、拜伦的荷尔德林等人的诗歌为代表，"诗哲"一词开始流行，当时的很多人把他们看作"诗与思的对话"的典范。其实这是有很大问题的，西方人的理性过于成熟，和诗对话起来总是隔着几层，特别是这种对话有明显的宗教旨向，因而我更倾向于把它们看

海德格尔提出了"诗与思"

作是一种"思"与另一种"思"的对话。在研究中国诗性文化时，我开始有意推崇"诗与思的中国对话"，它的中介是自然，没有宗教与神的压迫感。如孔子向往的"齐鲁春风"，庄子展示的"南华秋水"，与海德格尔讲的"死"、"操心"，与荷尔德林在黑夜中的流浪很不相同。再后来，我还发现更好的对话在江南诗性文化中，与北方相比，江南的诗性少了一些伦理束缚，多了几分感性的温存与亲切。江南国学是在江南诗性文化土壤中自然开放的花朵。它是学问，但更是诗。

姜晓云（南京师范大学博士）：维柯有一个基本的思想，一种东西的本性就是它的起源。从文化起源上看，江南文化就有刘先生指出的这种"自然生发"的诗性特点。史初的江南经济地理环境比较特别，一方面自然条件比较优越，从个体生存的小生态环境来看，这个地区"地势饶食"，易于为生，以至使人产生了一种对自然环境的自然顺应感和深度倚赖感，"池塘生春草，园柳变鸣禽"，自然诗性思想的悄然滋生，应是一件水到渠成的事情；从群体生存的大生态环境来看，诚如童恩正先生所言，江南地区由于山、河、林、沼等自然的分割与障碍，人们只能在河谷或湖泊周围的平原上发展自己的文化，从而形成了一个一个自然

独立的"文化龛"。在这种自足、闲暇、松散、少争的自然生发状态之中，伦理的教诲让位于审美的观照。江南文化所呈现出与北方文化中"百川东到海"式的大一统场面明显不同。可以这么说，史初江南文化具有的这种自然诗性，是江南文化的思想内核，也是其今后与北方文化进行"诗与思"对话的"本钱"。在南、北文化的不断对话与融合中，江南国学形成并日渐繁盛。

查清华（上海师范大学教授）：从源头上看，江南国学的独立成型当始于先秦时期。梁启超在《论中国学术思想变迁之大势》中将先秦学派分为南北，南派以老子、庄子（包括列子）、杨朱及其门徒为正宗，以许行、屈原为支流。地理环境的差异决定南北民族的生活方式和人生态度，由此形成南北学派的不同特色："北地苦寒硗瘠，谋生不易，其民族消磨精神日力以奔走衣食、维持社会，犹恐不给，无余裕以驰骛于玄妙之哲理，故其学术思想，常务实际，切人事，贵力行，重经验，而修身齐家治国利群之道术，最发达焉。……则古昔，称先王；内其国，外夷狄；重礼文，系亲爱；守法律，畏天命：此北学之精神也。南地则反是。其气候和，其土地饶，其谋生易，其民族不必惟一身一家之饱暖是忧，故常达官于世界以外。初而轻世，既

梁启超精辟地概括了"南学之精神"

而玩世，既而厌世。不屑屑于实际，故不重礼法；不拘拘于经验，故不崇先王。……探玄理，出世界；齐物我，平阶级；轻私爱，厌繁文；明自然，顺本性：此南学之精神也。"这些概括相当精辟，不但在古代中国具有很强的代表性，即在今天仍然可见南北文化精神的种种差异。

刘士林：自然环境对精神生产的影响一直受到关注。丹纳在《艺术哲学》中谈到意大利时，就特别强调南北意大利人在性格与审美上有很大的区别。国学是北方与中原文化的产物，但自春秋时代传播到江南以后，受江南特殊的自然条件、生产与生活方式的影响，也发生了很大的变化，形成了独特的性格与谱系。以后，江南国

学不仅对北方儒学系统有重要影响,也影响了中国传统社会的生活方式与精神文化生态。但以往的正面研究很少,从属于江南区域经济、宗教、社会史、文学艺术研究,没有受到应有的重视。

查清华:就文学而言,自然环境对文学生产的影响就特别值得关注。丹纳的自然环境理论对我们很有启发,刘师培在《南北文学不同论》中亦论及自然环境对我国南北文学生产的影响:"大抵北方之地,土厚水深,民生其间,多尚实际。南方之地,水势浩洋,民生其际,多尚虚无。民崇实际,故所著之文不外记事、析理二端;民尚虚无,故所著之文,或为言志、抒情之体。"指出江南抒情文学发达的一大关键。地理因素又会影响区域社会政治和经济文化,从而作用于精神生产。这一层丹纳在实证分析欧洲文艺时未能推及,不免有自然环境决定论之嫌。而梁启超《中国地理大势论》就关注到"四围社会之影响":"燕赵多慷慨悲歌之士,吴楚多放诞纤丽之文,自古然矣。自唐以前,于诗于文于赋,皆南北各为家数:长城饮马,河梁携手,北人之气概也;江南草长,洞庭始波,南人之情怀也。散文之长江大河一泻千里者,北人为优;骈文之镂云刻月善移我情者,南人为优。盖文章根于性灵,其受四围社会之影响特甚焉。"

姜晓云:我在搜集相关研究资料时,也发现在江南国学历史发展进程中,很少见到高高在上的、一本正经的圣人圣师,也很少看到被奉为圭臬的、神圣不可侵犯的思想和经典,却可以经常看到许多自然通达、博学清言的学者。记得冯友兰先生在讲述两晋时期不同思想流派的学者相聚时,往往从事所谓的"清谈";而当谈到精妙处,即"非非"处时,往往相视无言而会心微笑。我想,这是一种非常自然美妙的学术交流方式,充满着诗意,与北方伦理化了的教诲方式显著不同。可能正是因为江南学人本着这样的学术交流方式,为此他们在与包括北方思想在

王充的《论衡》实质是"论学"

内的不同学术思想开展"诗与思"的对话时，能够不断从对方身上发现自己本初的诗性文化特质，从而在更高精神层次上发现、呈现、回归自身。从东汉王充的自然天道观，到以后的玄学、南禅、理学、心学、朴学，在历史上不同发展时期，江南地区不仅进一步接受了源自北方的国学，而且通过加入自己的诗性文化因子发展了国学。"可以这样认为，东汉以后国学的发展与新变，主要源自江南，特别是江南的自然诗性思想。同时需要指出的是，这种自由探究学术的思想、态度和方式，也非常有利于学人之间的互动和学术更为广泛的传播。江南学术流派的形成、学术世家的兴盛、书院的发达和科举的兴旺，以及市民文化的繁荣，就是重要表征。据统计，清代在江南贡院里中举、又在京城会试中高中状元的，苏、皖两省就有58人，占据全国112个状元总数中的半壁江山；当时全国有县级以上官员2 000多个，其中有一多半是从江南贡院里走出来的，侧面可见江南学人之间相互学习借鉴程度之深、成效之广。当然，文教的发达反过来也促使江南国学越来越兴盛。

刘士林：按照刘师培的说法："魏晋以后，南方之地学术日昌，致北方学者反瞠其后。"随着江南的发达，这种状况越来越明显。乾嘉时代，以沈彤、江声、

余萧客、褚寅亮、洪亮吉、孙星衍、王昶、王鸣盛、钱大昕为代表的吴派，以程瑶田、金榜、洪榜、段玉裁、王念孙、孔广森为代表的皖派，形成了"一代学术几为江浙皖所独占"的局面。江南国学开辟出清新、细腻、在思维上更加抽象与纯粹、在感受上富有人情与美感的一脉，代表着国学的新形态，显示出国学存在方式的多样性、内容上的丰富性以及细节上的真实与生动。

"一代学术几为江浙皖所独占"

查清华：南方学术日昌，以承接先秦老庄的魏晋玄学兴起为标志，玄学影响达数百年，期间不仅促成玄理思辨的发达，而且使明自然、顺心性的南学精神在文学领域得到空前张扬：一是以谢灵运、谢朓为代表的山水文学的发达；二是以民歌和宫体诗为代表的艳情诗的繁荣；三是对文学语言、音韵等艺术形式要素的美学追求。在内容和形式两方面都区别于以儒家传统为内核的北学传统，这些具有独立精神的巨大突破足以"致北方学者反瞠其后"。

刘士林：除了环境因素之外，江南

人的性格在江南国学的发展中也起到重要的作用。不少江南学者都很有个性，并表现出江南学人特有的优雅气质。《北史·儒林传序》云："大抵南北所为章句，好尚互有不同。江左，《周易》则王辅嗣，《尚书》则孔安国，《左传》则杜元凯；河洛，《左传》则服子慎，《尚书》《周易》则郑康成，《诗》则并主于毛公，《礼》则同遵于郑氏。南人约简，得其英华；北学深芜，穷其枝叶。考其终始，要其会归，其立身成名，殊方同致矣。"《隋书·文学传序》亦称："自汉、魏以来，迄乎晋、宋，其体屡变，……彼此好尚，互有异同。江左宫商发越，贵于清绮；河朔词义贞刚，重乎气质。气质则理胜其词，清绮则文过其意。理深者便于时用，文华者宜于咏歌。此其南北词人得失之大较也。"

查清华：《汉书·地理志》就说过："凡民函五常之性，而其刚柔缓急音声不同，系水土之风气。"指出人的性格具有区域化特点。由于地理环境不同，南北人的性格也有差异。比如刚才说到江南的抒情文学较北方发达，这也和江南人的文化性格有关。《颜氏家训》就述及这样一个细节："别易会难，古人所重。江南饯送，下泣言离。……北间风俗，不屑此事，歧路言离，欢笑分首。"颜之推注意到江南人的性情更加细腻婉约，尽管他接着说："然人性自有少涕

以陆机为代表的江南学人重"情"

泪者，肠虽欲绝，目犹烂然，如此之人不可强责。"以示自己并不否定亦有例外。所以江南文人大多是情种，陆机"悲落叶于劲秋，喜柔条于芳春"、"缘情而绮靡"，钟嵘"若乃春风春鸟……感荡心灵"，刘勰倡"为情造文"，萧统"属辞婉约，缘情绮靡"，萧绎说文须"情灵摇荡"……此后，极力强调文艺抒情性特征的，大多在江南，明清时以吴中为核心的江南区域尤为突出。

姜晓云：江南国学不仅是一个共时性的存在，更是一个历时性的存在，是兼收并蓄、不断叠加累积的历史产物。史初江南文化是以"质有而趣灵"的诗性存在方式，标举以自然为中心的诗性观念，进入中国人的精神版图的。秦汉时期江南地区一方面远离政治中心，"在山泉水清"，对原有诗性文

化传统保存较好；另一方面学术文化又受到业已占主流位置的儒、法等北方意识形态的影响和压制，学术话语呈现出一定程度的"异端"色彩。魏晋南北朝时期，玄学、佛学进入江南，与江南本土的道教风云际会，不仅促进了玄、禅思想的进一步发展与飞跃，还在哲学与艺术方面催生出具有中国特色的自然美学思想。此后，江南地区充满主体精神的心学的产生、富有实证精神的朴学的发展，无不引领着传统国学的时代新变。明代的徐光启更是本着"救儒补佛"的目的，首开"西学东渐"之风。总的来说，与北方地区相比，历史上的江南地区并未曾遭受过大的战争和其它毁灭性的影响，自然诗性文化发展一脉相承，形成了自身的优势与特色；同时由于经济地理和社会人文方面的优势，以及自身学术文化组织结构的松散与包容，使得江南国学在其发展过程中，能够通过自然诗性与理性的相互观照，不断得以兼收并蓄其它文明成果，从而促进了自身学术文化的反思与超越。从这个意义上来说，刘士林先生在美学研究中重新发现江南，并重启江南国学的整体研究，也是在现代化背景下对工具理性开展的一次"诗与思"的对话。相信在对话中我们会更好地发现自身。

在美学研究中重新发现"诗性的江南"

余霞散成绮，澄江静如练
——江南审美篇

从伦理美到自然美

伦理美和自然美作为最具中国特质的两种文学审美观，它的形成和确立是多种因素造成的，也经历了一个很长的历史时期。其中，中国文学中的自然美学观是在魏晋南朝时期的江南地区正式形成的。

一、伦理美和自然美的起源

据许慎著、段玉裁注的《说文解字》，我们可见伦及伦理、伦理美的最初的含义：

伦，辈也。军发车百两为辈，引伸之同类之次曰辈。郑注《曲礼·乐记》曰：伦犹类也；注《即夕》曰：比也；注《中庸》曰：犹比也。从人仑声。一曰道也。《小雅》"有伦有脊"，《传》曰：伦道脊理也。《论语》"言中伦"，包注：伦，道也，理也。按：粗言之曰道，精言之曰理，凡注家训伦为理者，皆与训道者无二。

从上可以看出，伦与理同义，皆为训导人性之道，意在维护人类这个种群之间的某种既定秩序；其最高理想为"中伦"，即一种伦理的和谐，一种中和之美。

伦理美的这种对人与人之间秩序的维护和调整，直接指向每个时代的政治，具有极大的现实功利性，在物质生产与精神生产都极端落后的人类早期文艺中就已居于主导地位。《尚书·尧典》里的"诗言志"，被朱自清先生认为历代诗论中"开山的纲领"（《诗言志辨》），其中就有这种成分。在远古时代，正是通过"诗言志，歌永言"等诗舞乐三位一体的巫术仪式的表达，才达到"神人以和"（《尚书·尧典》）的最高功利目的；我们知道，敬奉好"天"，了解"神"意，是当时最直

《尚书》首"言志"

接的现实、最大的功利，也就是当时最大的政治；我们可把它定义为"诗"的原功能。也正因为如此，古代才设采诗之官，以便于王者"观风俗，知得失，自考证"（《汉书·艺文志》），有助于社会政治秩序的稳定与和谐。这种"诗"的认识功能，只不过是以"诗"为代表的文学原功能的衍生功能。

到了"礼崩乐坏"的春秋时期，文学与政治有了初步的分离，因而孔子更强调文学的实际功用的回归。他认为"诵诗三百，授之以政，不达；使于四方，不能专对，虽多，亦奚以为"（《论语·子路》），主张文学直接为政治服务。他还主张"兴于诗，立于礼，成

乐"（《论语·泰伯》），来培养理想的政治个体；主张"诗可以兴，可以观，可以群，可以怨"，来"迩之事父，远之事君"（《论语·阳货》），间接地为政治服务。总之，他想通过用"思无邪"的《诗》，"一字寓褒贬，明忠义"的让"乱臣贼子惧"的史——《春秋》，用文学的美刺、用"中和之美"的原则理想去建立一个有等级而又有秩序的政治伦理世界。

《诗经》中的一些诗篇如《蒹葭》已经体现自然美的艺术风格和审美追求，但中国文学中把自然美作为自觉的审美追求根源于道家哲学。"有物混成，先天地生……字之曰道……人法地，地法天，天法道，道法自然。"（《老子·二十五章》）老子认为"自然"是先天地而生，是宇宙的本体；作为人必须遵循的"道"，也是一种自然的法则。庄子也反对改变人的自然天性，反对一切人为的法则和技巧："牛马四足是谓天，落马首、穿牛鼻是谓人。故曰，无以人灭天，无以故灭命，无以德殉名。谨守而毋失，是谓反其真。"（《庄子·秋水》）庄子从内心深处喜爱人与

《诗经·蒹葭》中的自然美

自然之间的这种无功利的审美观照，故他面对自然，发出"山林与！皋壤与！使我欣欣然而乐与"（《庄子·知北游》）的由衷之叹。老庄哲学的自然论，虽未直接涉及到文学审美与创作，无疑从更深的哲理层面影响了中国文学的审美与创作，它是中国文学自然美理论和趣味的源头。

二、伦理美首先成了评价文学的核心

如果说孔子在竭力强调文学的实际政治功用（"尽善"）的同时还没有忘记文学的美悦作用（"尽美"）和有限一点的认识作用（"多识鸟兽草木之名"），那么在"罢黜百家，独尊儒术"的大一统的汉代，儒学一旦与法家、阴阳家等学说融为一体，成为占社会主流意识形态的经学，就进一步将孔子的文学价值观中的政治伦理方面的功用扩大并剥离出来，使之更好地为当时的政治服务。这样，文学扭曲了自身而成了经学的附庸。"依经"成为衡量文学价值的根本标准，伦理美成了评价文学的核心。《毛诗序》依经解诗，认为文学的功用在于"经夫妇，成孝敬，厚人伦，美教化，移风俗"；即使是"王道衰，礼义废，政教失，国异政，家殊俗"时代产生的"变风变雅"也要"发乎情，止乎礼义"。汉代对屈

在汉代，屈原是个"有争议人物"

原的为人和其创作《离骚》的动机曾引发过一场争论。司马迁秉承刘安的观点，认为"屈平之作离骚，盖自怨生也……以刺世事……推此志也，虽与日月争光可也"（《史记·屈原列传》）。班固却认为屈原"露才扬己"，"以忠信见疑，忧愁忧思而作离骚"（《离骚赞序》）。王逸认为屈原"执履忠贞"，"被谗邪，忧心烦乱，不知所诉，乃作离骚经"（《离骚经序》）。究其争论的中心，都是从伦理的角度，用经的标准来谈屈原的为人和其创作的《离骚》的政治功用。扬雄一方面创作象征帝国威势的极尽雕琢的"铺张扬厉"的大赋，一方面发出"壮夫不为"的感叹。这

标志着伦理美在汉代已达极致，也标志着文学独立性（情感、形式美等审美特质）的增强，伦理美的没落。

大一统的经学严重地压抑了老庄哲学思想的发展，文学中强调单一的伦理美也阻碍了自然美学的发展、文学的发展。但在汉代，文学创作与理论中追求自然美的思想仍存并在汉末形成较大的影响。《毛诗序》云"情动于中而形于言，言之不足故嗟叹之，嗟叹之不足故永歌之，永歌之不足，不知手之舞之，足之蹈之也"，认为诗歌创作中情感需自然抒发。王充云"天动不欲以生物，而物自生，此则自然也"，认为"自然"的本质就是"天然，非人为"（《论衡·自然》）。因而他反对模拟，主张创新；反对厚古，主张重今；反对艰深，主张明白浅显；反对雕琢，主张言文一致；反对不会处理任何事情的经生，推崇卓绝不循的鸿儒，也反对汉赋"指意难睹"、"以艰深文浅陋"等的不自然的形式。王充主张的自然美的文学观虽以儒家思想为根底，但仍有极强烈的现实意义，并极大地影响了魏晋南朝的文学创作与批评，成为魏晋南朝盛行的自然美的先声。

三、自然美在江南文学中的确立

魏晋南朝"整个社会总的来说是长时期处在无休止的战祸、饥荒、疾疫、动乱之中，阶级和民族的压迫剥削采取了极为残酷野蛮的原始状态，大规模的屠杀成了家常便饭，阶级之间的、民族之间的、统治集团之间的、皇室宗族之间的反复的、经常的杀戮和毁灭，弥漫于这一历史时期"（李泽厚《美的历程·佛陀世容》）。

战乱和动乱不仅严重地冲击了旧有的政治、经济、思想、文化等模式，也冲垮了两汉烦琐无用的传统经学对个体思想的束缚，人的个性开始觉醒，名、道、法等各家重新兴起，思想领域出现了自由开放的新气象。其中崇尚自然的道家思想最为盛行。汉末儒学大师马融注《老子》，道家思想抬头；魏王弼、何晏用老庄思想讲《易》，《易》与《老子》、《庄子》并称三玄，玄学盛极一时；东晋时"中朝贵玄，江左称盛。因谈余气，流成文体"（《文心雕龙·时序》），出现了以表现老庄为主的玄言诗及体会玄学神理的山水诗。特别是身处政治中心的士族文人，或被杀，或病死，或饿死，或处在命不保夕的状态，鲜有长寿者，于是面对死亡，顿觉生命的光彩如昙花之一现，对人生有新的深刻的思考、思辨和认识。这些新观念、新认识汇成一股股先进的思潮在社会上风行。此时的文学主体与功用所发生的巨大的变化，必然招致了文学价值的审美坐标的时代性位移。

"清谈"山水　北宋武元直绘

在动乱时代，老庄等思想崇尚自由，对自然的皈依，使得中国人的人生归属不是当时虚假的伦理政治，而是真切的个体的心灵、自然的山水，也就是说是一种审美的归属。宗白华就认为"晋人以虚灵的胸襟，玄学的意味体会自然，乃能表里澄澈，一片空明，建立最高的晶莹的美的意境"（《美学散步·论世说新语和晋人的美》）。内的追求是与外的否定联在一起的，新的文学审美价值的形成意味着对旧的审美价值的否定。当时社会上对文学的评价标准存在广泛的争论，其中最显著的莫过于传统的"名教派"与新兴的"自然派"这两个不同的审美派别之间观点的尖锐对立。

"名教派"人士可分为三种：经学的抱残守缺者，保持伦理节义的儒士，利用名教之名而行直接功利之实的统治者或夺权者；虽然前者的学术研究已僵化、没落，中者所奉行的伦理纲纪已失去了维系人心的张力，后者所高举的旗帜已成为政治迫害的标志，但他们都以维护名教为己任，关注社会，为当时的政治服务，并主张文学中的传统的伦理美。挚虞就认为"文章者，宣上下之象，明人伦之序，穷理尽性，以究万物之宜者。"裴子野也认为"（诗）劝美惩恶，王化之本"（《雕虫论》）。伦理美文学在审美上追求的"一种温柔的东西，恭敬的东西，温而能厉，威而不猛，恭而能安"（刘小枫《诗化哲学》）。魏晋六朝的统治者甚至大肆用它作为工具残杀异己的文人，侧面可证这种伦理美的影响力的巨大。

傅玄一方面渴求"明其大教，长其节义，道化隆于上，清议行于下，上下相奉，人怀义心"的理想的伦理社会，一方面感叹"魏武好法术，而天下贵刑名，魏文务通达，而天下贱守节。其后纲维不振摄，而虚无放诞之论，盈于朝野"的现实社会。的确，到了魏晋南朝时期，玄学盛行，"圣人贵名教，老庄明自然"（《晋书·阮瞻传》），文学上的"自然美"观点更是风靡一时。嵇康认为名教与自然是对立的，"矜尚体亮心达者，情不系于所欲，矜尚不存乎心，故能越名教而任自然"（《释私论》），并指出了对立的根源："推其源也，六经以抑引为主，人性以纵欲为欢。抑引则违其原，纵欲则得自然。"（《难自然好学论》）反对人为的束缚，追求自然的本性和潇洒脱俗的个体精神风貌。这些文人名士卓绝的风度集中体现在他们率真、简约、清远的生活方式和言谈举止中，体现在他们的文章里，并形成一股风潮影响到当时的文学创作和文学批评。总的来说，魏晋南朝的作家和批评家卷入到伦理美和自然美两派论争中，自然美学派从伦理美学派的束缚中解放、发展、壮大起来，并逐渐占据优势地位，从曹丕、李充、二陆（陆机、陆云）、沈约、三萧（萧衍、萧绎、萧统）、刘勰、钟嵘等诗论、文论和选文中可看出：

陆云主张"清省"、"自然"

"文以气为主，气之清浊有体，不可力强而致。"（曹丕《典论·论文》）

"每自属文……恒患意不称物，文不逮意。"（陆机《文赋》）

"云今视文，乃好清省，欲无以尚，意之至此，乃出自然。"（陆云《与兄平原书之十一》）

"云霞雕色，有逾画工之妙；草木贲华，无待锦匠之奇。夫岂外饰，盖自然耳。"（刘勰《文心雕龙·原道》）

"摇荡性情，形诸舞咏……自然英旨。"（钟嵘《诗品》）

"吟咏风谣，流连哀思者，谓之文。"（萧绎《金楼子·立言》）

"综集词采,错比文华,事出于沉思,义归乎翰藻。"(萧统《文选序》)

此时的文学创作与文学理论,已逐渐不太关注文学的外部伦理政治环境和功用,更多地关注文学的自身审美特质和形式,更多地从优美的自然中获得审美对象和美的因子,中国文学中的自然美学观正式形成。从此,最具中国特质两个审美观最终并列形成,它们的对立与融合构成了中国美学发展史上的主线。

"清"之尚

"智者乐水,仁者乐山"(《论语·雍也》),孔子以人的伦理精神观照山水,使山水抹上了道德的灵光。故他虽倾慕"莫春者,春服既成,冠者五六人,童子六七人,浴乎沂,风乎舞雩"(《论语·先进》)的自然悠然的生活,但最终仍要"咏而归",从自然返回社会。老庄的思想却与之相异。老子认为"天得一而清"(《老子》三十九章),"清静为天下正"(《老子》四十五章)。为了达到这种精神境界,在心理上就要"致虚极,守静笃"(《老子》十六章),在认知方式上就要"心斋"、"坐忘"(《庄子·人间世》),以无求有,清净无

为。在"礼崩乐坏"的浊乱之世,庄子亲近自然的山水,从内心深处喜爱人与自然之间的这种无功利的审美状态,发出了"山林与!皋壤与!使我欣欣然而乐与"(《庄子·知北游》)的由衷之叹。

庄子亲近自然山水

这种与山水审美式的沟通,在人的心灵备受经学束缚的汉末,在社会越来越动荡的魏晋南朝,逐渐成为当时人们自觉的追求。在玄学特别是老庄哲学的巨大影响下,士族文人乐于从社会走向自然,忘情于山水,有的甚至最终皈依自然,形成了具有中国特质的山水精神。这种山水精神集中反映在当时的文艺创作中,也为当时的论文者捕捉。他们喜欢用"清"这

个词来概括这种美，并崇尚"清"之美。《说文解字》曰："清，朗也。澄水之貌。朗者，明也。澄而后明，故洁曰清；凡人洁之亦曰清。同瀞。从水，青声。瀞，无垢秽也。"可以看出"清"所包含的自然澄明的美学内涵。

一、"清"：超凡绝俗的自然情性

汉末清流如范滂，政治伦理品性之坚贞让青年的苏轼激赏不已。但此后之大动乱，"大一统"的政治、经济、精神结构大厦大崩溃，人的价值观也发生了大逆转。烦琐、迂腐的经学对人的生命精神的压抑和异化遭到了进步人士激越的精神抗争，动乱带来的生死存亡也引发人们无穷的感叹、哀伤。但在"怀疑论哲学思潮下有对人生的执著"（李泽厚《美的历程·魏晋风度》），他们大胆地蔑视旧的伦理法则，"越名教而任自然"，生命个体由此实现了一种审美式的超越，达到了超凡绝俗的"清"的境界。

《世说新语》中就有这种心理境界的刻画：

司马太傅斋中夜坐，于时天月明净，都无纤翳。太傅叹以为佳。谢景重在坐，答曰："意谓乃不如微云点缀。"太傅因戏曰："卿居心不净，乃复欲强滓太清耶。"

联想到陶渊明的《拟古》诗"日暮天无云，春风扇微和"，可见晋人对内心"清净"的推崇。因意之纯、情之真，故易感而"一往情深"："桓子野每闻清歌，辄唤奈何。"《世说新语》也爱用"清"来评价当时人物的这种因内及外形成的风度，如评嵇康"萧萧肃肃，爽朗清举"；评王羲之"风骨清举也"。

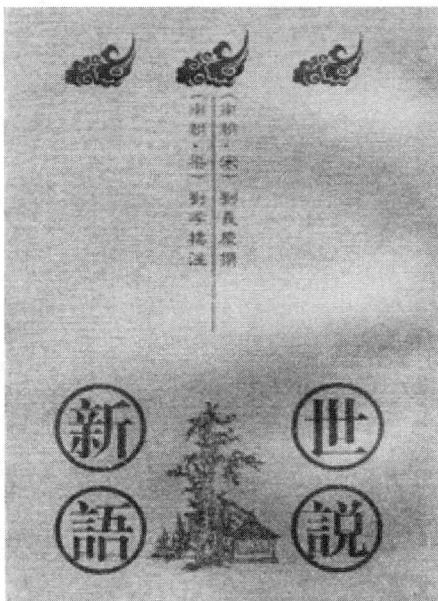

《世说新语》爱用"清"来评价其时人物及风度

当时的文论家也喜爱用"清"来赞美作家以及作家表现在作品中的超凡绝俗的情性美。曹丕在《典论·论文》中云："文以气为主，气之清浊有体……虽在父兄，不可以移子弟。"从他对孔融"体气高妙"的赞美中,我们可以看出他对"清气"的偏爱。钟嵘在《诗品序》中评刘琨"善为凄戾之词,自有清拔之气";评谢庄诗"气候清雅……良无鄙促也"。不仅指出了气之"清"与性之"雅"的关系,还指出"清"与"怨"之间的关系。刘勰在《文心雕龙》中更是多方论及作家的这种"清气"和体现在作品中的"清志":

秽志清峻,阮旨遥深。(《明诗》)

胡阮嘉其清,王子伤其隘,各其志也。(《哀吊》)

标序盛德,必见清风之华;昭纪鸿懿,必见峻伟之烈。(《诔碑》)

故刘勰主张作家构思时"贵在虚静,疏瀹五藏,澡雪精神"(《神思》);在"吐纳文艺中","务在节宣,清和其心,调畅其气"(《养气》),得出了文学创作中的一般规律。

此时的文论家不仅向内发现了作家的"清气"和文中"清志"的关系,还向外发现了人的"清心"与自然山水之"清"的对应关系。试列举如下:

清风明月,辄思玄度。(刘义庆《世说新语》)

非唯使人情开涤,亦觉日月清朗。(同上)

若夫珪璋挺其惠心,英华秀其清气,物色相召,人谁获安?(刘勰《文心雕龙·物色》)

天高气清,阴沈之志远。(同上)

况清风与明月同夜,白日与春林共朝哉!(同上)

从上述的引用中,我们可见当时文学作品内外的自然情性之美,"浑万象以冥观,兀同体于自然",这是一种来自山水的灵性之美,是人的个体生命精神超越世俗后诗意的升华、自然的回归。"处在魏晋玄风影响下的魏晋文学对美的追求是同对无限超越的理想人格本体的追求分不开的……它追求的是一种超世绝俗的美。"(李泽厚、刘纲纪《中国美学史》)魏晋南北朝文人心中都有一种"嵇康情结",这情结中除了有对嵇康无畏于黑暗政治的坚贞品性的敬仰,更多的是对嵇康"目送归鸿,手挥五弦,俯仰自得,游心太玄"的超越世俗的自由情怀与临刑时感叹"广陵散于今绝也"的超越生死的纯美人性的景慕。这种超凡绝俗的情性,是形成当时文学"清"的审美特质的核心所在。

二、"清":简约玄澹的审美形式

魏晋南北朝的文章一方面追求语言形式上的"华丽、壮大",另一方面更追求语言形式上的"清峻、通脱"（鲁迅《魏晋风度及文章与药及酒的关系》），即简约玄澹。与"清"的审美内核相连，简约玄澹成为当时文人名士超凡绝俗的情性的最好呈现方式。

钟嵘在《诗品序》中主张诗"吟咏性情"。那么如何来表达这种"自然英旨"呢？钟嵘反对"用事"、"声律"等"伤其真美"的形式主义的做法，主张"直寻"，直寻那种有意味的形式。具体做法我们可从他的《诗品》中找出：

> 清浊通流，口吻流利。（《诗品序》）
> 托喻清远。（晋中散嵇康诗）
> 诗虽嫩弱，有清工之句。（晋征士戴逵诗）
> 康帛二胡，亦有清句。（齐惠休上人、道道上人诗）
> 奇句清拔。（梁常侍虞之诗）

从上述引用中，我们可以看出，钟嵘主张诗的声调要自然，修辞要玄远、清新，字词洗练而又贴切，只有这样简约而又玄澹，才富有"清"的意味。同样的论述更多地出现在刘勰的《文心雕龙》中：

> 颂惟典雅，辞必清铄，敷写似赋，而不入华侈之区。（《颂赞》）
> 张载剑阁，其才清采。（《铭箴》）

> 清词转而不穷，巧义出而卓立。（《诔碑》）
> 体同而事核，辞清而理哀。（《哀吊》）
> 体赡而律调，辞清而志显。（《章表》）
> 句之清英，字不妄也。（《章句》）
> 结藻清英，流韵绮靡。（《时序》）

萧子显在《南齐书·文学评论》中从反面总结出文章语言形式欠"清"的原因和表现："辑事比类，非对不发，博物可嘉，职成拘制。或全借古语，用申今情，崎岖牵引，直为偶说。唯睹事例，顿失清采。"即语言形式不简约、不玄澹，与钟嵘、刘勰的观点相一致。从上面正反两个方面，我们可见魏晋南朝文学在对待人的内在自然英旨的呈现上，虽重物质形式（"丽"）的表现，但更重内在精神的自然焕发。刘勰在《文心雕龙·原道》概括道："云霞雕色，有逾画工之妙；草木贲华，无待锦匠之奇。夫岂外饰，盖自然耳。"

魏晋南朝文学尚自然甚至"任自然"，追求内在的自然情性之美，不拘于形式，形式反而萧萧朗朗，简约而又玄澹，这也是一种自然。他们就推崇这种自自然然的美。《南史·颜延之传》记载，汤惠休曰："谢诗如芙蓉出水，颜诗如错彩镂金。"颜终生病之。李白《古风》云："自从建安来，绮丽不足珍。圣代复元古，垂衣贵清真"，对

大诗人李白贵"清真"轻"绮丽"

绮丽与清真的态度很鲜明。从魏晋文学对简约玄澹的形式的推崇，我们也可见庄子的影响，庄子曾说："素朴而天下莫能与之争美。"（《庄子·天道》）

三、"清"：晶莹澄澈的美的意境

"晋人以虚灵的胸襟，玄学的意味体会自然，乃能表里澄澈，一片空明，建立最高的晶莹的美的意境！"（宗白华《美学与意境》）作者超凡脱俗的空灵的情性之美，表现在文学上，被简约玄澹的形式所把握，文章中自有一种晶莹澄澈的美的意境。这种意境更因时代的哀怨的氛围的净化而更为明净动人。钟嵘的《诗品》就把握到这一点，评诗时有许多"清怨"并提之处：

文温以丽，意悲而远……虽多哀怨……人代冥灭，而清音独远。（古诗）

《团扇》短章，辞旨清捷，怨深文绮。（汉婕妤班姬诗）

善为凄戾之词，自有清拔之气。（晋太尉刘琨诗）

不闲于经纶，而长于清怨。（梁光禄沈约诗）

除此之外，钟嵘还用"清"来概括个体作家的作品中晶莹澄澈的风貌：

风华清靡。（宋征士陶潜诗）
务其清浅。（宋豫章太守谢瞻诗）
清便宛转，如流风回雪。（宋卫将军范云诗）
往往靳绝清巧。（齐鲍令晖诗）

刘勰评"张衡怨篇，清典可味"，指出"清"与时代的关系，也用"清"来概括他作品的个人风格。这种概括在《文心雕龙·才略》里就有很多：

贾谊才颖，陵轶飞兔，议惬而赋清。
王命清辩，新序该练。
魏文之才，洋洋清绮，……而乐府清越，典论辩要。
张华短章，奕奕清畅。
曹摅清靡于长篇，季鹰辩切于短韵。
温太真之笔记，循理而清通。

除此之外，许多论文者在评述个体作家时都爱用"清"来形容作品意境的晶莹澄澈之美。陆云《与兄平原书》云："云今视文，乃好清省……但清新相接，不以此为病耳。"《南齐书》评谢朓"少好学，有美名，文章清丽。"《南史》评吴均"文体清拔有古气。"

我们更可以发现这时的文论家甚至用"清"来概括魏晋南北朝这个时期的诗歌、某个文体甚至整个文学作品的整体的共性美。

风清而不杂。（刘勰《文心雕龙·宗经》）

五言流调，则清丽居宗。（同上《明诗》）

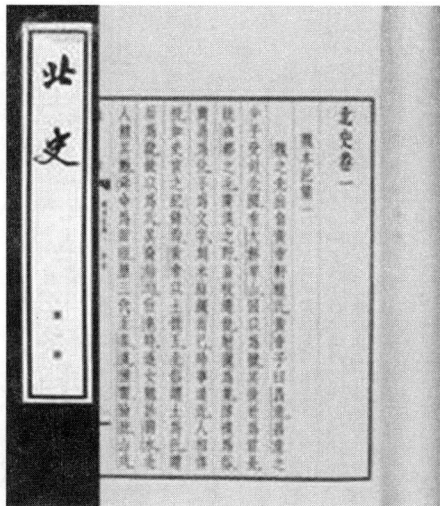

《北史》总结出"清绮"是江左文学的共性美

赋颂歌诗，则羽仪乎清丽。（同上《定势》）

诗人综韵，率多清切。（同上《声律》）

简文勃兴，渊乎清峻。（同上《时序》）

且夫尚书者，政事之集也，然未若近代之优文诏策军书奏议之清富赡丽也。（葛洪《抱朴子·钧世》）

江左宫商发越，贵乎清绮。（李延寿《北史·文苑传序》）

总之，从魏晋南朝文学中，从当时的文论中，我们可以聆听到那山水的清音，可以领略那超越世俗的山水精神，可以沉醉在那清新而又空灵的世界中。"自由是人类生命存在的形式"（高尔泰《美是自由的象征》），人与人之间伦理的不和谐之外人们更渴求人与自然的和谐，去聆听世俗之外的山水清音。这就是泽被后世的中国独特的审美特质所在！

"风清骨峻"的美学新观

魏晋南北朝是我国美学发展史上的一个关折点，这不仅体现在古典的伦理美学观的最终形成，还体现在具有时代特色的自然美学观的勃然兴起。刘勰在写作《文心雕龙》时，这

刘勰标举"风清骨峻"

两种最具中国特色的美学观形成并列局面，并在当时的文学创作和评论中出现了一定程度的融合。故他在论文时，既追求传统之"典雅"，又追慕时代之"清音"，标举"风清骨峻"，提出了风骨与神采兼备的新的美学观。

一、伦理美学观的主要特征

孔子以降的先秦两汉社会，以礼乐为中心的政治伦理观一直居社会意识形态的主流位置，以善为美的伦理美学思想深深地浸淫着当时的文学创作。由此形成的文艺美学观实则是一种伦理美学观，它以政治伦理为旨归，为了立身、经国等现实的直接功用，更多地从外部关注文学，强调文学的社会教化功用，追求"典雅"的艺术风貌。

在《文心雕龙》中，刘勰对儒家这一古典的伦理美学观的主要特征进行全面的总结与阐述：

第一、文章内容的充盈和有感染力。身处社会激烈动荡、政治伦理极度混乱的时代，刘勰认为儒家经典之文，在"参物序，制人纪"的同时，还可以"洞性灵之奥区"（《宗经》），对社会政治伦理乃至个人都发生积极的功用。为此他特别注重文章内容的充盈及由之而产生的强烈的感染力：

在心为志，发言为诗。（《明诗》）
志感丝篁，气变金石。（《乐府》）
始造对问，以申其志，放怀寥廓，气实使之。（《杂文》）
风雅之兴，志思蓄愤。（《情采》）
志于文也，则申写郁滞。（《养气》）

刘勰对文章内容的这种规定，诚如孟子所云"充实之谓美"，含有一种理性的原则，一种实践的向度。同时在具体的创作中，为了发挥文章更大的功效，他也主张涵养文机，使思想内容情感化，有因充实而产生的感染力。

第二、形式的雕琢和规范。为了使内容更好地发挥功效，刘勰注重对文章形式的调整、雕琢和锤炼，以期形成一种精丽而又有力的形式：

> 观其骨鲠所树，肌肤所附，虽取镕经意，亦自铸伟辞。(《辨骚》)
> 植义扬辞，务在刚健。(《檄移》)
> 熔铸经典之范……雕画奇辞。(《风骨》)
> 练青濯绛，必归蓝蒨，矫讹翻浅，还宗经诰。(《通变》)
> 乃可谓雕琢其章，彬彬君子矣。(《情采》)
> 规范本体谓之熔，剪截浮词谓之裁。(《熔裁》)

在对文章审美形式的雕琢上，刘勰重法度却又不局限于具体的方式方法，讲规范却又讲究自由。通过对文章审美形式的规范，对文章形式本身的对称、均衡、错综等的强调，刘勰主张形式的简约和具有表现力，主张形式本身的美。

第三、美学风格的恢弘和典雅。在思想内容上加以伦理规范，在形式上强调人工的雕琢和锤炼，在审美理想必然向往"典雅"的境界。"以雅为美，这是中国古代儒家传统的审美意识，是人的修养极致和最高美德"(郭英德《痴情与幻梦——明清文学随想录》)。刘勰云："典雅者，熔式经诰，方轨儒门者也"(《体性》)，主张文章的典雅与恢弘：

> 禀经以制式，酌雅以富言。(《宗经》)
> 文辞丽雅，为辞赋之宗。(《辨骚》)
> 四言正体，则雅润为本。(《明诗》)
> 情以物兴，故义必明雅。(《诠赋》)
> 颂惟典雅，辞必清铄。(《颂赞》)

伦理美学观作为一种文学审美观，所追求的最高审美理想是"典雅"。典雅实则是一种"谐和"，是通过节制与锤炼产生的，它是儒家"中和之美"道德要求在文学审美观上的体现。中和之美"不仅仅是审美心理学——和谐的艺术引起的心理的平衡，而且也是艺术社会学——艺术为政教伦理服务、审美形式受儒学教义的规范"(易中天《文心雕龙美学思想论稿》)。

二、自然美学观的主要特征

随着汉末社会长期剧烈的动荡和思想领域的解放，繁琐无用的经学受到冲击、毁坏，以玄学为主的自然美学思潮深刻地影响着当时的文学创作。尤其是身处浊乱之世的士人，向往清虚,崇尚虚无。他们寻求清虚,摆脱束缚的结果,必然地形成了追求自然、回归自然、皈依自然的风尚。他们把自然抬到至高无上的位置,甚至形成一种宗教式的审美情结。为此,他们看重人的自然情性以及自然情性的自由抒发,反对人为的压制;追求简约通脱的抒发方式,看轻人工的雕琢缛丽;崇尚"清"的神采意趣,来实现对世俗审美的超越,形成了一种与传统伦理美学思想迥异的审美价值取向。

我们围绕"清"这个关键词,看刘勰是如何论及这种新兴的自然美学观的主要特征的:

第一、作家情性的超凡绝俗。魏晋士人亲近自然的山水,从内心深处喜爱人与自然之间的无功利的审美状态。同时,烦琐迂腐的经学对人的生命精神的压抑和异化也遭到了进步人士激越的抗争,动乱所带来的生死存亡也引发文人们无穷的感叹、哀伤。但在"怀疑论哲学思潮下有人生的执著"(李泽厚《美的历程》),他们大胆地蔑视旧的伦理法则,"越名教而任自然",生命个体由此实现了一种审美式的超越,达到了超凡绝俗的"清"的境界。刘勰多方论及了作家的这种"清气"以及体现在作品中的"清志":

嵇志清峻,阮旨遥深。《明诗》

胡阮嘉其清,王子伤其隘,各其志也。《哀吊》

标序盛德,必见清风之华;昭纪鸿懿,必见峻伟之烈。《诔碑》

贵在虚静,疏瀹五藏,藻雪精神。《神思》

刘勰不仅向内发现了作家的"清气"与作品中"清志"的关系,还向外发现了作家的"清心"与自然山水的对应关系。在《物色》中,刘勰论道:

若夫珪璋挺其惠心,英华秀其清气,物色相召,人谁获安?

天高气清,阴沈之志远。

况清风与明月同夜,白日与春林共朝哉!

"浑万象以冥观,兀同体于自然。"这是一种自然灵性的美,是人的个体生命精神超越世俗后诗意的升华、自然的回归。"处在魏晋玄风影响下的魏晋文学对美的追求是同对无限超越的理想人格本体的追求分不开的……他追求的是一种超世绝俗的美。"(李泽厚、刘纲纪《中国美学史》)在刘勰看来,这种超凡绝俗的纯美情性,是形成当时文学"清"的审美特质的核心所在。

第二、作品形式的简约玄澹。魏晋南北朝文章一方面追求语言形式的"华丽"、"壮大",一方面追求语言形式的"清峻"、"通脱"。刘勰主张诗文的声调要自然,修辞要玄远、清新,字词要洗练而又贴切,简约而又玄澹,富有"清"的意味:

> 颂惟典雅,辞必清铄。(《颂赞》)
> 张载剑阁,其才清采。(《铭箴》)
> 清词转而不穷,巧义出而卓立。
> (《诔碑》)
> 体同而事核,辞清而理哀。(《哀吊》)
> 体瞻而律调,辞清而志显。(《章表》)
> 句之清英,字不妄也。(《章句》)
> 结藻清英,流韵绮靡。(《时序》)

在萧子显《南齐书》中,我们可以从反面了解刘勰所认为的文章语言形式欠"清"的原因和表现:"辑事比类,非对不发,博物可嘉,职成拘制。或全借古语,用申今情,崎岖牵引,直为偶说。唯睹事例,顿失清采。"语言形式为什么不玄澹、不简约就不"清"?刘勰在《原道》中给出答案:"云霞雕色,有逾画工之妙;草木贲华,无待锦匠之奇。夫岂外饰,盖自然耳。"指出他们虽重视文章外形式即物质外壳的雕琢,却忽视自身内在精神的焕发。魏晋南北朝文学崇尚自然甚至"任自

《南齐书》道出了文章失去"清采"的原因

然",追求内在的自由情性的美,不拘于形式,形式反而萧萧朗朗,富有美的意味。刘勰就推崇这种自然的美。

第三、作品中晶莹澄澈的美的意境。"晋人以虚灵的胸襟,玄学的意味体会自然,乃能表里澄澈,一片空明,建立最高的晶莹的美的意境。"(宗白华《美学与意境》)作者超凡绝俗的情性,被简约玄澹的文学形式把握,文章自有一种晶莹澄澈的意境。这种意境更因时代的哀怨氛围的吹拂而更为明净动人。刘勰评"张衡怨篇,清典可味",指出了"清"与时代的"怨"的关系,也用"清"来概括张衡作品的意境

风格。用"清"来概括作家作品的意境风格，在《才略》里就有很多：

> 贾谊才颖，陵轶飞兔，议惬而赋清。
> 王命清辩，新序该练。
> 魏文之才，洋洋清绮，……而乐府清越，典论辩要。
> 张华短章，奕奕清畅。
> 曹摅清靡于长篇，季鹰辩切于短韵。
> 温太真之笔记，循理而清通。

如果再联系陆云《与兄平原书》所言"云今视文，乃好清省，……但清新相接，不以为病"，《南齐书》评谢朓的"少好学，有美名，文章清丽"，《南史》评吴均的"文体清拔有古气"，可见刘勰论文时受时风的影响。刘勰还用"清"来概括魏晋南北朝时期某种诗歌、文体甚至整个文学作品的共性美：

> 风清而不杂。（《宗经》）
> 五言流调，则清丽居宗。（《明诗》）
> 赋颂歌诗，则羽仪乎清丽。（《定势》）
> 诗人综韵，率多清切。（《声律》）
> 简文勃兴，渊乎清峻。（《时序》）

同时期的葛洪认为："且夫尚书者，政事之集也，然未若近代之优文诏策军书奏议之清富赡丽也。"李延寿更将此时的文学评为"宫商发越，贵乎清绮"。

总之，从魏晋南北朝文学中，我们可以听到那山水的清音，可以领略到那超越世俗的山水精神，可以沉醉在那空灵的境界里。"自由是人类生命的存在形式"（高尔泰《美是自由的象征》），政治伦理的不和谐之外人们更渴求自然的和谐，希望聆听到世俗之外的清音。

三、融汇成"风清骨峻"的新审美观

在论文时，刘勰既主张古典伦理美学观"中和之美"式的"典雅"，又追慕时代的自然美学观"晶莹澄澈"的"清"的意境。"清"与"典雅"二者各具特点，各有优劣。自然美学观所追求的"清"，集中体现了中国古代文人的生活情趣和审美倾向，并在某种程度上与中国古典艺术的终极审美理想相联系。其积极的一面，在于文章内容的超凡绝俗，语言形式的简约玄澹，意境的晶莹澄澈，作者气质的高洁，手法的新颖，以及带有点古雅凄冽的色调；其消极的一面，在于内容的单薄，形式的浮弱，政治伦理功用不强（蒋寅《古典诗学中"清"的概念》）。而伦理美学观所追求的"典雅"，集中体现了我们民族的审美情趣和审美倾向，与中国的政治伦理有着紧密的联系。

其积极的一面,在于文章内容的充实,语言形式的规范,手法的古朴,有强烈的社会功用,在审美思想上体现着人文的辉光;其消极的一面,在于内容的迂陈,形式的板滞,创新的不足。

如何将二者之长进行融合与统一,形成一种更为雄浑、更加光华的艺术风貌?为此,刘勰标举"风清骨峻"的旗帜,主张在总结传统的审美理想和时代的审美理想的基础上,形成一种风骨与神采兼备的新的美学观。

第一、将政治伦理意义融入自然情感之中。在刘勰看来,文学所表现的情,应该是具有特定的政治意义,或具有普遍的伦理价值,沉淀着一定社会内容的情感。政治伦理意义必须渗透、融入情感之中,社会生活必须通过充足的情感来反映。在《徵圣》中,刘勰云"志足而言文,情信而辞巧,乃含章之玉牒,秉文之金科矣。"可以说是对文章内容的纲领性要求。只有具备一定的政治伦理内容,才能发挥它的政治伦理功利;"志"只有以情感的方式自然抒发,才能更好地发挥其功效。

如何将"情"与"志"统一起来呢?刘勰认为要"雕琢情性,组织辞令"(《原道》)。"结言端直,则文骨成焉;意气峻爽,则文风清焉"(《风骨》),通过个人的修养,将情与志积聚、积累,郁积于心中,以"风"和"气"的方式自然地呈现出来。"率志委和,则理融而情畅"(《养气》),在创作过程中,他反对"钻砺过分,则神疲而气衰"式的牵强表达,主张"无须苦虑,不必劳情"(《神思》)的自然、充足释放。

第二、形式的自然刚健有力。文章的形式可以分为内外两种,其中内形式是作为思想情感的内呈而出现的(如"意象"),外形式是经过人工的雕饰而出现的(如"采")。刘勰既主张表现文章思想内容的外形式的雕琢精丽,又注重呈现文章思想内容的内形式的自然简约切至。但在现实创作中,这两者确乎存在着矛盾。尤其是当时,形式主义之风盛行,一方面使文章的外形式得以发展,另一方面却导致思想情感的缺乏,于是"逐末之俦,蔑弃其本,虽读千赋,愈惑体要;遂使繁华损枝,膏腴害骨"(《诠赋》)。

对这种内容与形式、内形式与外形式的分离,刘勰要求文章"因内符外"的统一,文章形式要"金相玉式"、"金声玉振",自然刚健有力。他特别强调"骨"的作用及其审美价值。在《风骨》中,刘勰认为"沈吟铺辞,莫先于骨","辞之待骨,如体之树骸",这是自然的;认为文之"骨"在于"结言端直",故"练于骨者,析辞必精",强调"骨"的刚健有力。刘勰还认为"骨"的刚健有力与"风"的充盈与否密切相关:"捶字坚而难移,结响凝而不滞,此风骨之力也。"

第三、文章整体的"风清骨峻,篇体光华"。《风骨》写道:"情与气谐,辞共体并。文明以健,珪璋乃骋。蔚彼风力,严此骨鲠。才锋峻立,符采克炳"。从这我们可以看出,刘勰主张文章情与志、内容与形式的统一。他心目中理想的内容,是指自然郁积和抒发的渗透着很强的政治伦理意义的情感;他心目中理想的形式,是自然刚健有力的形式和与之相符的丽采;他理想中的文章整体的风格,是因上述两者的结合而散发出来的自然的辉光、恢弘的典雅。只有这样"确乎正式,使文明以健",才会达到"风清骨峻,篇体光华"的理想效果。藉此,我们才可以明白刘勰为什么在《体性》中谈了典雅等八种风格之后,又在随后的一篇中论述另一种风格——"风骨"。"刘勰的研究体性,不是为谈风格而谈风格,恰恰是为追求风骨而谈风格,为破除讹滥文风并建立清峻的文风而谈风格。也只有了解这破立的用心,我们才能理解他风格论中的思想性和战斗性。"(吴调公《文心雕龙研究论文集》)

刘勰建立起来的"风清骨峻"的新的审美理想,其"风骨"部分直到初唐才得到"四杰"和陈子昂等人积极

唐诗自然雄浑的美学风貌始于刘勰的理论倡导

的响应,其"自然清真"部分直到李白才得以提倡。而"风骨"与"自然清真"、"壮采"有机融合后产生的自然雄浑风貌,正是唐诗最有价值、最有魅力之所在。

"清"与"怨"的历史传承与钟嵘《诗品》

一、先秦两汉文论中的"清"与"怨"

诗主"怨"在我国古代诗歌理论中源远流长。《尚书·尧典》里的"诗言志",被朱自清先生称为中国历代诗论"开山的纲领"(《诗言志辨序》),其中就有"怨"的成分。"言悦豫之

志,则和乐兴而颂声作;忧愁之志,则哀伤起而怨刺生"(孔颖达《毛诗正义·诗大序正义》)。在随后各家对《诗经》的阐述中,这一理念得以发展。孔子认为"诗可以兴,可以观,可以群,可以怨"(《论语·阳货》),首先明确提出《诗经》的怨刺功能。《诗大序》对此有具体化的说明:《诗》有六义,其一曰风,"上以风化下,下以风刺上……至于王道衰,礼义废,政教失,国异政,而变风变雅作矣",指出了《诗》"可以怨"的教化功能与时代因素。何休认为"男女有所怨恨,相从而歌。饥者歌其食,劳者歌其事"(《春秋公羊传·宣公十五年解诂》);司马迁认为"《诗三百》,大抵圣贤发愤之所

作也"(《史记·太史公自序》);班固认为"哀乐之心感,而歌咏之声发"(《汉书·艺文志》),共同说出了"怨"不仅成了作家创作的动机,甚至成了批评家评价的标准。

上述对《诗经》"怨"的看法在汉代也集中体现在对《离骚》的评价上。司马迁秉承刘安的观点,认为"屈平之作《离骚》,盖自怨生也……以刺世事……推此志也,虽与日月争光可也"(《史记·屈原列传》),给"怨"以崇高的地位。班固虽然反对屈原"露才扬己"的为人,却也认为"屈原以忠信见疑,忧愁忧思而作《离骚》"(《离骚赞序》)。王逸一方面称赞屈原"执履忠贞",一方面认为屈原"被谗邪,忧心烦乱,不知所诉,乃作《离骚经》"(《离骚经序》)。他们虽然对屈原的为人有不同的看法,但对屈原"怨"而作《离骚》,将"怨"作为《离骚》的创作动机这一点上有相同的看法并给予很高的评价。

总之,这么多人对《诗经》和《离骚》有如此热闹的争辩并有如此一致的看法,只能说明"怨"与当时文学创作的紧密联系:"怨"不仅是进行文学创作的动机,也是文学创作的主要内容,更是文学发生其特

孔子明确指出《诗经》具有怨刺功能

定社会功能的关键之一，甚至成了评价文学作品的一条重要标准。而且这种论争，虽然在观点上着眼于伦理、政治等社会外壳，却有深刻的启迪作用，它体现一种可贵的人的自觉、文的自觉意识，对魏晋的文学创作和文学批评有巨大的启发作用。

《诗经》中的《蒹葭》等诗篇已经体现"清"的艺术风格和审美追求，但中国文学中"清"作为自觉的审美追求根源于道家哲学。"清静为天下正"（《老子》四十五章），"清"作为道家追求的一种心理境界和达到这种境界的认知方式，对文学创作有特别的意义。所谓"清"，在心理境界上要"致虚极，守静笃"（《老子》十六章），即做到空虚其心，静养其神，荡涤胸中尘俗之气，庸鄙之情，物欲之志，以无求有，自然而然。为了达到这种清静无为的心理状态，在认知方式上要"心斋"、"坐忘"（《庄子·人间世》），皈依自然。去除了附着在人的个体精神之上的伦理、政治等社会外壳，人的主体意识增强，人的个体意识开始觉醒。庄子身处浊世乱世，"礼崩乐坏"，使得个体的生命意识得到极大的张扬，"以谬悠之说，荒唐之言，无端崖之辞……独与天地精神往来"（《庄子·天下》），其作品充满灵性而不俗，成为时代的清音。

黄老思想在汉初有所发展，但在其后漫长的"独尊儒术"中被埋没，直至汉末魏晋，人们才可以听到它强劲的回音。

二、钟嵘所处的时代与"清""怨"

卢文弨在《龙城札记》卷二"古人喜悲"条指出，"其喜好起于战国耳"。汉帝国经济上的繁荣，政治上的中央集权，军事上的节节胜利，独尊儒术后意识形态上的一统，此好尚不再。从汉末到钟嵘生活的梁代直至隋对中国的统一，其间充满了大动乱、战争与屠杀。汉末的农民大起义，地主豪强的割据混战，三国的崛起与鼎立，晋的统一战争及紧随其后的八王之乱，永嘉之乱，北方的五胡乱华，南方的南朝政权更迭，使田地荒芜，人口大批逃亡或死亡。"铠甲生虮虱，万姓以死亡。白骨露于野，千里无鸡鸣"（曹操《蒿里行》）。"出门无所见，白骨蔽平原"（王粲《七哀诗》）。除此之外还有统治阶级内部的倾轧、压制与消除异己的行动。所有这一切远胜于"礼义"尚残存的战国。身处政治中心的士族文人或被杀，或病死、饿死，或处在命不保夕的状态，鲜有长寿者，于是顿觉生命之光彩如昙花一现，有浓厚的忧生之嗟。以悲为美，遂成风尚。王褒《洞箫赋》云："故知音者悲而乐之，不知音者怪而伟之。故闻其悲声，则莫不怆然累欷，撒涕抆泪"(《文选》卷十七)。钱钟书评曰："奏乐以悲为善声，听乐者以能悲为知音，汉魏六朝，风尚如斯，观王赋此数语可知也"(《管锥编》第三册)。本来就有主"怨"传统的文学受到以悲为美的时代风气的强烈影响也就不足为奇了。汉魏六朝的文学多悲怨。《古诗十九首》里流露出大厦将倾时的末世忧叹，建安文学强烈建功立业愿望中的慷慨悲凉，正始文学隐晦曲折下"徘徊将何见，忧思独伤心"(阮籍《咏怀诗》)式的不可为他人言的伤心。"悲凉之雾遍布华林"(鲁迅语)，以至陆云《与兄平原书》云："《答少明诗》亦未为妙，省之如不悲苦，无恻然伤心言。"诗不悲苦不伤心则不妙，当时人们对诗的"怨"的重视由此可见一斑。刘勰也认为"诗者，持也，持人情性"，而"人禀七情，应物斯感，感物吟志，莫非自然"，因此，"太康败德，七子咸怨"，"逮楚国讽怨，则离骚为刺"(《文心雕龙·明诗》)。

动乱与战争不仅摧毁了原来的政治经济秩序，也冲垮了两汉繁琐无用的经学对个体思想的束缚，名、道、法等各家重新兴起，思想领域出现自由开放的新气象。其中道家思想最为盛行。汉末儒学大师马融注《老子》，道家思想抬头；魏王弼、何晏用老庄思想讲《易》，《易》与《老子》《庄子》并称

三玄，玄学盛极一时；东晋时"中朝贵玄，江左称盛。因谈余气，流成文体"(《文心雕龙·时序》)，在玄学影响下，出现了以表现老庄为主的玄言诗及体会玄学神理的山水诗。更重要的是，老庄的崇尚自由，对自然的皈依，使得中国人的人生归属不是宗教的，而是审美的。宗白华认为"晋人以虚灵的胸襟，玄学的意味体会自然，乃能表里澄澈，一片空明，建立最高的晶莹的美的意境"(《美学散步》)。这种晶莹的美的意境，就属于对"清"的审美的追求。"羲之风骨清举也"(《世说新语·赏誉》注)，用于品人；"何必丝与竹，山水有清音"(左思《招隐诗》)，用于品自然；用"清"来品诗文，此时的文论中也可见：

魏晋南朝重"清"，代表人物为王羲之

文以气为主,气之清浊有体。(曹丕《典论·论文》)

风清骨峻,篇体光。(刘勰《文心雕龙·风骨》)

潘安仁清绮若是,而评者只称情切。(萧绎《金楼子·立言》)

江左宫商发越,贵于清绮。(李延寿《北史·文苑传序》)

文章"怨"尤其是哀怨的思想和内容,对"清"的风格和审美追求有巨大的关联,"清"与"怨"在这个时代的文学作品和文论中多处并提。如陆机《拟东城一何高》中"闲夜抚鸣琴,惠音清且佳";尤其是刘勰的"至于张衡怨篇,清典可味"(《文心雕龙·明诗》),与钟嵘的见解相比,两大批评家的观点惊人地相似。

三、钟嵘《诗品》中的"清"与"怨"

梁代是一个"崇佛重道"(《梁书·儒林传》)的时代,钟嵘的思想便深受儒道两方面思想的影响。钟嵘的老师王俭就是一个大儒,"弱年便留意三《礼》,尤善《春秋》,发言吐论,造次必于儒教。由是衣冠翕然,并尚经学,儒教于此大兴"(《南史·王俭传》)。从钟嵘两次上书皇帝,也可看出儒家积极入世思想对他的影响。但他也受到当时风行的玄学思想和思维方式的影响。被玄言化的《易》为钟嵘家学,钟嵘"明《周易》"(《南史·钟嵘传》)。钟嵘在文学思想上也继承了儒家的风雅比兴传统和道家清静的心理境界、得"意"忘"言"的认知方式,这突出体现在对"怨"的推崇,对"清"的风格和审美理想的确立上。

钟嵘认为诗是感于外物的:"若乃春风春鸟,秋月秋蝉,夏月暑雨,冬月祁寒,斯四候之感诸诗者也"。他更推重"怨"的方面:"嘉会寄诗以亲,离群托诗以怨。至于楚臣去境,汉妾辞宫;或骨横朔野,或魂逐飞蓬;或负戈外

钟嵘深受玄儒思想影响

戍，杀气雄边；塞客衣单，孀闺泪尽；文士有解佩出朝，一去忘返；女有扬蛾入宠，再盼倾国"（《诗品序》）。钟嵘还把它作为评诗的一个标准具体化到许多作家的品评中：

> 文多凄怨者之流。（汉都尉李陵诗）
> 骨气奇高，词采华茂，情兼雅怨，体被文质。（魏陈思王植诗）
> 发愀怆之词。（晋步兵阮籍诗）
> 文典以怨……得讽喻之致。（晋黄门左思诗）
> 夫妻事既可伤，文亦凄怨。（汉上计秦嘉 嘉妻徐淑诗）
> 孤怨宜恨。（晋处士郭泰诗）
> 观其《咏史》，有感叹之词。（汉金史班固诗）
> 曹公古直，甚有悲凉之句。（魏武帝诗）

上述的"凄怨"等词明确提"怨"，而有的地方暗提，如评郭璞诗"辞多慷慨"；评赵壹"愤兰蕙，指斥囊钱"等。尤其值得一提的是，钟嵘把所有能注出起源的作家都归于《诗经》中的风、雅和《离骚》，我们知道，这三者是以怨刺闻名的。

钟嵘在《诗品序》中提出诗"吟咏情性"，主张"感荡心灵"的真情，反对"临朝点缀，分夜呻吟"；主张"直寻""自然英旨"，反对用事；主张"清浊通流，口吻流利"，反对声律。总之，主张自然，主张清新的风格与意境。这也体现在对许多作家的品评中：

> 托喻清远。（晋中散嵇康诗）
> 风华清靡。（宋征士陶潜诗）
> 务其清浅。（宋豫章太守谢瞻诗）
> 清便宛转，如流风回雪。（梁卫将军范云诗）
> 诗虽嫩弱，有清工之句。（晋征士戴逵诗）
> 气候清雅……良无鄙促也。（宋光禄谢庄诗）
> 康帛二胡，亦有清句。（齐惠休上人、道道上人诗）
> 往往嶄绝清巧。（齐鲍令晖诗）
> 奇句清拔。（梁常侍虞义诗）

"清"作为一种意境和审美追求被多次明确使用。除此之外，钟嵘评谢灵运诗"如芙蓉出水"，评刘桢诗"真骨凌霜，高风跨俗"等，他对"清"的风格的推崇亦可见。

在对许多诗人诗作的品评中，多处出现"清"、"怨"并提的现象，而且这些诗人在当时诗坛有很高的地位，在《诗品》中也位于上品或中品：

> 文温以丽，意悲而远……虽多哀

怨……人代冥灭，而清音独远。（古诗）

《团扇》短章，辞旨清捷，怨深文绮。（汉婕妤班姬诗）

善为凄戾之词，自有清拔之气。（晋太尉刘琨诗）

不闲于经纶，而长于清怨。（梁光禄沈约诗）

此外，钟嵘评建安之杰曹植诗"情兼雅怨"，有"怨"的内容，"骨气奇高"也有"清"的一面。张戒说曹植诗"温润清和，金声而玉振之"（《岁寒堂诗话》）侧面可证。评阮籍诗"颇多感慨之词"有"怨"，"使人忘其鄙近，自致远大……厥旨渊放，归趣难求"含"清"。总之，"清"与"怨"这二者的融合在钟嵘《诗品》的出现体现了时代的精神，从中我们可以管窥他的评诗标准。

四、"清"与"怨"与钟嵘评诗标准

为什么在先秦两汉，诗歌中的"怨"更多表现为"刺"，而在汉末魏晋南北朝却表现为"哀"，形成"清"的意境与色调？

时代使然。先秦的贵族诗人拥有很高的政治地位，怀抱"礼乐治国"的理想。诗歌作为礼乐治国的工具，担负着许多伦理、政治等功能，更多关注人的外部世界。故诗中的"怨"，有主动的规劝，有直接的指斥，有大胆的暴露，有深情的控诉，锋芒所向，表现为"刺"。而在汉末魏晋，士族诗人面对大动乱的社会，黑暗的政治，有心济世却又无力济世，甚至自己的特权位置不保，自己的性命不保；并且在乱世，人们的思想从繁琐无用的经学统治下解放出来，目光从外转内，更多地关注自身，思考自身，人的个体意识开始觉醒。于是，对外部世界的"怨"转化为对自己的"哀"。为了化解这种"哀"，就自觉地接受了玄学的影响，清谈玄理，忘情于山水，皈依自然。这种审美式的皈依，对个人来讲，就是对"清"的境界的追求；对诗歌来说，"怨"成了一种外在的感召，"哀"成了创作的动机，"清"成了创作的审美追求。

钟嵘认为诗"吟咏情性也"，主张诗"可以怨"，但他又认为诗的作用不过是"使贫贱易安，幽居无闷"（《诗品序》）。可以看出，他主张的"怨"已经少了怨刺社会政治的力量，只剩下哀的情感和美的愉悦功能，成为"清怨"。他在评鲍照诗时云"嗟其才秀人微，故取湮当代。然贵巧似，不避陷仄，颇伤清雅之调"就可以明显看出。

钟嵘论诗，认为最高标准是"干之以风力，润之以丹采，使味之者无极，闻之者动心"（《诗品序》）。关于"风力"，钟嵘曾赞陶潜"又协左思风

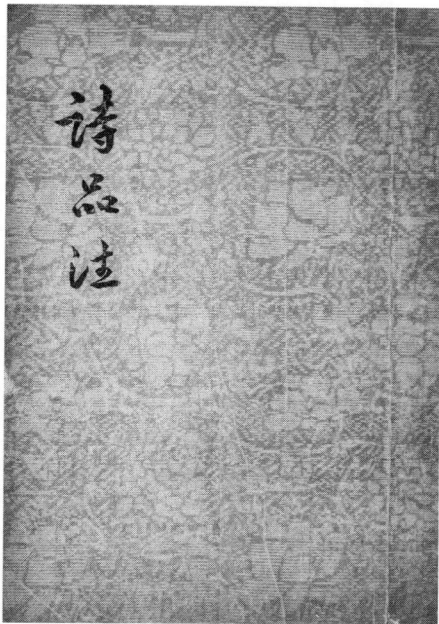

钟嵘《诗品》主"清怨"

力"，又有"建安风力尽也"之叹。联想到刘勰赞扬的"风清骨峻"（《文心雕龙·明诗》），可见钟嵘所推崇的也是这种"清风"，"清风"中最有感染力的莫过于含有哀怨的内容了。关于"丹采"，曹丕曾认为"诗赋欲丽"（《典论·论文》），使诗获得了独立的位置；陆机提出"诗缘情而绮靡"（《文赋》），认为"绮靡"的原因在于个体化的抒情；刘勰认为"五言流调，以清丽居宗"（《文心雕龙·明诗》），说出了五言"清"与"丽"的特征是统一的不矛盾的。钟嵘继承了他们的观点，主张

"丽"即丹采是从属"清"的意境和审美追求的，因此他反对用事，反对声律，认为这样做伤害了诗的"真美"即自然之美。丹采只起到"润"的作用，是服从于"清"的。萧子显也认为："缉事比类，非对不发，博物可嘉，职成拘制。或全借古语，用申今情，崎岖牵引，直为偶说。唯睹事例，顿失清采"（《南齐书·文学传论》），认为太多的"采"损害了"清"。从上可以看出，钟嵘评诗最高标准的后面，暗含这样的观点：哀怨可以助"风力"；丹彩服从于"清"的审美意境。

刘勰认为"张衡怨篇，清典可味"（《文心雕龙·明诗》），点出了"清"、"怨"与"味"的关系，钟嵘也认为，正是这两者的结合，才产生了"味之者无极，闻之者动心"的至佳效果。

品味中国古典小说结构的独特性

西方的古典小说来源于悲剧叙事。悲剧叙事根源于某个不可更回的过错或人性中的重大缺陷，对重要人物的重要行为展开宏大叙述，最终获得一种神圣和崇高。由此发展开的西方古典小说叙事是一种精英式的、贵族式的叙事；在历史上它形成了一套经典的叙事话语操作方式：（1）注重

对人物性格的刻画、人物命运的描写；（2）以人物为中心安排情节，情节严密而又富有戏剧性；（3）多采用历时性叙述，按可然率和必然率展开，形成完整的因果逻辑结构。

中国的古典小说特别是江南的古典小说与之不同。在中国小说叙事产生之前，以诗歌为主的抒情文学高度发达，抒情文学追求的情味（见张戒《岁寒堂诗话》"诗人之工，特在一时情味"），其审美特质必将对小说尤其是文人创作小说产生重要影响。唐代诗文高度发达，而自觉的中国小说叙事就产生于唐传奇。"或笑张飞胡，或笑邓艾吃"的民间说话的兴起及这个职业的产生，也对中国自觉的小说叙事有直接的影响。可无论是正统文人创作的唐传奇，还是由民间说话发展而来的宋元话本、拟话本，都是为了迎合正在兴起的城市市民阶层娱乐的需要；它们或奇或俗，都追求一种情味，并且这种情味深受市民趣味的影响、左右。可以说，中国初始阶段的小说虽受高雅文学的影响，但并不能改变它的出身，它来源于娱乐市民的"卑俗"的喜剧式叙事；它从追求一时的情味出发，关注故事中每一个有意味的事物，关注故事中每一个有趣味的精彩片断，关注故事中的情感氛围，而不太注重对故事终极意义的关怀。这是一种大众式的、市民的叙事方式。金圣叹对此有深刻的认识："施耐庵本无一肚皮宿怨要发挥出来，只是饱暖无事，又值心闲，不免伸纸弄笔，寻个题目，写出自家锦心绣口。后人不知，却于《水浒》上加'忠义'二字，遂并比于史公发愤著书一例，正是使不得"（《读第五才子书读法》），颇合《水浒传》的材料来源及创作旨趣。即使发展到经典文本，中国伟大的小说家们给小说文本增加了政治、社会、伦理等意义载体，其情味仍在，有的更加浓郁。张竹坡评《金瓶梅》时云："愤已百二十分，酸又百二十分，不作《金瓶梅》，又何以消遣哉？"（《竹坡闲话》）曹雪芹亦云："满纸荒唐言，一把辛酸泪。都云作者痴，谁解其中味。"情味有了更深刻的义蕴。

结构从横向讲指的是各个组成部

金圣叹称《水浒传》为"才子书"

分之间的搭配排列,从纵向讲指的是承载内容最核心的构造方式。追求情味,形成了中国古典小说独特的叙事结构:叙述上的自然呈现性,功能上的消解性、整合性。当然,这种为情而造的叙事结构也可以包含更多的情、趣与意味,甚至其本身也富有美的韵味。

一、自然呈现的叙事方式

"在奇事,方有奇文","事果然奇特,实在可传,而后传之",李渔虽是论戏剧,实际也道出了中外古典小说创作内容上的共同选择。因追求意义与追求情味的出发点的不同,中外对"奇事"的叙述也有很大的不同。西方的古典小说更多地采用"国王死了,不久王后也因伤心而死"式的因果动力型逻辑结构;中国古典小说更多地采用了"皇帝死了,不久皇后也死去"式的自在呈现方式。这种自然呈现的叙事方式集中体现在对事件与人物性格命运的结构上。

任何一个事件,都是前一些事件发展的必然,也是其它一些事件产生的可能,即事件本身既表现为展示性的"迹象",又表现为动力型的"功能"。中国古典小说的"功能"明显弱化,而更多地表现为事件的"迹象"。这倾向明显体现在我国早期的话本小说中。为了听众娱乐、消闲的需要,而不是教育、净化的需要,话本首要关心的是如何迎合听众的趣味,博得听众的情感;故有情有趣的事件尽力发挥,否则一带而过。可以说,缺少事件自身的推动力,故事发展照样可以进行,因为有说书人的故事外推动。在五光十色的渲染中,为了适应听众听觉的特点,故事的基本流程却简单粗糙,甚至与生活中的自然过程完全一致,事件的展示也多用罗列式。悲欢离合的故事是"功能"性极强的素材,可在我国最早的话本小说集《清平山堂话本》中的《陈巡检梅岭失妻记》里,完全成了一个展示性的故事。话本按失妻

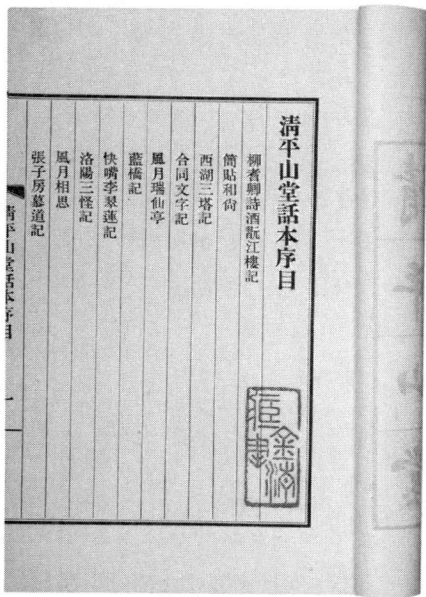

《清平山堂话本》多展示性的故事

前、失妻、寻妻、得妻的事件自然流程写，将与核心事件无太大关联的夫妻生活琐事、罗童故事大大发挥，虽说挖掘出不少情趣，但故事的"功能"被削弱。尤其是寻妻一节，故事本身的动力一度尽失。文中陈巡检先是"无计可失"、"且去上任"；再写求卦杨殿干，"心下稍宽"；再写上任杀镇山虎，三年不见寻妻行动，事件几乎等同于生活的简单罗列。这种"自然呈现"外加"说者穿插"的叙事方式，不是话本独有，而是代表了中国古典小说的共同倾向。

小说中的人物形象既代表性格上的"这一个"，表现为"角色"；又通过自己的行动展示了性格上的"这一个"，表现为行动素。西方古典小说中的人物主要通过自己的行动（包括心理行动）来展示"这一个"，来展示源自其内心冲突的可能的命运，表现出人的本质力量对象化的美。中国古典小说中的人物更多表现为"角色"。这"角色"不同于黑格尔所言的性格世界，它呈现的是人物的外貌、气质、禀性等，呈现的是自然与社会对人物的定位。因此不是从行动出发来带出性格，而是由角色出发引出行动；人物所展示的只是"角色"在外力作用下的必然命运，即命运由自然决定，它的生成、发展与结局自然而然。上文中的

陈巡检即是一例，在外力面前，人除了固守自己的角色外，其余无能为力。人们阅读唐传奇《莺莺传》，最受感动的不是莺莺的离经叛道的行动，而是文本呈现的莺莺作为那个角色所流露出的冷艳哀婉、古怪精灵以及其无奈的归宿。即使在才子佳人小说中，大团圆的美好结局也不是才子生人们积极行动的产物，而是外在环境改变了的自然结果。人物内心的愿望主要通过动作、语言等媒介传达于外，中国古典小说这样静态地自然呈现，使人物缺少行动素，事件缺少"功能"，于是也使应有的外在的行动转化为内在的情绪，一种深沉的、潜在的、关乎人生题旨的复杂而又微妙的情绪；也将叙事的意义转化为意味，含蓄之美，自然之趣，尽在其中。

二、文本"碎片"式展开

中国古典小说对情味的追求，体现在叙事上就基本采用了自然呈现的方式。自然呈现方式的使用，就容易消解文本中情节之间的因果链，使文本由单一的时间流程转化为空间化状态，文本呈"碎片"式展开。也就是说，中国古典小说，情节与情节之间由原先的时间上、因果上的关系，变成了场面与场面（"碎片"与"碎片"）之间的空间上的关系。中国的古典小说，

少有外显的全局性的悬念，少有贯穿全局的确定性的时间，情节之间少内在的因果联系。即使伟大如《红楼梦》这样的小说也如此。看了第一回，就知道宝黛爱情的悲剧结局；看到第五回，就从警幻仙子处知道书中主要人物的结局；看看一百二十回的标题，就大致了解书中讲了哪些故事，故没有营造穿越小说全部时空的悬念。小说中内在的时间也是不确定的、不确切的，如宝黛等人的年龄、巧姐儿的岁数反差等问题。我们只可把握到这样的时间脉搏，如宝黛的爱情开始于生机一片的春天，磨擦成长在暴热郁烦的夏季，成熟在宁静气爽的秋季，被扼杀在冷酷阴暗的冬季，最后"白茫茫一片大地真干净"，事件不是随时间的发展而发展，时间却随着事件发生的空间的改变而改变。有时，你甚至看不见时间的流淌，只看见一个个空间场面的展开。在场面的描写中，作者努力关注每一样东西，如衣着、摆设、饭菜、景致等，努力发掘其中的意味。这样就淡化了情节，突出了哪怕卑小人

《红楼梦》的叙事主要采用空间转移方式

物本身的情感、细小事物本身的意味。

大家知道，章回小说的分回起源于古代说话中停顿的需要，而且往往分停在精彩之处；标题起源于说话中对以前所讲内容的总结，对正要讲的内容的提示。章回小说与说话分离后，为什么却保存、发展了这一形式？一方面是因为过去审美趣味的沉淀，转化为这种有意味的形式；另一方面更重要的原因在于：小说尤其是长篇小说的空间是无比巨大的，分回与标题的使用，客观上将这一无限的空间分割成有限的场面空间，形成了一个个空间化的"碎片"，好去容纳琐碎的生活场景、细小的情感趣味。

中国古典小说充分利用了这些"碎片"，努力使每一个局部成为风景。中国古代文学多的是"雕虫"手段，尤其是在细小的空间上刻画的工夫，像史传文中的曲折文笔，诗词中的炼字炼句炼意，民间说话里的惟妙惟肖、节外生枝的描摹与穿插。所有这些，将场面或写得曲曲折折，或写得闪闪烁烁，或写得含蓄有味。金圣叹在评点《水浒传》时，总结出里面不少场面描写的方法，如"草蛇灰线法"写线索，"绵针泥刺法"写含蓄，"背面铺粉法"写相互映衬，"弄引法"和"獭尾法"写引入导出，"欲合故纵法"和"横云断山法"写悬念等。因空间的缩小，易

于将写诗词的方法引入，甚至易于将大量的诗词插入。

将文本中的故事空间化，注重对场面空间的刻画，虽然冲淡了故事中的因果链，却易于反映更广阔的社会生活，易于蕴涵更多事物更多人物更多情味，这是西方古典小说所无法比拟的。如《金瓶梅》反映了上至权贵、下至市井无赖的广阔社会层面，主子奴才轮番上场，事无巨细均予铺陈；形形色色的生活，繁繁多多的物类。细细品味，细细欣赏，每一个场景都耐人寻味。

三、网状联结与超情节结构

中国古典小说追求情味，重自然呈现，导致了文本的"碎片"化。与创造精彩的"碎片"相比，中国古典小说更擅长于"碎片"与"碎片"之间的衔接，其结构也呈现出巨大的整合功能，将复杂臃肿的琐碎的内容整合成一个有机整体。

首先，注重场面与场面之间的起承转合。"起承"注重场面与场面之间的连接，"转合"注重场面与场面之间的变化。浦安迪认为："段"与"段"之间的巧妙连接组成全体正是中国古典长篇的一个特色。毛宗岗评点《三国演义》时也承认："凡若此者，皆天造地设，以成全篇之结构。"上文说过，

中国古典小说以场面描写为主,在场面描写中尽可能呈现所有有意味的事物;小说中故事的发展以场面推进的方式进行。故场面与场面之间的人与人、物与物、事与事、时空与时空之间存在着千丝万缕的联系。将这些相关的点联结起来,就形成一张网;小说以空间的方式向前推进,就是以网状结构的方式推进。这样原本划定的场面空间被进一步分割、联结、组合,变得更复杂化、动态化,每一个场面都不是孤立的,它们共同组成了有生命的总体。这不仅表现在经典文本中,也表现在早期话本小说中。

空间的细化有利于变化。细小的空间更有利于言情、言趣,也有可能相互重叠、相互映衬、相互遮蔽,如苏州园林,变化中有奇趣,可以形成结构本身的美。如金圣叹评《水浒传》时所言笔法:"倒插法"埋下伏笔,"正犯法"同中见异,"略犯法"异中有同,"鸾胶续弦法"随机牵引。也如《红楼

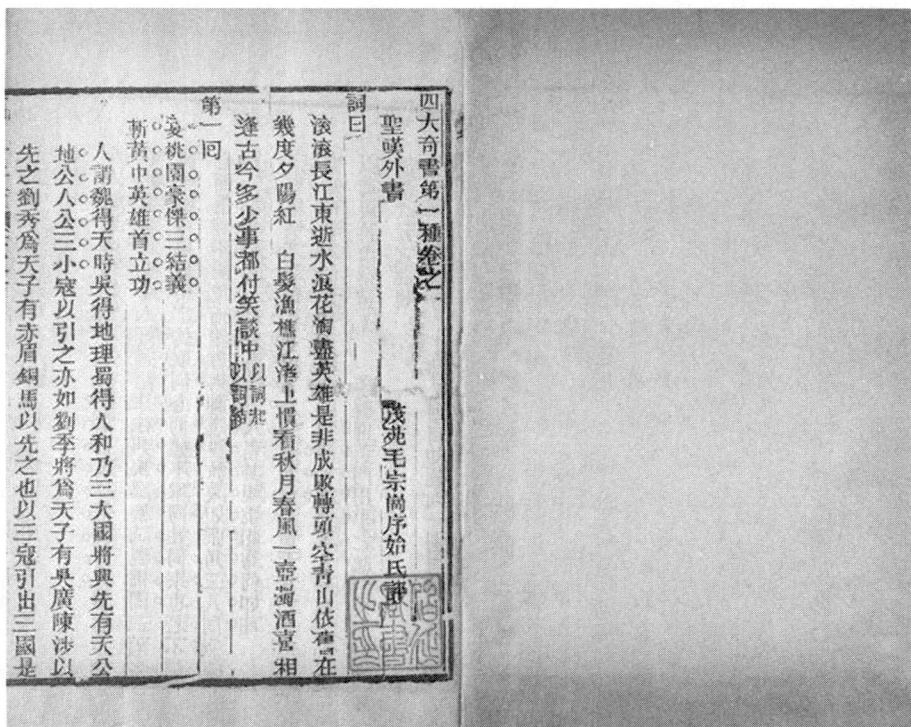

毛宗岗点出了《三国演义》结构的特点

梦》里有甄府有贾府，有实境有虚境，有"真事隐"有"假语存"，人物上双双对写，事件中有虚有实，真是"惟在兴趣，羚羊挂角，无迹可寻……如空中之音，相中之色，水中之月，镜中之像，言有尽而意无穷"（严羽《沧浪诗话》）。

其次，还在于文本中超情节结构的存在。所谓超情节结构，指文本中与故事结构无直接关系的非故事层结构。超情节结构"虽然具有组织故事单元的作用，但更重要的是它承担解释、暗示故事所述事起灭兴亡。"（林岗《叙事文结构的美学观念》）超情节结构在中外古典小说中广泛存在，但在中国古典小说中更典型。中国古典小说从情味出发，一边叙事一边消解情节结构；如何将被解构的"碎片"组织起来？上述的"缀段"中的网状结构联结是方法之一，但这种联结是潜在的、大量的、零碎的。为了从整体上统一，中国古典小说就采用了超情节结构，在故事外寻求解决。这种结构在早期话本中最为明显。如《清平山堂话本》里的《错认尸》，每个场面之前之后都有两句俗语和一首诗暗示上下文，渲染故事的氛围。后来超故事层开始融入故事层中，如《西游记》唐僧取经途中的天外援助；《金瓶梅》和《红楼梦》中的超故事层与故事层水乳交融，作用巨大。这些人尽皆知，此处

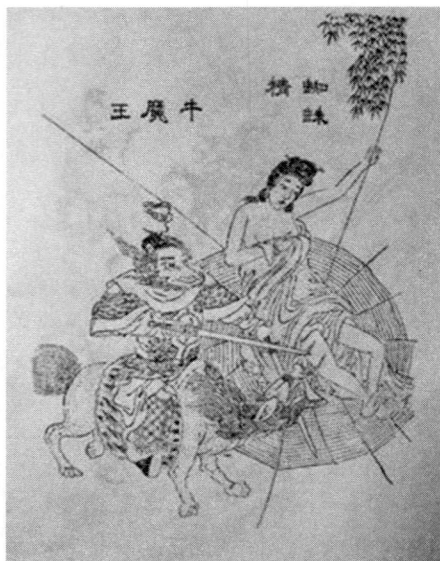

《西游记》中存在超情节结构——天外援助。图为绣像插画

就不多说了。

中国古典小说从情味出发，叙事多采用共同性方式，头绪复杂，人物众多，事件琐碎，再加上超情节结构的存在，情节之间的因果联系变得极为淡薄，展示了与西方古典小说不同的风貌。德国著名翻译家库恩翻译中国古典小说时，认为自己"不带有色眼镜"，他以西方古典小说经典模式为参照，"大胆地筑路搭桥，使被打断的情节巧妙地联结起来"，还自诩为"让中国的作者说话"（林茄《库恩与中国古典小说》），请问：他译出的是中国的古典小说吗？

江南与中国公文美学意蕴的历史嬗变

"时运交移,质文代变。"公文作为具有特定效力的文书,其内容具有强烈的现实性和针对性,其规范具有广泛的应用性和适用性,在长期的发展沿革中,形成了一定的写作范式,积淀了特定的美学意蕴。同时,公文制作极易受时代以及撰制者的影响,从而深深地打上了特定时代与特殊个体的印痕,呈现出多姿多彩的美学意味。在中国公文美学意蕴的历史嬗变过程中,江南地区曾发挥着重要的作用。

一、古今公文的美学意蕴差别显著

谈到古今公文的差别,最显著之处在于现在的公文几乎全部使用科技语言,条文明确,晓畅有序,但不耐读,缺乏典范式的作品,甚至让人感觉千篇一律;古代的公文语言却接近文学语言,不仅包含"理性的因子",还包含"美的因子",许多经典作品有着深厚的美学底蕴。除去白话文和文言文带来的差异,公文撰制环节至关重要,因为这是古今公文美学意蕴差异产生的关键所在。

(一)公文撰制时的作者意识不同。所谓作者意识,是指公文撰制时以"我"为主抑或以"他"为主的主体意识问题。撰制公文是为了给现实存在的问题提供解决的方案,但落实到具体作者的具体写作上,古今公文却有着很大的差异。

古代的章表奏议大多具有作者自发性的色彩,即公文撰制者察觉到了现实问题的严重性,从自我感受出发,积极为民请命,以"我"为主(甚至亲手)撰制公文,文责自负,甚至以文立身扬名,具有一定的自我色彩。而在目前的公文撰制中,这一特点被大大地淡化了,究其原因,主要是法律规范性的增强,科学因素的增加;再者就是目前的公文草拟者大多为指定性作者,接受的是"命题作文",得到的是二手材料,草拟时站在典型的"他者"立场,缺乏自我的直观感受,同时审定环节的程序化又在一定程度上去除了草拟者的个性色彩。

(二)公文撰制时的思维方式不同。在公文撰制中,撰制者的角色定位很重要,因为这从根本上决定了公文的内在品质。与之相关联,公文撰制者的作者意识在很大程度上影响了思维方式。

古代公文撰制坚持以"我"为主的作者意识;一般采用感性思维的方式,交替使用叙述、描写、说明、议论

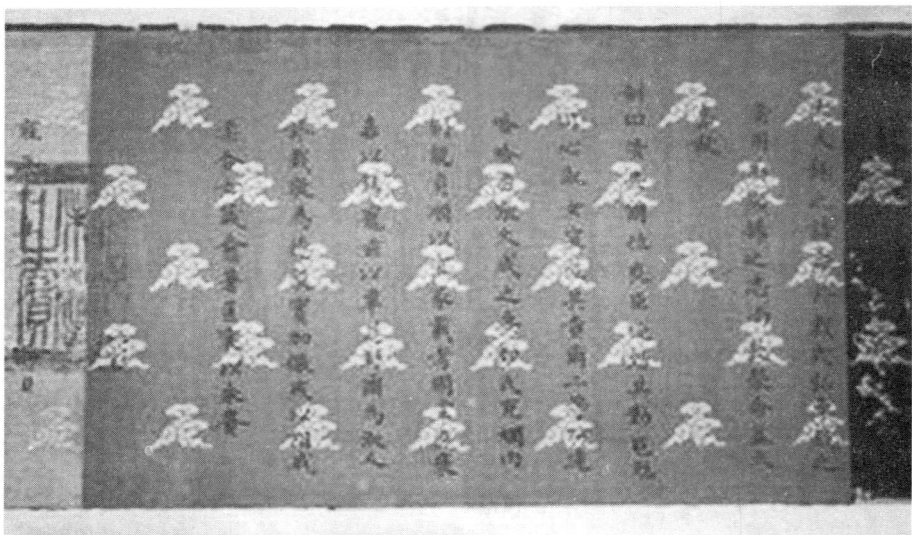

圣旨的制造人和润笔人多来自江南

等表达方式和对偶、用典、比喻等修辞方式，侧重于主观情、志的表现与说明。现代公文撰制由于站在"他者"立场，一般采用抽象思维的方式，侧重于客观的描述和简洁的说明，除在特定的情况下一般不使用修辞，以确保思维和表达的精确性。为此，古今公文有一个特别显著的差异：古代公文是不讳言情的，情感的表现一般比较外露、突出，而现代公文一般不言情。

（三）公文撰制时的价值取向不同。在不同的历史时期，国家赋予公文的地位和价值有着很大的不同。公文作为撰制者们志向、智慧、情感、才能的物化形式，在很大程度上彰显了他们的自身价值。而这直接影响其撰制公文时的价值取向。

诸多朝代认为公文之用，"五礼资之以成，六典因之致用，君臣所以炳焕，军国所以昭明"（《文心雕龙·序志》），起着"经国之大业"的作用。为此，成立专门的机构，从全国选拔优秀人才，专门从事公文撰制工作，同时给予他们崇高的地位。这些都极大地激发了公文撰制者们的创作热情，以至有些人士想藉之追求生命的永恒，把它当作"不朽之盛事"，殚精竭虑提升公文的内在价值。反观现代公文，它已经被划出了文学的圈子，成为国家依法行政和进行公务活动的重要工具。作为工具，现代公文强调更多的是自身的应用性，即科学性、规范性、普适性、精确性，而对应用性之外的文采、意蕴等方面一般不作明确的要求。当公文语言由个性语言全部变成了公众语言，传统的个人价值也就失去了最后的庇护所。

二、魏晋南朝开始注重公文的艺术价值

除了历史上不同朝代赋予公文的价值和地位影响公文美学意蕴的生成外，公文美学意蕴自身也有一个嬗变的过程。

（一）公文最初的发展过程，就是一个由产生到发展、由质到文、不断"踵事增华"的过程，以曹丕为首提出的公文理论是我国公文发展嬗变第一阶段的标志。

公文起源于人类早期的生产与生活活动，最初采用口口相传的形式，与其它话语伴生；其后采用文字记录方式，成为应用写作的一种。萌芽时期的公文立足于应用，内容和形式都很素朴。商代开始设立太史寮，专职撰制公文，开始走专门化写作道路，从目前保存最早的公文集《尚书》中可以看到公文的基本样式已经形成，公文的文体意识已经树立。孔子评价"周监于二代，郁郁乎文哉"，"文"的旗帜

开始得到高扬。秦一统六国后推崇法术，以国家政令的方式确定了公文文种及其风格。汉代高度重视公文撰制，"两汉诏诰，职在尚书。……是以淮南有英才，武帝使相如视草；陇右多文士，光武加意于书辞"（《文心雕龙·诏策》），自觉提高公文的美学价值。

以曹丕为代表提出的魏晋南北朝公文理论，主张公文具有艺术美，成为这一阶段公文发展嬗变的标志。曹丕在《典论·论文》中写道："夫文本同而末异，盖奏议宜雅，书论宜理，铭诔尚实，诗赋欲丽。……王粲长于辞赋，……琳、瑀之章表书记，今之隽也。……盖文章，经国之大业，不朽之盛事。……年寿有时而尽，荣乐止乎其身，二者必至之常期，未若文章之无穷。"

曹丕之所以持上述观点，是因为他发现这个时代的文学（含公文）已经从经学的附庸地位中解脱出来，获得了崇高的地位；各种文体都有着自身独特的艺术之美；只要长于某个文体都有可能赢得令名和永恒的价值。鲁迅先生称"曹丕的一个时代"为"文学的自觉时代"，实际上这种自觉也是时代的自觉：

论精微而朗畅，奏平彻以闲雅。（陆机《文赋》）

表宜以远大为本，不以华藻为先。

（李充《翰林论》）

故授官选贤，则义炳重离之辉；优文封策，则气含风雨之润；敕戒恒诰，则笔吐星汉之华；治戎燮伐，则声有洊雷之声；肯灾肆赦，则文有春露之滋；明罚敕法，则辞有秋霜之烈：此诏策之大略也。（刘勰《文心雕龙》）

若乃经国文符，应资博古；撰德驳奏，宜穷往烈。（钟嵘《诗品》）

且夫《尚书》者，政事之集也，然未若近代之优文诏策军书奏议之清富赡丽也。（葛洪《抱朴子》）

刘勰尤其重视公文的艺术价值（"文"），反对"辞质义近"、"事略义径"，并将公文的艺术价值与时代政治的润泽与否紧紧联系在一起。他在《文心雕龙·奏启》里这样评价秦代公文："秦始立奏，而法家少文。观王绾之奏勋德，辞质而义近；李斯之奏骊山，事略而义径：政无膏润，形于篇章矣。"

（二）六朝公文强调形式美，采用了"文表华艳"的骈体文，造成了公文不应有的虚华。在其后历朝公文实践中，一方面全面继承这种华美典雅的风格，另一方面在一定程度上又不断地加以否定，主张"文以纪实"，要求回归应用性。

李锷在《上隋高祖革文华书》中，批评了当时的文章（实际指公文）"连篇累牍，不出月露之形；积案盈箱，惟是风云之状"，认为"文笔日繁，其政遂乱"。隋文帝随即下令改革文风，要求"公私文翰，并宜实录"，开始了回归应用性的历程。

唐初开始，公文开始出现由骈入散现象，逐渐从典雅华美向经世致用的方向发展。受古文运动的影响，中晚唐的公文写作骈散兼行，但骈体仍居主要位置。及至宋代，受科举中新增策论的直接影响，公文中说理的成分大量增加，公文撰制实现了由骈体向散体的实际过渡。其后元、明、清的公文撰制虽然向"平实，勿以虚辞为美"的方向发展，但前进的脚步极其缓慢，盛行的仍然是雍容而陈旧的台阁体。马克思·韦伯是这样评价中国皇帝颁布的行政令谕的："最为知名的诸令谕，并不是法律的规范，而毋宁是法典化的伦理规范，并具有高超的文学素质。"（《中国的宗教》）

三、太平天国开始"戒浮文巧言"

直至清末，终于吹来了时代的新风，促使沿袭了数千年的公文美学观发生新的嬗变。这股新风的发起人就是洪仁玕，标志是洪仁玕等起草的《戒浮文巧言谕》："一应奏章文谕，尤属政治所关，更当朴实明晓，不得稍有激刺，挑拨反间，故令人惊奇畏惧之笔。且具本章，不得用'龙德'、'龙颜'、及'百灵'、'承运'、'社稷'、'宗庙'等妖魔字样。……推其原故，盖由文墨之士，或少年气盛，喜骋雄谈；或新进恃才，欲夸学富。甚至舞文弄笔，一语也而抑扬其词，则低昂遂判；一事也而参差其说，则曲直难分。倘或听之不聪，即将贻误非浅。可见用浮文者不惟无益于事，而且有害于事也。……嗣后本章禀奏，以及文移书启，总须切实明透，使人一目了然，拾天情，才符真道。切不可仍蹈积习，从事虚浮。"

洪仁玕作为太平天国的后期领导人之一，曾在上海、香港长期学习西方资本主义文化，《戒浮文巧言谕》就是针对公文而发的。其中他以反对者的姿态，一反传统的虚浮与虚美，主张公文必须切合实际功用，为现实政治服务，要求公文"朴实明晓"、"切实明透"。该文谕初步吸收了一些西方理论，反映了农民政权对公文的要求，虽然其反传统有太多的不彻底性，也存在着太多的狭隘性和机械性，同时也缺乏后来者的回应，但与以往相比，毕竟是发生了一次新的嬗变，引领着现代的新声。

自1912年南京临时政府制定并颁布了《公文程式条例》以来，中国现代公文制度已走过了近百年的历程。在此期间，逐步地废除了许多旧文种，

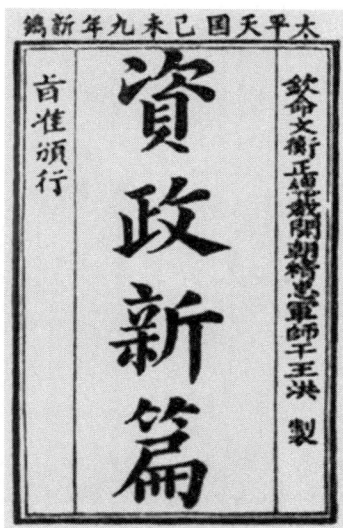

洪仁玕在新政时力戒浮文巧言

代之以新文种；废除了许多旧用语，代之以新用语；废除了文言文，使用起白话文和新式标点，逐步实现了由古代公文向现代公文的转变，公文的美学意蕴也随之发生了新的嬗变。具体在前面比较古今公文时已作了说明。

随着中华民族伟大复兴梦想的深入人心，随着创建"和谐社会"成为全体中国人民的共识，对公文优良传统的继承问题必将被提上日程。我们也迫切需要增加当今公文的美学意蕴，改变目前许多公文千篇一律、繁杂冗长、缺乏人文润泽的弊病，提高公文质量，充分发挥公文效力，在国家治理中更好地发挥其应有的作用。

思理为妙，物与神游
——江南读书篇

"文心"与"为文之用心"

与先秦两汉不同,魏晋南朝是一个个体生命精神觉醒的时代。"魏晋士人生命意识的觉醒,就是在时代动乱和精神自由的夹缝里生长出来的。这种觉醒的最突出的表现,就是意识到自我本体的存在。"(江兴佑《从世说新语看魏晋士人的生命意识》)人的意识由内转外,由注重对社会政治伦理的追求转为对个体生命的思考;在沉痛而又无奈、深沉而虚空的玄思中,人的自我生命意识开始觉醒。人的自我生命精神的觉醒,标志着人的真正

刘勰著《文心雕龙》

觉醒。诗人们冲破了以往文章的歌功颂德或讽喻劝诫的伦理政治功利模式,大胆地在文章中抒发自己的个人思想、感情,标志着我国文学进入自觉时代。

在《文心雕龙》中,我们也可以发现这种时代的痕迹。刘勰在《序志》里说:"夫文心者,言为文之用心也。"一方面将"文心"指向创作过程的起点即写作的本质,认为"文心"的生成与抒发是自然的,另一方面又将"文心"指向创作的终点即写作的目的,认为要发挥文章传统的政治伦理功用。当两者之间产生对立时,又主张"情与气谐"式的自然融合。

一、"文心"的自然生成与抒发

在《原道》里,刘勰从哲学的高度,论述了"文心"的自然生成与抒发:

夫玄黄色杂,方圆体分:日月叠璧,以垂丽天之象;山川焕绮,以铺理地之形。此盖道之文也。

心生而言立,言立而文明,自然之道也。

刘勰用哲学的眼光,从客观与主观两个角度抽象地阐述了文章的最初的起源及本质,虽然具有一定的先验性和神秘化色彩,但毕竟认识到"文

心"生成与抒发的自然性、客观性之根本。在《文心雕龙》的其他篇章中，刘勰更是从方法论的角度进行了详细的论述。

首先，刘勰认为"文心"的特质在于抒发人的自然感情。魏晋时期，人们注重人的情感，把它当作人的自然本质。刘劭《人物志·九徵》写道："盖人物之本出乎情性。"刘炳注曰："性质禀之自然，情变由于染习，当寻其性质也。"与之一致，刘勰在论文时也强调"情"的作用，注重"情"与文的关系，将"情"提高到文艺的美的高度来加以认识，提出"情文"的概念。在《情采》中，刘勰云："情者，文之经；辞者，理之纬；经正而后纬成，理定而后辞畅，此立文之本源也。"将"情"提升到"理"之上，与"理"一起成为写作的本源。同样的看法还很多：

情理设位，文采行乎其中，刚柔以立本，变通以趋时。(《熔裁》)

情致异区，文变殊术，莫不因情立体，即体成势也。(《定势》)

故他在《宗经》时首先标举"情深而不诡"，在《神思》中主张"登山则情满于山，观海则意溢于海"。据统计，在《文心雕龙》中，"情"字的出现频率最高。刘勰不仅强调"情"，而且

注重"情"之真、"情"之自然，即有感而发，自然抒发。

其次，刘勰认为"文心"是在感物中自然产生的。刘勰认为作为主观的"情"与作为客观对象的"物"，它们的关系不是现代所认为的反映与决定的关系，而是两个独立主体之间的相互"感应"关系，而且这种感应是自然的。在《明诗》中，刘勰提出"人禀七情，应物斯感，感物吟志，莫非自然"，从总体上给予了概括。在《物色》篇中，刘勰详细论述了"情"与作为"物"的自然界是如何进行感应的。"四时之动物深矣。"时节的变化，导致自然界的变化。变化的外在环境引发人的感觉，这是自然的："物色相召，人谁获安。"进而深入人的内心："春秋代序，阴阳惨舒，物色之动，心亦摇焉。"再进而激发人的想象，并用文字来加以表达："诗人感物，联类不群。流连万象之际，沈吟视听之区；写气图貌，既随物以宛转；属采附声，亦与心而徘徊。""岁有其物，物有其容；情以物迁，辞以情发。"感应的最佳状态，就是进入物我两忘的交融境界："目既往还，心亦吐纳……情往似赠，兴来如答。"

在《诠赋》中刘勰也这样认为："睹物兴情"，"情以物兴"。只不过此时的"物"包括了一定的社会内容。刘勰在《时序》中，就涉及人的情感与

社会及社会变迁之间的感应关系。刘勰认为"歌谣文理，与世推移"，说出了文学与社会变迁之间的关系；他还特别点明了时代政治对文学的直接影响，如"幽厉昏而板荡怒，平王微而黍离哀"。在对建安文学的阐述中，他说出了作家之情感与外在社会环境之间的感应关系："观其时文，雅好慷慨，良由世积离乱，风衰俗怨，并志深笔长，故梗概而多气也。"

再次，刘勰认为"文心"是在感情郁积到一定程度时的自然抒发。刘勰在《养气》中写道："志于文者，则申写郁滞"；在《情采》中写道："盖风雅之兴，志思蓄愤，而吟咏情性，以讽其上，此为情而造文也。"认为通过文字的形式抒发的情感只有经过一定的郁积，才能自然地抒发出来，诚如《文心雕龙·神思》"神用象通，情变所孕"。

当感情郁积到一定程度，会自然而然地向外流动形成"气"，以"气"的形式得以抒发，为此他认为文学创作者要善于养气。论文与"气"相连，曹丕在《典论·论文》中已鲜明地提出，也可以说这种观点也是时代的共识，但刘勰更强调这一点：

> 气往铄古，辞来切今。（《辨骚》）
> 藻溢于辞，辞盈乎气。（《杂文》）
> 列御寇之书，气宏而采奇。（《诸子》）

> 文举之荐弥衡，气扬采飞。（《章表》）
> 慷慨以任气，磊落以使才。（《时序》）
> 嵇康师心以遣论，阮籍使气以命诗。（《才略》）

在《养气》中，刘勰专门谈了养气与"为文"："率志委和，则理融而情畅；钻砺过分，则神疲而气衰；此性情之数也。"王元化先生解释"率志委和"为"指文学创作中一种从容不迫直接抒写的自然态度"（《释〈养气篇〉率志委和说》），是非常中肯的。

王元化认同创作中"率志委和"的自然态度

刘勰认为"文心"真实感情的自然抒发能引起人的共鸣。在《知音》中，刘勰认为"缀文者情动而辞发"，因此观文者只有"披文以入情"，才能"沿波讨源，虽幽必显"。"志在山水，琴表其情"，何况"形之笔端"的"文情"！如能披文入情，"深识鉴奥，必欢然内怿，譬春台之熙众人，乐饵之止过客"，自然引起人的共鸣。

二、文章之政治伦理功用

在论述文章的本质属性（"言为文之用心"）上，刘勰将"文心"指向一个"情"字，认为文章是自我感情的自然抒发；但当他论述文章的功用（"为文之用心"）时，认为"唯文章之用，实经典枝条"，将"文心"指向了政治伦理。在《原道》中，刘勰将文章的作用抬得很高，说"文之为德也大矣，与天地并生"，并加以神秘化："原道心以敷章，沿神理而设教。"但在《序志》中，他又直接点明了文章的形而下的功用："五礼资之以成，六典因之致用，君臣所以炳焕，军国所以昭明。"

首先，刘勰肯定了文章对人的性情"持"与"训"的功用。在《文心雕龙》文体论中，我们就可以找到多处他的或正或反的论述：

诗者持也，持人性情。（《明诗》）
夫乐本心术，故响浃肌髓，先王慎也，务塞淫滥。（《乐府》）
赋者……体物写志也……然逐末之徒……无贵风轨，莫益劝戒。（《诠赋》）
虽忔推席，而无益时用也。（《谐隐》）
论者，伦也。伦理无爽，则圣意不

坠。（《论说》）
武帝崇儒，选言弘奥。策封三王，文同训典。（《诏策》）

从上面列举的一小部分我们可以看出，刘勰注重文章对人的本性的教化作用，对人的自由情感的约束作用。《论语·为政》："《诗三百》，一言以蔽之，曰：思无邪。"所谓"持"，也就是扶持人的性情，使不偏邪，指的是文章要包含有益的教化内容。"义归无邪，持之为训"，所谓"训"，指的是"持"的进一步拓展，也就是说要发挥文章的教化功用。这一方面是对作者的要求，另一方面也是对读者的要求。

其次，刘勰肯定了文章"济俗为治"的政治伦理功用，这也是刘勰论文章功用时的最终指向，赋予文章作者的最大使命。刘勰所在的南朝特别是齐梁朝是一个政治极端腐烂的王朝：家国更迭衰微严重，玄风与佛事充斥统治者空虚而又敏感的心灵，豪门士族生活颓废放纵，一切"离本弥盛，将随讹滥"。《南史·本纪》记载：宋代前废帝子业，"游华林园竹林堂，使妇人倮身相逐"。何之元《梁典总论》云："梁氏之有国……收缚无罪，逼迫善民，民盖流离，邑皆荒毁。"从上可以看出，刘勰强调文章的政治伦理功用实际上也更多地为了其"救弊"目

南朝"离本弥盛，将随讹滥"

的。他的要求甚至有很浓厚的复古儒学意味，以至于将有的学者刘勰的思想归结为儒家思想。《文心雕龙》中关于文章政治伦理功用的论述很多：

> 及大禹成功，九序惟歌；太康败德，五子咸怨：顺美匡恶，其来久矣。（《明诗》）
>
> 岂唯观乐，于焉识礼。（《乐府》）
>
> 商周之世……并述诗颂，义固为经，文亦师矣。（《才略》）
>
> 理文必在纬经过国，负重必在任栋梁。（《程器》）

刘勰认为要想发挥文章政治伦理功用，其作者还必须具备服务于政治伦理的社会意识。在《程器》中，他提出了"贵器用"的主张。甚至竟它作为评价文士的标准："盖士之登庸，以成务为用。"并进一步提出"安有丈夫学文，而不达于政事哉。"总之，刘勰在"为文之用心"上注重政治伦理功用，在当时具有极其重要的意义。但他对政治伦理功用的强调，这是一种"用文"观念。"用文"主张道德政治的约束，无疑与他所认为的"情文"观念存在着尖锐的对立，"情文"是主张情感的自然流露的。

三、"情与气谐"——情与理的融合

刘勰既主张"情文"，又主张"用文"；既主张感物中情感的自然流露，又强调文章的政治伦理功用，这两者之间必然产生对立。王弼曰："感，应也……动而正，则约情使合于理而性能制情。动而邪，则久之必纵情以物累其生而情乃制性。情制性则人为情之奴隶而放其心，日流于邪僻。性制情，则感物而动，动不违理，故行为一归于正。"从中我们可以看出，王弼认为对人的个体精神来说，情感的自然抒发与性理的伦理制约是极端重要的两个方面，但是两者之间存在着尖锐的矛盾，也有着一定的融合与统一。

王弼对"物、情、理、性"的认识深深地影响了刘勰

王弼上述对感情与性理辩证关系的哲学认识，深深地影响了刘勰对文章中情感与性理的认识。

那么他是如何解决这一矛盾的？首先，刘勰在《文心雕龙》中论述文章的根本性质、基本内容与主要创作方法的时候经常"情""理"并提，体现出他对这两者的同等重视：

或博文以该情，或明理以立体。（《徵圣》）

文能宗经，体有六义……一则情深而不诡……三则事信而不诞，四则义直而不回……（《宗经》）

神用象通，情变所孕。物以貌求，心以理应。（《神思》）

气以实志，志以定言，吐纳英华，莫非性情。（《体性》）

故情者，文之经，理之纬；经正而后纬成，理定而后辞畅，此立文之本源也。（《情采》）

情理设位，文采行乎其中。（《熔裁》）

以情志为神明，事义为骨髓。（《附会》）

其次，他认识到"情"与"理"之间的相互转化关系。一方面认为性情之正即为"理"。诚如南宋真德秀在《文章正宗纲目·诗赋》中所言："三百五篇之诗，真正言义理者盖无几，而讽咏之间，悠然得其性情之正，即所谓义理也。后世之作，虽未可同日而语，然其间兴寄高远，使人读之忘宠辱，去鄙吝，悠然有自得之趣，而于君亲臣之大义，亦时有发焉。其为性情心术之助，反有过于他文者。"《文心雕龙》中此类相关论述很多，如《宗经》里认为五经"义既极乎性情，辞亦匠于文理，故能开学养正，昭明有融。"在《辨骚》中，他既认为屈赋"叙情怨"、"朗丽以哀志"、"绮靡以伤情"，又认为屈原"惊才风逸，壮志烟高。"

另一方面，他认为在创作中，"理"必须转化为"情"，用"气"的形式抒发。孟子曾言："……夫志，气之帅也；气，体之充也。夫志至也，气次焉。"在南朝,"志"已成为与"情"相对的"理"的代名词。刘勰认为在文学创作中,在"志"与"气"之间还有"情"的存在;"志"能够转化为"情","情"可以转化为"气","气"的充盈造成创作冲动的产生。如他《神思》中认为:"神居胸臆,而志气统其关键";"风……乃化感之本源,志气之符契也。是以怊怅述情,必始乎风。"为此,刘勰主张"情"与"理"的融合,以达到两者之间的和谐,即《风骨》所言的"情与气谐"。在《养气》中,他提出创作者应具备精神状态:"吐纳文艺,务在节宣,清和其心,调畅其气。"并认为只有具备这样的"情与气谐"的虚静的精神状态,在创作中才能"率志委和,则理融而情畅。"这是"人格境界的诗意化。在这一境界中,人不仅自身各种心理因素和谐一致,而且人与万事万物息息相通,达到一种物我为一的审美状态。在此境界中,人们享受到的不是世俗之乐,不是狂喜与陶醉,而是心灵的宁静与平和,是真正的超脱与解决。"(李青春《儒家人格境界向文学价值范畴的转换》)当然,这也是情感可以自由流露之时,必然会产生文学创作的冲动。

总而言之,刘勰既主张创作时情感的自然流露,又主张作品有益于时代的政治伦理功用;当两者发生矛盾冲突的时候,又主张"情"与"志"的和谐。但究其根源,其美学思想仍是以自然为中心的。

文采所以饰言

刘勰认为文章是"情文"与"用文"的统一,因此他既主张作者情感的自然抒发,又注重政治伦理规范对作者性情的制约。"腾声飞实,制作而已。"为了更好地呈现情感、表达思想,刘勰特别注重形式对思想感情的作用。在《文心雕龙·原道》中,我们可以看出刘勰根据文章形式与内容的联系,将形式分为两个层面:"内呈"与"外饰":

傍及万品,动植皆文:龙凤以藻绘呈瑞,虎豹以炳蔚凝姿;云霞雕色,有逾画工之妙;草木贲华,无待锦匠之奇。夫岂外饰,盖自然耳。至于林籁结响,调如竽瑟;泉石激韵,和若球锽。故形立而章成矣,声发而文生矣。夫以无识之物,郁然有采,有心之器,其无文欤?

重以公旦多材,振其徽烈,制诗缉颂,斧藻群言。至夫子继圣,独秀前哲,熔钧六经,必金声而玉振;雕琢情性,组织辞令,木铎起而千里应,席珍流而万世响,写天地之辉光,晓生民之耳目矣。

刘勰在南京钟山的上定林寺著《文心雕龙》

如果我们再联系刘勰在《情采》所言的"文采所以饰言",可见他的这种对文章自身内外层形式的重视与把握,已表明他对文章的认识已从外部转移到内部,从文章的社会审美价值转移到艺术审美价值,这无疑标志着当时文学最高度的自觉。刘勰虽然没有明白地确立区分的标准,也没有把文章的内外层形式严格区分开来,但我们毕竟可以从《文心雕龙》的有关论述中将之梳理出来。总而言之,他所谓的"内呈",是文章内在思想情感的自然呈现形式;所谓的"外饰",是

人为的精心雕琢的外部形式。它们分属于文章形式的不同层面,一个由里到外,是客观的自然呈现,要求简约切至;一个由外到里,是主观的人为雕饰,要求缛丽精工。通过内外形式的融合,刘勰构筑自己心目中理想的作品样式:"金相玉式"或"金声玉振"。这是一种"自然"而又"彪炳"的文学样式。

一、"言"的内呈

刘勰认为文章是作者郁积的思想情感的自然抒发。在思想情感的抒发

中自然形成的文章的形式,是内在的很难用语言直接阐述的,如抒情文学里的意象结构,这种内层结构我们可称为内形式。从刘勰的论述中,我们可以看出这种内形式具有三个特点:内呈性、简约切至性、自然性;而且这三个特点以自然性为中心紧密相连。

"慷慨有悲心,兴文自成篇。"(曹植《赠徐干》)文章内形式是内呈的,有一个由内到外的思想情感的物化过程,在《文心雕龙》中可以找出许多这样的论述:

> 观其结体散文,直而不野,婉转附物,怊怅切情,实五言之冠冕也。(《明诗》)
> 因情立体,即体成势。(《定势》)
> 夫情动而言形,理发而文见,盖沿隐以至显,因内而符外者也。(《体性》)
> 五情发而为辞章。(《情采》)
> 缀文者情动而辞发。(《知音》)

既然文章是作者思想感情的内呈,那么除了要求思想内容的真实性外,对内形式的最大要求就是要遵循自然的法则,即注重呈现思想感情形式的自然性:

> 其叙事也该以要……察其为才,自然而至也。(《诔碑》)
> 触类以推,表里必符;岂非自然之

恒姿,才气之大略哉。(《体性》)
> 如机发矢直,涧曲湍回,自然之趣也。(《定势》)
> 夫水性虚而沦漪结,木体实而花萼振:文附质也。(《情采》)
> 夫心生文辞,运裁百虑,高下相须,自然成对。(《丽辞》)
> 然烟霭天成,不劳于妆点;容华定格,无待于熔裁。(《隐秀》)

诚如黄侃先生所言:"彦和之意,以为文章本由自然生,故篇中数言自然。"(《文心雕龙札记》)如果想让文章的内形式在表达思想情感时达到

黄侃认同刘勰"文章本由自然生"

自然的要求，那么就必须遵守自然的法则，不需要那些虚假的内容和虚假的形式，如《明诗》中所提的"俪采百字之偶，争价一句之奇，情必极貌以写物，辞必穷力而追新"的做法。为此，刘勰特别主张文章形式上的简约切至：

五则体约而不芜。（《宗经》）

体要与微辞偕通，正言共精义并用。（《徵圣》）

暨建安之初……慷慨以任气，磊落以使才；造怀指事，不求纤密之巧，驱辞逐貌，唯取昭晰之能。（《明诗》）

诗声曰歌……明贵约也。（《乐府》）

物以情观，故词必巧丽。（《诠赋》）

约举以尽情，昭灼以送文，此其体也。（《颂赞》）

感激以立诚，切至以敷词，此其所同也。（《祝盟》）

其取事也必核以辨，其缀文也必简而深，此其大要也。（《铭箴》）

情见而采蔚，义明而词净。（《杂文》）

比类虽繁，以切至为贵。（《比兴》）

辞约而精，尹文得其要。（《诸子》）

要求文章内在形式的自然、简约切至，这实际上是一种自然美的要求。"淡然无极而众美从之。"（《庄子·刻意》）文章思想情感的自由抒发，文章形式的简约切至，这一切都是自然而然地发生并呈现的，没有人力的勉力参与，作者处在一种"虚静"的状态中。此时"静观万象，万象如在镜中，光明莹洁，而各得其所，呈现着它们各自的充实的、内在的自由的生命。"（宗白华《美学散步》）但我们不能说刘勰否定了创作者对作品形式的主观能动性，相反，刘勰也主张创作者对作品的外层形式进行精心的雕琢。

二、"采"的外饰

刘勰在《情采》中言"文采所以饰言"，将"文采"与"言"分开并指明它们之间的修饰与被修饰关系。"文采"所雕饰的仅仅是文章的"言"，在作品中，它是比"言"更外层面的形式。这种更外层面的形式，指的是文章的物质化的语言外壳，如艺术化的手法和辞藻的使用，我们可称之为外形式。在《文心雕龙·序志》中，刘勰认为"古来文章，以雕缛成体"。从总结性的"雕缛成体"以及书名中的"雕龙"来看，我们可以看出刘勰对文章的外形式，也强调人为的雕琢与精丽。

刘勰注重文章外形式的雕琢精丽，与他对伦理美的重视密切相关。伦理美注重通过加强对个人的道德修养（雕琢性情），来对人伦即现实中的人与人之间关系进行调整，使之达到稳定与和谐。而对性情的雕琢，一个

姜晓云
中国风——江南文化系列丛书

重要手段就是对自己外在的行为举止的雕琢。刘勰重视文章的政治伦理功用，重视文章的伦理美，重视对文章作者性情的雕琢，反映到对文学形式的看法上，就是加强对文章外在形式的雕琢（外饰），使之贴切而富有力量，只有这样，才能更好地达到"六典因之致用，君臣所以炳焕，军国所以昭明"的政治伦理功利目的。

"诗缘情而绮靡"（陆机《文赋》）。讲究丽字、丽句、俪辞等，主张"采丽"，这方面刘勰无疑是受到当时形式主义文学的影响，《文心雕龙》此书本身就是用很有辞藻的骈文写成的；

陆机的《文赋》重"采"

但刘勰却用先秦两汉儒家文学观中的"则"来对"丽"进行约束，反对文章"丽以淫"，以期实现文章外形式的精干与华丽（"金相玉式"）：

六则文丽而不淫。（《宗经》）

义贵圆通，辞忌枝碎。（《论说》）

事丰奇伟，辞富膏腴，无益经典而有助于文章。（《正纬》）

句有可削，足见其疏；字不得减，乃知其密。（《熔裁》）

综学在博，取事贵约，校练务精，捃理须核。（《事类》）

从上面的引用中可以看出，刘勰主张丽辞华采以及辞采组织的精练。为了使文章外形式精丽有力，就必须对文章的外形式进行人为的雕琢锤炼：

宋画吴冶，刻形镂法，丽句与深采并流，偶意共逸韵俱发。（《丽辞》）

木美而定于斧斤，事美而定于刀笔。（《事类》）

缀字属篇，必须练择。《练字》

以少总多，情貌无疑矣。物色虽繁，析辞尚巧。（《物色》）

虽各有雕采，而辞趣一揆，莫与争雄。（《明诗》）

孚甲新意，雕画奇辞。（《风骨》）

雕琢其章。绮丽以艳说，藻饰以

辨雕。(《情采》)

刘勰强调的雕琢与精丽,一方面是想找到一种灵活而又自由的人为的规范,去锻造出一种色彩斑斓而又强有力的形式,更好地表现文章的内容,为道德政治服务;另一方面通过对人力因素的强调,将文章的外形式独立化、审美化、规范化,而"审美形式的规范化和程式化,实际上也是它的世俗化"(易中天《文心雕龙美学思想论稿》)。这种审美形式是一种易于接受、可学而致的人工美,与当时在上层士族中流行的玄而又玄的自然美不同,是一种更大众化的美。

三、因内符外,辞共体异

刘勰既主张表现文章思想内容的外形式的雕琢精丽,又注重呈现文章思想内容的内形式的自然简约切至。但在现实创作中,这两者确是存在着尖锐的矛盾。尤其在当时,形式主义美学盛行,这一方面使文章的内外形式得以发展,另一方面却导致思想情感的缺乏,外形式的片面畸形繁荣。于是"逐末之徒,蔑弃其本,虽读千赋,愈惑体要;遂使繁华损枝,膏腴害骨"(《文心雕龙·诠赋》)。对这种内容与形式、内形式与外形式的分离,刘勰从规范写作的角度,作过多次阐述:

楚艳汉侈,流弊不还;正本归末,不其懿欤?(《宗经》)

晋世群才,稍入轻绮……采缛于正始,力柔于建安;或片文以为妙,或流靡以自妍。此其大略也。(《明诗》)

而后之作者,采滥忽真,远弃风雅,近师辞赋。故体情之制日疏,逐文之篇愈盛。(《情采》)

吴锦好渝,舜英徒艳。繁采寡情,味之必厌。(同上)

相如好书,师范屈宋,洞入夸艳,致名辞宗。然覆取精意,理不胜辞,故扬子以为"文丽用寡者长卿",诚哉是言也!(《才略》)

那么,如何才能使文章的内外形式得以融合和统一?融合和统一后文章理想的样式是什么样的?

中国文学特别是抒情文学的文本模式是以意——象——言三个元素或层面构结而成。"立象以尽意",是自《易经》时期即已形成的对文学的基本认识。魏晋南朝时期对文学的形式有着新的认识,当时思想界就对"言"与"意"、"象"与"意"的关系展开过激烈的争论。王弼认为"尽意莫若象,尽象莫若言。言生于象,故可寻言以观象;象生于意,故可寻象以观意。意以象尽,象以言著"(《周易略例·明象》)。此处的所说的"意",实则我们

姜晓云 中国风——江南文化系列丛书

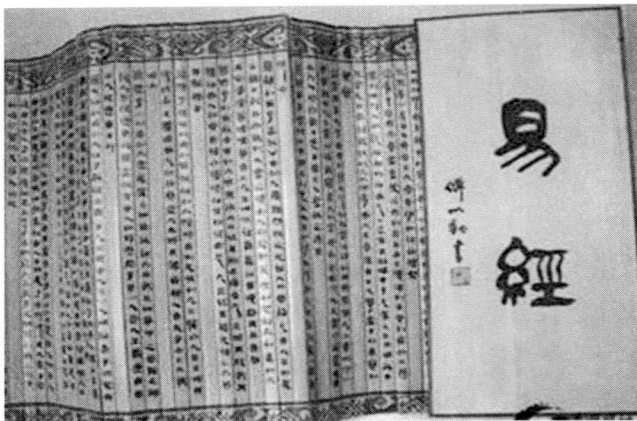

《易经》提出"立象以尽意"

式是直接雕饰内形式的（如《神思》"窥意象而运斤"），而且这种呈现与雕饰应符合自然的原则。在《风骨》中，刘勰论述道：

> 夫翚翟备色而翾翥百步，肌丰而力沉也；鹰隼乏采而翰飞戾天，骨劲而气猛也。文章才力，有似于此。若风骨乏采，则鸷集翰林；采乏风骨，则雉窜文苑：唯藻耀而高翔，固文章之鸣凤也。

今天所认为的内容层面；所说的"象"，实则今天我们所认为的意象结构，即文学作品的内形式；所说的"言"，实则我们今天所认为的语言结构，即文学作品的外形式。这三者由内到外构成了文本不同的层面："意"作为内容层面，与"象"共同构成了文本的隐含层面，"象"与"言"共同构成了文本的形式层面，其中"言"又居于形式层面的外显部分。它们之间的相互关系是复杂多样的，但"意"与"象"、"象"与"言"之间存在着目的与实现手段之间的关系，它们由内到外是要求一致的，内外形式之间有着相当的融合性与统一性。

首先，刘勰主张文章内外形式融合与统一是"因内符外"的、自然的。也就是说内形式是直接呈现内容，外形

他认为文章应该在"洞晓情变"的基础上"孚甲新意，雕画奇辞"。只有这样由内到外，由作品的内容（"风"、"气"）到内形式（"骨"）到外形式（"采"、"藻"）的相符。如果"骨采未圆，风辞未练，而跨略旧规，驰骛新作"，不顾三者的统一，只追求外在的形式，"虽获巧意，危败亦多"。只有做到"气猛"、"骨劲"、"藻耀"三者的由内到外的统一，使之"高翔"，才能成为文章中的"鸣凤"。为此，他反对"风"与"骨"的分离，反对"风骨"与"藻采"的分离。因情立体，即体成势，加以雕饰，顺乎自然。在自然与

雕饰的对立中,刘勰重雕饰,更重自然。抒情写景,描绘声貌,自然要注意修饰,就是从肺腑中自然流出的话语,也要稍加衡量修饰。即便文章中的"定势",也要既顺乎自然,又"势实须泽",否则只能是"讹势"。

其次,刘勰主张融合与统一后的文章形式呈多样性。"魏晋与秦汉的一个显著区别是:人们的目光不再放在诗歌的兴、观、群、怨和训诫、美刺之义上,而是集中在诗歌的情调、气势上。"(祝菊坚《魏晋南北朝时期对艺术形式的崇尚》)文章到魏晋,已冲破了以往政治伦理对它内容上的强调和审美形式上的忽视,人们注重对文章审美形式的探讨,文章的审美形式从内容的附庸成为独立的个体,呈多样化的发展态势。刘勰主张融合与统一后的文章形式的多样性。根据作品内容与其内外形式结合的不同,他将文章分为八体:典雅、远奥、精约、显附、繁缛、壮丽、新奇、轻靡。其中,就形式而言,典雅的形式是"熔式经诰",远奥的形式是"馥采典文",精约的形式是"核字省句",显附的形式是"辞直义畅",繁缛的形式是"博喻酿采",壮丽的形式是"卓烁异采",新奇的形式是"摈古竞今",轻靡的形式是"浮文弱植"。这八种形式都是内外两种形式的融合。它们两两之间或对立或

兼含,刘勰虽然对它们有褒有贬,但它们都是不可或缺的。它们共同构成了文章"其异如面"的风貌。

再次,刘勰主张融合与统一后的文章形式呈"彪炳"的理想样式。正如上文所言,刘勰虽然主张文章形式的多样性,但并不是将它们一视同仁地平等看待,刘勰心目中有自己的理想的文章样式,即一种"金相玉式"的"彪炳"样式。刘勰既主张文章内形式的自然简约切至,又主张文章外形式的雕琢精丽:

皎日彗星,一言穷理,参差沃若,两字穷形:并以少总多,情貌无遗矣。……自近代以来,文贵形似,窥情风景之上,钻貌草木之中。吟咏所发,志唯深远;体物为妙,功在密附。(《物色》)

"约以存博,简以济众。"(王弼《周易略例·明缘》)一方面,简约的形式既简洁有力,又有更大的空间和内涵,以之为文章的内形式,更能表现文章内容、作者情性的本质;另一方面,只有对文章的外形式进行人为的雕琢,才能赋予文章的内形式以物化的美的外衣,最终实现其伦理的功用。诚如《程器》所言,"蓄素以绷中,散采以彪外,梗楠其质,豫章其干",才能有其政治伦理功用。当然,人为的雕琢

不是人为的造作，它也要遵循自然的准则，做到"既雕且琢，复归与朴"（《庄子·山本》）。自然简约而又雕琢精丽的对立统一体，就是"金相玉式"、"金声玉振"，焕发着"彪炳"的光泽。在《辨骚》中，刘勰对屈赋的这种做法给予高度的评价："故能气往铄古，辞来切今，惊采绝艳，难与并能也。"

总之，在文学作品的审美形式上，刘勰一方面主张文章内形式的自然内呈，崇尚清约玄澹，另一方面主张人为地对文章的外形式进行雕饰，尊崇典雅精工。为了消除内外形式之间的对立，刘勰主张遵循自然的原则，"因内符外"地去融合、创造出一种"金相玉式"的"彪炳"形式，更好地为内容服务，更好地实现文学的政治伦理功用和审美功用。

花褪残红青杏小

"行人"抑或"佳人"的东坡先生

张戒云："诗人之工，特在一时情味。"（《岁寒堂诗话》）作为"别是一家"的词，更是诗的大家庭中写景抒情的高手；其曲径通幽之处，最能将那种"只可意会，不可以言传"的复杂微妙的情思表达得纤毫毕现、余味无穷。东坡先生以旷达之心、豪放之情，"以文字为诗，以才学为诗，以议论为诗"（严羽《沧浪诗话》），其词"使人登高望远，举首高歌，而逸怀浩气超然乎尘垢之外"（胡寅《题酒边词》）。然而细品他作品里婉约、深情的一面，尤其是他作品里豪放与婉约并存、超脱与情深同在的这一层面，微妙之处让人惊心动魄，真是"闻之者心动，味之者无穷"（钟嵘《诗品》）。《蝶恋花》"花褪残红青杏小"就是这样的一篇佳作：

花褪残红青杏小。燕子飞时，绿水人家绕。枝上柳绵吹又少，天涯何处无芳草。

墙里秋千墙外道。墙

外行人，墙里佳人笑。笑渐不闻声渐悄，多情却被无情恼。

东坡先生怀抱忠贞，却惨遭一贬再贬，年事已高，还被贬至南方。词的上片"伤春"，下片"伤情"，但无论是写景还是抒情，我们都可以体会到词人感伤中拥有的旷达，旷达里埋藏的优愤。起句"花褪残红青杏小"，从细微处着眼，描绘出春夏之交时的暮春景象：花儿大半凋零，残存的花瓣也失去了往昔的娇艳；杏儿已从花蕊中长出，又青又小。季节的交替、时序转换的时节是"最难将息"的时节，面对残花，面对"绿肥红瘦"，面对下一个轮回的紧紧相逼，怎不让此时的东坡先生黯然神伤。这感伤不是崔莺莺的"花落水流红，闲愁万种"式的青春愁闷，也不是林黛玉的"花谢花飞花满天，红消香断有谁怜"式的凄切哀叹，它是一种老年人平静的叹息，含有一种裂人心肺的无奈与失落。当然这伤感中也有一点欣慰（花未落尽）、一点希望（青杏已长）、一点旷达。

当作者的目光从近处移向远方、从细小浓密之处投向广阔的前方时，眼前展现出另一番景象："燕子飞时，绿水人家绕。"你看燕子斜着尾巴在绿水上飞来飞去，绿水流淌，环绕着几户人家，画面有动（燕子）有静（人家），化静为动（绿水），有实（燕子）有虚（人家），化虚为实（绿水），开阔明净，有层次感，不像柳永写的"暮霭沉沉楚天阔"的压抑、肃穆。这一舒展的景象安慰了作者内心的忧嗟。

但当作者收回了视线，看到身边的柳树时，发现"枝上柳绵吹又少"。柳弱絮老风急，风儿掠过，衰老得失去生命力的柳絮渐渐随风而逝，柳树只能无力地摆动着柔弱的枝条。在不可抗拒的外力面前，一切努力都是如此的无力。树犹如此，人何以堪！作者睹物思人，以物喻己，一种深沉的比"花褪残红"更强烈的失落感击中了他，以致使他凝视很久。旷达的作者如何从这一片最黑暗的情绪中解脱出来？

东坡先生信奉儒、道、释，但从不言"归隐"、"归田"；身世浮沉，仕途坎坷，虽有人生空漠之感（"唯恐夜深花睡去"）、出世之愿（"江海寄余生"），但从未忘怀世事，蹈人虚空，而是因洞察世事更显旷达。在这最失落的时刻，年老的东坡先生就这样安慰自己："天涯何处无芳草"；并以之作为上片的结句。是的，柳树已老，柳絮已少，但地上如茵的绿草仍存，并铺满大地。我们知道，在屈原的诗中，香草美人以喻君子贤臣，并在以后形成这一比兴传统。以东坡先生的忠义、坚贞，下场尚且如斯，天下还能有如此多的

中国有以香草美人喻君子贤臣的传统　姜晓云摄

"芳草"？东坡先生哪有这么多的同事知音？与其说这满天涯的芳草带给作者安慰，不如说是自勉自慰，甚至是发自心底的怨愤："天涯何处有芳草！"

上片中作者的情感一波三折，写出来一唱三叹，最后这三层情感紧紧地叠加在一起，象外生象，境外生境，情思缠绕，意味无穷。王士祯在《花草蒙拾》中认为"'枝上柳绵'恐屯田缘情绮靡，未必能过"。史书记载，东坡先生的侍妾朝云，每歌"枝上柳绵吹又少，天涯何处无芳草"，则泪满衣襟；但她又偏好此句，反复吟诵，竟郁郁而终。也许只有她才听出了东坡先生此刻的处境和内心里的复杂微妙的情感，才听出了豪放词调的弦外之音。这是一种婉约的无法言说的情味，下文会详细论及。

与上片豪放中的婉约相比，下片显得节奏明快，意象鲜明，风格似乎也变得调侃戏谑，努力想从上片里的伤感与沉重中摆脱出来。这首先体现在题材的选择上。一个"佳人"，一个"行人"；一个"多情"，一个"无情"；还有一堵不知高低、不解"风情"的围墙横亘其间，恶俗而又有趣。还因这种对比手法的和语言的简练甚至用词的重复，画面显得清晰、简洁。细细分析，实则不然，你会发现下片的空间、意象的模糊性、歧义性更大，有更深厚的意蕴。东坡先生豪放之下竟有如此不可触及的悲凉。

我们知道，中国古代文人喜欢把君臣关系比喻成夫妻关系或男女关系，很自然我们就可以想到这首词中的"佳人"与"行人"中的一个实为作者自比。是"佳人"还是"行人"？我们却很难确定。要弄懂这一点，我们首先要确定词中谁"多情"，谁"无情"，谁被谁"恼"？为此可有三种假设：

假设之一："佳人""故意"使"行人"恼。墙是矮墙，"佳人"在墙内荡秋千。一"行人"从墙外经过，被"佳人"吸引，停下忘情地观看。"佳人"玩得开心，笑声不断，忽见有人偷窥，遂止住笑声，速速离去。"行人"呆呆地目送其远去，后只见到秋千仍在空中摇荡。

假设之二："行人"无意中使"佳人"恼。墙仍是矮墙，"佳人"仍在墙内荡秋千，见有一"行人"从墙外经过。"佳人"喜欢"行人"，用笑声吸引"行人"，"行人"不觉，仍继续赶路。"佳人"于是越来越响亮地笑，但"行人"还是毫无反应地走了。"佳人"的笑声渐渐地停下来。"佳人"多情，终被"无情"的"行人"恼。

假设之三："无情"的"佳人"无意中恼了"行人"。墙变成了高墙，"佳人"在墙内荡秋千，开心之余，笑声不断。"行人"从墙外的小路经过，"佳人"的笑声吸引了他。他驻足细听，心旌摇荡。"佳人"跳罢秋千，欢笑着走了，墙内悄无声息。"行人"仍呆立在厚重的高墙下。

东坡先生的构想究竟是什么，我们难下断论，但我们可以肯定的是，他一定是那个"多情"的人，一定是那个因"多情"而被"恼"的人。东坡先生一身才华，忠心为君，有济世之志；但皇帝却对他无情，将他一贬再贬，"多情却被无情恼"，一语道出了事情本身的荒唐、可笑，人生本质的无奈与虚空。所有这一切，被东坡先生用故作豪放、幽默、歧义、含糊的方式道出，真是另有一番滋味在心头。夸张地说，我们甚至可以从中把握到作者的

多情却被无情恼

矛盾心态。一方面，东坡先生想积极入世，引起人们的关注，好成就一番事业；另一方面，他又想遗世独立，自足自悦。外在的环境（"墙"）使双方都无法实现，既不能兼善天下，又不能忘怀天下；同为"行人"和"佳人"的两个东坡先生既互相倾慕，又互相矛盾、猜疑，得不到真正的旷达与解脱。我们从他的这首词中，既可见他的豪放之情，也可品味到这份情感在往返回复中带给我们的无穷的委婉的意味。

宗白华《流云》小诗
与江南诗性文化

宗白华先生极其看重他青少年时期的诗作——《流云》小诗，在八十九

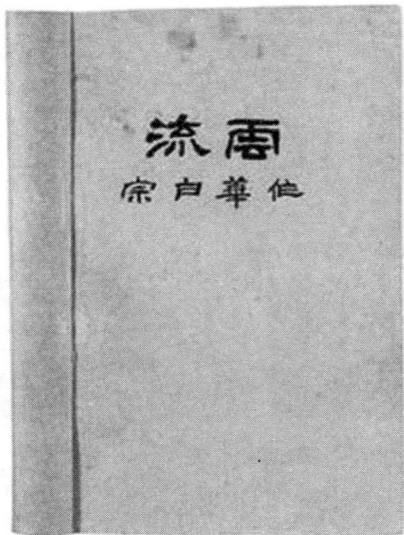

宗白华的《流云》

岁撰写《艺境》前言时,认为该诗与他的学术文章同等重要:"诗文虽不同体,其实当是相通的。一为理论的探究,一为实践之体验。"为此,本文在解读该诗时,一方面从知人论世的角度,赏析其意境,获得审美的愉悦,另一方面想以此为切入点,管窥宗先生诗与学之间的内在关联,诗文互证,以期对宗先生的美学理论有一个更好的了解。

一、《流云》是江南诗性文化的产物

宗先生原籍江苏常熟,祖籍浙江杭州,在南京长大,在上海求学并步入社会,留学德国后在东南大学、中央大学任教二十八年。可以说江南文化是宗先生思想精神的本体内涵。

江南文化本质上是一种自然诗性文化,是在气候温润、物产丰饶、文化底蕴深厚的江南大地上生成的,并且在发展过程中曾经长期远离以儒家政治伦理为主体的主流意识形态的侵蚀,得以保持清新自然的风貌。宗先生"完满的诗人品格"就是在这样的文化背景下养成的,从他下面的两首关于诗的诗歌里可以明显地看出:

啊,诗从何处寻? /在细雨下,点碎落花声! /在微风里,飘来流水音! /在蓝空天末,摇摇欲坠的/孤星!(《诗》)

生命的树上/凋了一枝花/谢落在我的怀里,/我轻轻的压在心上。/她接触了我心中的音乐/化成小诗一朵。(《小诗》)

"遵四时以叹逝,瞻万物而思纷;悲落叶于劲秋,喜柔条于芳春。"(陆机《文赋》)江南诗人历来都崇尚"物感"说,主张从自然中涵养文思,与传统儒家"有德者必有言,有言者不必有德"(孔子《论语·宪问》)的伦理诗学截然不同。宗先生在"微风细雨"、"流水落花"、"蓝天星斗"和"自然情性"中寻找诗意,涵养自己的诗人人格,形成了虚美的心境。宗先生童年时期"对于山水风景的酷爱是发乎自然的",后来他知道:"直接观察自然现象的过程,感觉自然的呼吸,窥测自然的神秘,听自然的音调,观自然的图画。风声、水声、松声、潮声,都是诗歌的乐谱。花草的精神,水月的颜色,都是诗意、诗境的范本。所以,在自然中的活动是养成诗人人格的前提。"

"气之动物,物之感人,故摇荡性情,形诸舞咏。"(钟嵘《诗品序》)江南的风物吹拂着诗人的诗心,在光明纯净的诗心的映照下,一切都显得空灵而又美好,显现出一个晶莹澄澈的诗的境界:

我的心/是深谷中的泉:/他只映着了/蓝天的星光。/他只流出了/月华的残照。/有时阳春信至,/他也咽着/相思的歌调。(《我的心》)

一时间/觉得我的微躯/是一颗小星,/莹然万星里/随着星流。/一会儿/又觉着我的心/是一张明镜,/宇宙的万星/在里面灿着。(《夜》)

"空潭写春,古镜照神。"(司空图《二十四诗品》)在上面两首诗里,宗先生把诗心比喻成"深谷中的泉"、"明镜",明净而又光洁。他认为,"微妙境界的实现,端赖于艺术家平素的精神涵养,天机的培植在活泼泼的心灵飞跃而又凝神寂照的体验中突然地成就。"他的《流云》小诗,就是"情"与"物"交融后的自然天成,与"经夫妇,成孝敬,厚人伦,美教化,移风俗"(《毛诗序》)式的直接指向伦理政治的"有为"诗不同。

江南诗性文化养成了宗先生"完满的诗人品格",作为诗人"完满的诗人品格"的自然流露,《流云》小诗也是江南诗性文化的产物。这些小诗虽然绝大部分写于宗先生留学德国期间,但其间充满了对江南诗性生活的记忆与回想:

银河的月,照我楼上。/笛声远远吹来——/月的幽凉/心的幽凉/同化入宇宙的幽凉了!(《解脱》)

沉寂的林中/不看见携手的双影。/明窗的楼上/不听见负手的沉吟。(《月的悲吟》)

从"笛声"与"明月"中,我们首先联想到的是宗先生早期的江南生活:"湖山的清景在我的童心里有着莫大的势力。一种罗曼蒂克的遥远的情思引着我在森林里,落日的晚霞里,远寺的钟声里有所追寻,一种无名的隔世的相思,鼓荡着一股心神不安的情调;尤其在夜里,独自睡在床上,顶爱

湖山的清景

听那远远的箫笛声,那时心中有一缕说不出的深切的凄凉的感觉,和说不出的幸福的感觉结合在一起;我仿佛和那窗外的月光雾光溶化为一,漂浮在树杪林间,随着箫声、笛声孤寂而远引——这时我的心最快乐。"此外,我们还容易联想到的是"二十四桥明月夜,玉人何处教吹箫"、明窗灯下夜读书的江南诗性生活。《流云》小诗还描写了"水莲"、"小桥"、"杨柳"等诸多江南景物和江南意象,充满着江南文化独有的自然诗性精神。

二、《流云》中的光明澄澈意境

研读《流云》小诗,觉得在清丽之中,含有一个光明澄澈的意境。其中,清丽是诗作者"澄怀味像"、"舍形悦影"的结果;光明澄澈的意境折射着江南文化精神在黑暗时代的光芒。

"清丽芊眠"(陆机《文赋》)是江南诗作的一个重要特点。从意——象——言角度来说,"清丽"要求诗歌创作要情真、象明、言美。具体体现在《流云》小诗上,就是"澄怀味像"式的体会、"舍形悦影"式的表达。

上文已经谈到江南的风物陶冶了宗先生自然纯真的情性。此外,人文精神的熏陶也是必不可少的。一是佛学思想的净化。"秋天我转学进了同济,同房间里一位朋友,很信佛,常常盘坐在床上朗诵《华严经》。音调高朗清远有出世之概,我很感动。……而

鸡鸣寺下看花人　姜晓云摄

那庄严伟大的佛理境界投合我心里潜在的哲学的冥想。"二是受唐代山水、田园诗的影响，"王摩诘的清丽淡远，很投我那时的癖好。"三是经过康德、叔本华、歌德等西方哲学思想的提纯，尤其是他写作时身在这些纯粹理性哲学的故乡——德国。经过宗教、诗歌、哲学的净化，通过中西美学的相互观照，他的心境异常的澄澈：

黑夜深/万籁息/远寺的钟声俱寂。/寂静——寂静——/微眇的寸心/流入时间的无尽！(《夜》)

星河流碧夜，/海水激蓝空。/远峰载明月，/仿佛君之容。/想君正念我，/清夜来梦中。(《海上》)

你的一双大眼，/笼罩了全世界。/但也隐隐的透出了，/你婴孩的心。(《题歌德像》)

"万物静观皆自得。"在心灵处于宁静状态时，时间在静静地流淌，有限化入了永恒；情感却穿越时空，带来了远方的容颜；心如婴孩，却比世界还要广大。我们在解读这些诗句时，能够感受到作者心灵里闪动的波光。

谈了"澄怀"之后，我们再说"味像"。宗先生主张"用一种美的文字……音律的绘画的文字……表写人的情绪中的意境。""诗中有画"、"音诗画结合"是《流云》小诗的一个显著特色。我们从《筑室》这首诗中可以真切地感受到：

我筑室在海滨上，/紫霞作帘幕，/红日为孤灯。/白云与我语，/碧月照我行。/黄昏倚坐青石下，/蓝空卷来海潮音！

"实景清而空景现。"仔细分析，诗中既有外在的景物（大海、云霞、太阳、白云、月亮、天空等）、闪亮的色彩（紫、红、白、碧、黄、青、蓝等）、流动的光线（霞光、日光、月光、云影、波光等），还有内在的节奏（时间的流转、空间的变化、诗歌的韵律等）与声音的起伏（海潮等），不仅构成了一幅优美的立体的画图，还建构了一个无比美妙的清丽的意境。

世界是纷繁的，物像是难以用语言穷尽的。《流云》小诗采用更多的是离形得似、"舍形悦影"的方法，捕捉"迁想妙得"的意境：

我们并立天河下。/人间已落沉睡里。/天上的双星/映在我们的两心里。/我们握着手，看着天，不语。/一个神秘的微颤/经过我们两心深处。（《我们》）

这首诗描写恋爱的执著与伟大，以及恋爱者的心心相通。虽然没有使用缠绵的语言，没有使用华丽的语句，没有进行生动的人物刻画，但却通过一个简单的背景（天河）、一个简单的剪影（并立）、一个恋人间简单的动作（握手）、一个江南诗歌中简单的修辞（心、星双关），就极其自然地表现出了爱的神秘和情的坚定，达到了"此时无声胜有声"的效果。"中国诗人尤爱把森然万象映射在太空的背景上，境景丰实空灵，像一座灿烂的星天。"

三、《流云》折射着江南文化精神在黑暗时代的光芒

《流云》小诗的清丽之中，蕴涵着一种光明澄澈的精神和自然美好的光彩。其微弱的光芒，在当时黑暗的中国，形成了一个光明的意象，表现着"少年中国"光明澄澈的精神风貌，折射着江南文化精神在黑暗时代的光芒。

"文学是民族的表征，是一切社会活动留在纸上的影子。"宗先生所处的二十世纪初，是西方列强瓜分中国、国内军阀割据混战的黑暗时期，"中国近来历史的悲剧已演得无可再悲了。"

传统的儒家政治伦理在内外攻击下失去了维系人心的作用，西化思想逐渐抬头。在这样的社会背景下，宗先生认为"中国民族现代所需要的是'复兴'，不是颓废；是'建设'，不是'悲观'。"那么以什么来复兴？以什么来建设？江南文化的诗性精神是不可少的。"我们若要从民族底魂灵与人格上振作中国，不得不提倡纯洁的，真挚的，超物质的爱。我愿多有同心人起来多作乐观的，光明的，颂爱的诗歌，替我们的民族性里造一种深厚的情感底基础。"而"这种纯洁天真，活泼乐生的少年气象是中国前途的光明。那些事故深刻，悲哀无力的老气沉沉，就是旧中国的坟墓。"《流云》小诗是这样描写光明澄澈的少年中国气象的：

　　红日初升时/我心中开了信仰之花/我信仰太阳/如我的父！/我信仰月亮/如我的母！/我信仰众星/如我的兄弟！/我信仰万花/如我的姊妹！/我信仰流云/如我的友！/我信仰音乐/如我的爱！/我信仰一切都是神！/我信仰/我也是神！（《信仰》）
　　一切群生中/我颂扬投火的飞蛾！/唯有他，/得着了光明中伟大的死！（《飞蛾》）

　　少年中国虽然还处在"泥途"中，

也有坚定的信仰、青春的情怀、牺牲的精神和对美的热爱与追求。"山水、花鸟和草木不也是能寄托深刻的政治意识吗？……人类所接触的山水环境本是人类加工的结果，是'人化的自然'。"所以，宗先生特别喜欢"嫩春境界"，喜爱歌颂富有生命精神的春天的美好：

　　你想要了解春么？/你的心情可有那蝴蝶翅/的翩翩情致？/你的歌曲可有那黄莺儿/的千啭不穷？/你的呼吸可有那玫瑰粉/的一缕温馨？（《春与光》）

　　除了"嫩春境界"里的微风、细雨、流水、水莲、笛声等意象，《流云》小诗里还有许多具有江南色彩的光明的意象，如"天地境界"里的红日、大海、明月、蓝天、星河等意象，体现着作者广阔的宇宙情怀，其中最为核心的还是包含在"嫩春境界"和"天地境界"之中的"流云"意象。"流云"意象体现出的游心太玄、卷舒自得的生命状态，不仅是宗先生心灵的化身，还是江南诗性文化精神的写照。
　　首先，"流云"具有一种自然诗性。流云在天空中不停地游走、自由地变化，外形洁白，质地轻松，俯瞰大地，超越世俗，卷舒自如，怡然自得，可以说充实而又空灵,气韵生动,是自然诗性的化身。"千言竞秀,万壑争流,草木蒙笼其上,若云兴霞蔚。"(刘义庆《世说新语》)所以,宗先生小时候"喜欢一个人坐在水边石上看天上白云的变幻,心里浮着幼稚的幻想。云的许多不同的形象动态,早晚风色中各式各样的风格,是我孩心里独自把玩的对象。"

其次,"流云"是自我心灵的反映。流云自由变幻、自在自得的自然光辉形象,体现了"五四"时期个体心灵解放的时代精神。"化实景而为虚境,创形象以为象征",无疑成为作者自我心灵的化身:

我信仰流云/如我的友!(《信仰》)

我愿听/白云流空的歌声。(《星河》)

白云与我语,/碧月照我行。(《筑室》)

白云在清空飘荡,/人群在都会匆忙!(《生命之窗的内外》)

唯有你,/是我心中的明月,/清光长伴我碧夜的流云。(《有赠》)

我生命的流/是海洋上的云波,/永远地照见了海天的蔚蓝无尽。(《生命的流》)

宗先生爱流云,在诗中把它比喻成自己,比喻成朋友,比喻成倾慕的对象,比喻成生命的导航。在《流云序》中,甚至以流云来隐喻自己"梦魂里

行到水穷处,坐看云起时 姜晓云摄

的心灵"，希望"乘着晨光，呼集清醒的灵魂，起来颂扬初生的太阳。"并把诗集命名为《流云》。

再次，"流云"是美丽人生的象征。宗先生的《流云》小诗和他的散步美学理论在精神上是高度一致的："在我看来，美学就是一种欣赏。"先生非常喜欢王维的一句诗："行到水穷处，坐看云起时。"这样的人生，是自然诗性的人生，一切美好的品质在自然的天光里自由地呈现，如同舒卷自得的流云。"画家诗人的心灵活跃，本身就是宇宙的创化，它的卷舒取舍，好似太虚片云，寒塘雁迹，空灵而自然。"能够获得自然与人生最亲密的接触：

理性的光/情绪的海/白云流空，便是思想片片。/是自然伟大么？/是人生伟大呢？（《人生》）

《现代中国文学史》与江南国学的坚守

清末民初是中国社会从传统型态向现代型态转变的发端。此时的学术文化思想领域，在"救亡图存"的背景下，中西激荡，众声喧哗，旧学与新知并存，可谓"词驳今古，理融欧亚"。新兴的知识分子在努力挖掘西方思想资源的同时，对传统国学大多保持着一种怀疑乃至否定的态度，其中，最为典型的莫过于来自广东的康有为和梁启超，以及来自安徽的陈独秀和胡适之。

从钱基博所著的中国第一部以"现代"名义写作的《现代中国文学史》中，却可以看出在社会剧烈转型时期江南学人对传统国学的坚守。在相同的时代条件下，不同地域所显现出来的对待传统与外来文化思想之间的差异，在文化多元化的当今社会转型时期也是一个值得深入探讨的问题。

钱基博著作集

现代中国文学史

钱基博 著

上海古籍出版社

中国第一部以"现代"名义写作的文学史

一、一种新的学术研究范式的产生

"现代的中国站在历史的转折点。新的局面必将展开。然而我们对旧文化的检讨，以同情的了解给予新的评价，也更形重要。"（宗白华《美学散步》）在中国社会深刻转型之际，在现代学人掀起的"对旧文化的检讨"中，一种新的学术研究范式——"中国文学史"产生了。

中国文学史这种新的学术研究范式的产生，体现着中国学人审视文学的思想方式的转变。在西方的参照下，清末民初时期，现代国家意识在中国产生，并逐渐得以强化（如在西学对比下"国学"概念的产生）。在这样的背景下，文学史写作这一学术研究范式的引进，为中国学人反思传统、对国家文学展开历史叙事成为可能。中国文学史作为本土学术资源的"洋亲戚"，与传统的"文史"、"文苑传"、"文学总集"、"方志"等写作范式有着显著的不同。钱基博认为："所谓中国文学史者，记中国人之文学作业云尔。"（《现代中国文学史》）它研究的对象，已经不是传统意义上的作家、作品或文体，而是某一历史阶段的整个国家文学。可以说，此时的中国文学史写作，是在一种崭新的思想意识指导下进行的，它具有重新梳理民族文化心

黄人认为文学史能够让"国民有所称述，学者有所遵守"

灵的脉动、重新塑造理想中国家形象的重要使命，因而具有特别重要的意义。黄人就认为，文学史能够起到让"国民有所称述，学者有所遵守"的作用（戴燕《文学史的权力》）。

此外，中国文学史这种新的学术研究范式的产生，体现着中国学人审视文学的思维角度的转变。清末民初时期中国发生的由传统社会向现代社会的深刻转型，在一定程度上意味着传统的发展，但在更大程度上显示的却是与传统的决裂。这种决裂体现在思维方式上，就是为中国现代学人提供了一种对文学的新思维。钱基博认为："文学为史，义亦无殊，信而好古，只以明因，阐变方今，厥用乃神，顺应

为用,史道光焉。"(《现代中国文学史》)这种"明因阐变"、"史用结合"的新的思维方式,要求中国文学史写作不仅仅要知人论世、品鉴文章,还要寻求一种规律性的、客观的内在发展理路,有一种历史意识在里面。可以说,这种写作本身,就体现着文学和历史的奇异结合,是感性与理性的奇妙结晶,包孕着一股时代新风。

在这种时代新风感召下,学术界掀起了写作中国文学史的第一个浪潮。从1904年林传甲写作的我国第一部《中国文学史》开始,截止到1932年钱基博以"现代"名义写作的我国第一部《现代中国文学史》,其间

林传甲书写了第一部《中国文学史》

出现了各种类型的文学史著作。这些文学史写作的过程,就是一个从现代国家意识出发,对作家作品、流派现象、文学思潮、政制风俗进行回忆、反思、评判、记录的过程,也是一个民族文化自醒的过程,因而在写作途径的选择上包含着丰富的学术文化内容。

在这些文学史中,钱基博写作的《现代中国文学史》,"对于那个时代的整个的文学面貌,各个作家的创作实践,都从宏观和微观方面进行巨细靡遗的论述,是一部以史料取胜的文学史"(孔庆茂《丹桂堂前——钱钟书家族文化史》)。更进一步地说,此书"虽以介绍、分析这一时期的代表作家、代表作品为主,但也广泛地涉及了与此相关的这一时期的学术文化以及政制民俗,是一部广义性质的文学史著作,甚至不妨同时将其当作这一时期的学术史、文化史来读"(刘桂秋《无锡时期的钱基博与钱钟书》)。

二、体现了江南学人对传统国学的坚守

钱基博写作的《现代中国文学史》,最显著的一个特点,莫过于在写作思想上,本着"博古通今,藏往知来"的文学史观,对中国现代学人走上灭裂传统的歧路及其"论喜惊众"心态的检讨。该书所展现出来的江南学人对传

统国学的坚守与传承，与"五四"以来的文化激进主义大异其趣。

在《现代中国文学史》中，钱基博本着"洞源索流"式的历史批评精神，通过对现代中国文学史上诸多文学现象的分析比较，发现了许多"未经人道"的秘密，比如说清末以来"疑古非圣"思想的历史发展脉络。

在古文经学一统天下的晚清，王闿运主治"其中多非常异义可怪之论"的《公羊》，已为惊人之举。章太炎认为其"本文章之士……始终不离文人说经之习"（《訄书》）。王闿运喜为异说，"以学术干政论"，已开疑古非圣之风。廖平作为王闿运弟子，在

王闿运"以学术干政论"，开"疑古非圣"之风

治学上"谓六经皆新经，非旧史，以尊经者作《知圣篇》，辟古者作《辟刘篇》。……而康有为则闻其说而大喜，遂从问学焉，乃述《辟刘篇》以作《新学伪经考》，述《知圣篇》以作《孔子改制考》。"（钱基博《现代中国文学史》）康有为提出《伪经考》既以《古文经》为刘歆所伪造；《改制考》又以《今文经》为孔子托古之作；于是今文古文，皆待考定；数千年共认神圣不可侵犯之经典，于是根本发生疑问，引起学者之怀疑批评，而国人之学术思想，于是乎生一大变化"（钱基博《现代中国文学史》）。

"要想动摇一种学说，再没有比宣布一种学说所依据的经典是伪作更具有摧毁力了。"（刘梦溪《〈中国现代学术经典〉总序》）廖平、康有为采用的就是历史上刘歆曾经采用的办法，在全国引起的思想震动自然无比强烈。梁启超深受康有为"大同"思想的影响，他"专以绌荀申孟为标帜；引孟子中指责'民贼'、'独夫'、'善战服上刑'、'授田制产'诸义，谓为大同精义所寄"，"其论学术，则自荀卿以下，汉、唐、宋、明、清学者，掊击无完肤。"吴虞曾问业于廖平，"其论学，疑六经，非孔子，非孝非礼；以为'孔学之助张君主以行专制，借礼制法制而确立；其专制不平，直接关系于吾人之生命财产

权利义务者极大。苟由礼制法制之精神,以推论其得失,而再以各立宪共和国家之宪法民法刑法所规定者,一一比较对勘之;而后孔子之学说,二千年来贻祸于吾人者昭然若揭。'世儒之非孔者,多以伦理道德为依据;而虞独以法制立论。……康有为疑六经而不非孔。梁启超非孔而不彻底。虞则非孔疑经,彻始彻终,放言不论;而笑康有为、梁启超之不彻底"(钱基博《现代中国文学史》)。

在钱基博勾勒出的这个历史脉搏中,王闿运、廖平治的是在新的历史条件下的旧学,康有为、梁启超、吴虞在旧学基础上治的是新的历史条件下的新学。无论治的是旧学还是新学,他们的言说方式都是惊世骇俗的,因为他们都在一定程度上背离了大家一直寄身其中的传统,而且是越走越远。

当然,比他们走得更远的是陈独秀和胡适之。随着西学的深入和民族危机的加深,需要中国知识分子深入思考的,不仅仅是文化思想问题,更重要的是民族的生死存亡;但是思考的结果,最终集中到一点,那就是传统思想,需不需要用西洋思想来替代的问题。陈独秀认为:"吾人倘以新输入之欧化为是,则不得不以旧有之孔教为非;倘以旧有之孔教为非,则不得不以新输入之欧化为是,新旧之间绝无调

和两存之余地。"(《独秀文存》卷3)胡适之进一步提出了"全盘西化"的主张,并主张用白话文取代作为传统文化主要载体的文言文。

在《现代中国文学史》中,钱基博一方面肯定了这些知识分子"开一代之新运"的历史地位,另一方面也从国家人民与知识分子之间的利益关系出发,认为他们的思想"利未形而害随之",暂时鼓动了人心却损害了国家人民的长远利益,并为之痛心疾首,将《现代中国文学史》视为这些"现代文人"的"孽镜台":"是书论列诸公,亡虑皆提倡宗风以开一代之新运;然利未形而害随之,昔贤咏'一将功成万骨枯',吾则谓一儒成名,百姓遭殃。我生不辰,目睹诸公衮衮,放言高论,喜为异说而不让,令闻广誉施于身;而不自知诸公之高名厚实何莫非亿兆姓之含冤茹辛,有以成之。今吾侪小民,呻吟憔悴于新政之下,疾首恫心,求死不得;末学小生,叫嚣跳踉于新学说之中,急言竭论,迷复何日。而诸公声名日高,虑无返顾。"

钱基博认为,这些知识分子虽然能够"开新",却不能"善其后";不能"善其后"的根本原因,就是他们用片面的眼光,"衡政论学,必准欧陆",从而"误读"了传统,割裂了传统。

根据他们对待传统与现代的前后

态度，钱基博将之分为三类："自始为之而即致其长虑却顾者，章炳麟是也。有自始舍旧谋新，如恐不力，而晚乃致次骨之悔以明不可追者，陈三立、王国维、康有为、严复、章士钊是也。有唯恐落伍，兢兢焉日新又新以为追逐；而进退维谷，卒不掩心理之矛盾者；梁启超、胡适是也。"

在这些人中，陈三立、王国维、康有为、严复、章士钊等属于"善其后"者。康有为作为"维新之先锋，而垂老有笃古之论，著《欧洲十一国游记》，然疑欧化，若图晚盖，回首前尘，能无惘然"；严复作为引进西方学术思想第一人，与康有为、梁启超"同时辈流，早年声气标榜，抵掌图新，倡予和汝，而临绝哀音，乃力诋康、梁，以为'社会纲纪之灭裂，少年心性之浮薄，谁生厉阶，二公实尸其咎'，感慨恻怆，言之雪涕"；王国维作为用西方哲学评价中国古典文学第一人，晚年治学从醉心欧西新学转为研究古文字音韵、中国古器物和古史等，与中国固有之思想相化，"至于爬罗金石，证经补史，以殷墟龟甲、流沙坠简为根柢；以《六经》、诸史、许慎书为径途；竺古之情深，而疑古之膴亦阒"（曹毓英选编《钱基博学术论著选》）。

梁启超、胡适属于"不善其后"者。在《现代中国文学史》，钱基博对他们的批评是非常直接的："一时大师，骈称梁胡。二公揄衣扬袖，囊括南北，其于青年实倍耳提面命之功，惜无扶困持危之术。启超之病，生于妩媚；而适之之病，乃为武谲。夫妩媚则为面谀，为徇从；后生小子喜人阿其所好，因而恣睢，不悟是终身之惑，无有解之一日也。武谲则尚诈取，贵诡获；人情莫不厌艰巨而乐轻易，畏陈编而嗜新说，使得略披序录，便膺整理之荣；才握管觚，即遂发挥之快；其幸成未尚不可乐。而不知见小欲速，中于心术，陷溺既深，终无自拔之一日也。"钱基博评价梁、胡，指出其治学浮浅，可谓击中要害。所以当他"以稿相示"梁任公，任公"若有不愉色然，辄亦无以自解也。"

钱基博认为，作为江南学者代表的章太炎，不仅为"革命之文雄"，而且"自始于革命有过虑之谈，长图大念，不自今日"，体现了一种对传统国学的客观认知与坚守。

三、江南学人对传统国学坚守的体现

以章太炎为代表的江南学人对传统国学的坚守，主要表现在以下几方面。

一是江南学人对传统国学抱有信心。从某种意义上来说，在当时经济社会发展整体水平相对滞后的中国，

以章太炎为代表的江南学人坚守传统国学

江南地区即使与西方相比，也有某些经济、文化上的优势，就像当代美国学者迈克尔·马默的评价："生活在以苏州为中心的体系中的人民生活水平超过了以前世界历史上的任何（区域）体系的生活水平。"虽然罗威廉教授认为他的观点"有些夸张"，但基本上还是肯定的（林达·约翰逊主编，成一农译《帝国晚期的江南城市》）。这从一个方面说明了在清末民初，在中国社会从传统社会向现代社会转型之际，章太炎、钱基博等诸多江南学者仍对传统国学抱有希望、不愿割裂传统文化的原因。

同时，受自身自然诗性文化传统的影响，江南学人更多的是把学术生活与日常人生结合在一起，而不像北方大多数学人那样把学术的目标直接指向政治。再加上江南地区开埠较早，江南学人对中西文化的看法也会相对客观、通融些，不会像其他地区学者那样总是把中国落后的原因最终归结为传统文化思想。因此在认识上也不会产生像他们那样强烈的文化"颠簸症"。他们的思想，可以说与"五四"以来的"自暴自弃"式的激进主张显著不同。

二是江南学人所秉持的"国性之自觉"意识。在社会转型时期，钱基博将国学上升到了"国性之自觉"的高度。他认为："国学之一名词，质言其义曰：'国性之自觉'云尔！国于天地，必有与立。而人心风俗之所系，尤必先立乎其大，深造而自有得，相以维持于不敝。其取之它国者，譬之雨露之溉，土肥之壅，苟匪发荣滋长之自有具，安见不求自得而外铄我者之必以致隆治，扬国华也耶！是故国学之所为待振于今日，为能发国性之自觉，而俾吾人以毋自暴也！"（曹毓英选编《钱基博学术论著选》）

钱基博在教育教学实践中，更是注重对传统国学中所蕴涵的"国性"的挖掘。在光华大学的一次毕业典礼上，他认为"光华的成立，就是教会教学的反叛，而表现一种国性之自觉"；这种"国性自觉"的方式与意义，就在于"要以现代人的心理去了解中华民族的精神，想在中华民族古代文化中，找出精神的新泉，而产生一种现代化的中华民族教育，以图整个民族的团结和统一。"可以说，在"博通古今"的前提下，"找出精神的新泉"，是江南学人坚持传统国学的意义所在。

三是国学在江南已经从意识形态转化为客观的研究对象。"有清一代，学术几为江浙皖所占。"在长期的治学过程中，江南学人形成了追求客观、科学的传统与精神："衷求是之旨，藉考据之法，罗证事实，勘比异同；则固清儒之所以治学之精神、之方法也。"（曹毓英选编《钱基博学术论著选》）特别是在清末民初，在西学的参照下，江南学者更是捕捉到了时代变化的脉搏："晚清那代学者，之所以热衷于梳理学术史，从开天辟地一直说到眼皮底下，大概是意识到学术嬗变的契机，希望借'辨章学术、考镜源流'来获得方向感"（陈平原《中国现代学术之建立——以章太炎、胡适之为中心》）。

为此，他们非常重视学术的继承与发展，注重把握学术发展的内在理路。比如到了清末，八股文随科举制俱废，成为被时代彻底否定的东西。钱基博在写作《现代中国文学史》时，洞源悉流，观其会通，发现了八股文的内在特征及其在新时代的传承、流变，从而予以客观评价："康有为、梁启超之视严复、章士钊，其文章有不同而同者，籀其体气，要皆出于八股。八股之文……其为之工者，无不严于立界（犯上连下，例所不许），巧于比类（截搭、钩渡），化散为整，即同见异，通其层累曲折之致，其心境之显呈、心力之所待，与其间不可乱、不可缺之秩序，常于吾人不识不知之际，策德术心知以入慎思明辨之境涯而不堕于卤莽灭裂。每见近人于语言精当，部分辨析，与凡物之秩然有序者，皆曰合于逻辑矣，盖假欧学以为论衡之绳墨也。然就耳目所睹记，语言文章之工，合于逻辑者，无有逾于八股文者也。此论思之所以有神，而数百年来，吾祖若宗德术心智之所资以砥砺而不终萎枯也欤？……八股之文……流风余韵，犹时时不绝流露于作者字里行间。有袭八股排比之调，而肆之为纵横轶宕者，康有为、梁启超之新民文学也。有用八股偶比之格，而出之以文理密察者，严复、章士钊之逻辑文学也。"试想严复是倡扬西方逻辑的第一人，认为逻辑为"致思穷理之术"，"观物察变之方"，"一切法之法，一切学之学"，而一再斥责传统的学问与方法"锢禁智慧，蠹害心术"，不知他看了钱基博"洞源悉流"后的新见,认为其逻辑出于八股,有何感想?

　　四是江南学人在学术中追求的独立精神。在清末民初中国传统社会的结构性崩溃和现代性重建,以及中西文明冲突和融合中,历史性地生成了一系列"新产物",其中诸多江南学人对学术独立的主张与追求,是一个特别值得注意的时代现象。刘士林认为:"如果说,现代学术与古典学术的最高理念分别在于'学为政本'与'为学术而学术',那么也可以说,传统学者与现代学者的根本区别则是由'学术本身是目的还是手段'之分辨而突现出来的。'学术是目的本身',这不仅是在现代学者中形成的高度一致的共识,是他们认为传统学术不发达的最根本的原因,同时它也理所当然地成为中国现代学术的最高学术理想。……学术独立,这是一个使现代学者热血沸腾的光辉命题。"(《20世纪中国学人之诗研究》)

　　"生平论文,不立宗派。"这是钱基博一贯遵守的准则。《现代中国文学史》虽然是当代人写作当代史,甚至写作人与被写作人之间有着亲密的关系,比如梁启超等人是学术前辈,胡适等人是同事并被时人称为"青年导师",但是钱基博在写作态度上,始终坚守现代学术独立立场,本着传统与现代结合的理路,将现代文学史的写作与中国文学史连接起来,对作家作品的品评自有见地。刘梦溪先生非常欣赏钱基博的这种学术独立精神:"钱著《现代中国文学史》的有些观点我们自然不必尽同,但其书确有优长之处,主要是特见独出而不被时论所摆布,掘发到了有定在性的历史文化精神。"(《〈中国现代学术经典〉总序》)在西化浪潮中,江南学人的"定在性的历史文化精神",就是对传统国学最好的坚守。

为"现代文人"创制一种专门史

　　钱基博先生撰写的《现代中国文学史》是一本很特别的文学史,一方面在于它是我国第一部以"现代"名义创制的中国文学史,将书写对象瞄准与作者同时代的"现代文人",另一方面在于该书在借鉴西方文学史这一新兴学术研究范式的同时,主张"文学之作,根于民性",自觉以传统文化为根柢,创造了一种"以文体为纲,以作家为目"的特殊的书写方式。这种新的书写方式,"裁篇同传,知人论世,详次著述,约其归趣,详略其品,抑扬咏叹,义不拘墟,在人即为列传,在书即为叙录",不仅融史、论于一身,而且"求博"、"求信"、"求趣",使得整个文本具有不可比拟的整体性、深刻性和生动性。

一、新的书写方式的提出

"史学家一般借人说话。因为历史是人物的活动,离开人物的活动,就无所谓历史。"(刘梦溪《学术思想与人物》)但对"现代文人"这一特殊的群体来说,钱基博先生要想实现对"一代文章"展开叙事,其历史书写方式还需要新的创制。

(一)为"一代文章"叙事的新构想。钱基博先生的《现代中国文学史》书写方式,实际上深受清代史学家章学诚的影响。钱先生曾在诸多高校开设《文史通义》课程,并撰写《〈文史通义〉解题及其读法》一书。而章学诚很早就对传统史书的"文苑篇"表示不满,希望史学家能有一种新的方式,为"文人"这一特殊的群体,写出一种专门史:"事言必分为二……如别自分篇,则不便省览,如仍合载,则为例不纯。……东京以还,文胜篇富,史臣不能概见于纪传,则汇次为《文苑》之篇。文人行业不多,但著官阶贯系,略如《文选》人名之注,试榜履历之书,本为丽藻篇名,转觉风华消索;则知一代文章之盛,史文不可得而尽

章学诚提出为"一代文章"叙事的新构想

也。"(《文史通义》)

这种对"一代文章"叙事方式的新构想,从书写内容上看,既包含"文人"的个人"事言",又包含"文人"的"丽藻篇名",可以史、文兼得;从书写形式上看,事、言既不分篇,体例又显得统一而不杂乱。章学诚对"文人史"书写的这种新构想,对钱基博先生"以文体为纲,以作家为目"书写《现代中国文学史》,产生了积极的影响。

(二)"裁篇同传"的新认知。章

学诚在传统的纪传体基础之上，主张通过"事言""合载"、实现"史文尽得"的文学史书写新构想，随着清末民初学术界对纪传体认识的深化而不断得到强化。关于纪传体的自身优点，唐朝史学家刘知几早就指出："纪以包举大端，传以委曲细事。"也就是说该书写方式包容性强，具有整体性，可以达到宏观与微观的统一。此外，也便于读者阅读，实现作者与读者之间的沟通。钱基博先生从英国哲学家斯宾塞尔处得到这样一种看法："人情之为学也，常乐其浅易而惮其艰深。彼以为求史学于纪传之中，则穷理之与娱乐，可并行而不背，神思所寄，既乐于毛举；乃近观古人鬼琐之迹，即有以知教化世运之所以隆污；事之易为，孰逾此者，其神识之凡近，与村妪灶养无殊也。"（曹毓英选编《钱基博学术论著选》）当然，在中西学术思潮交汇时期，这种纪传体叙事方式也暴露出自身的弱点，一是书写内容很容易重复，钱基博先生在研究《史记》时指出，"同为一事，分为数篇，断续相离，前后屡出"，这样还不便于读者阅读，"所谓比合者，于合缝中见旨，于两篇内比意，若只篇单读，骤不易领会"。史学家进行这样的历史叙事，带来的直接后果就是史书结构上缺乏整体性，我国现代史学的开创者梁启超就认为，

"中国之史，则本纪、列传，一篇一篇，如海岸之石，乱堆错落。质而言之，则合无数之墓志铭而成者耳。"二是书写时随意性很大，重点内容不够深入突出，"动辄以立佳传为其人之光宠，驯至连篇累牍，胪列无关世运之人之言论行事，使读者欲卧欲呕"（《清代学术概论》）。

"19世纪中叶以后，欧洲的研究者们曾经十分看重以编写目录、传记的方式，来研究文学史，或许这种实证主义（positivism）的风气，也影响过早期的中国文学史写作者，在新的学术空气里边，唤起过他们同样的对于

斯宾塞等西方传记思想的传入，深化了对传统史传的认识

传统目录、史传的兴趣，使写作中国文学史的人们，也都基于上述的认识，自觉以过去的学术积累为新写作的开端。"（戴燕《文学史的权力》）章太炎曾计划书写一部《中国通史》，"全书拟为百卷，志居其半，志〔表〕记纪传亦居其半"（汤志钧《章太炎年谱长编（卷二）》），对人物纪传高度重视。钱基博先生在书写《现代中国文学史》时，就采用了"裁篇同传，知人论世"的叙事方式。

（三）书写方式的新创制。钱基博先生在继承纪传体传统的基础上，感受时代新风，认为文学史书写应"因时制宜，别为创制"。

一是书写体例的包容性。钱基博先生在书写《现代中国文学史》，对整个现代中国文学发展进行历史叙事时，开创了一种"以文体为纲，以作家为目"的新体例。他分现代文学的文体为"古文学"和"新文学"两大类，其中古文学包括文（魏晋文、骈文、散文）、诗（中晚唐诗、宋诗）、词、曲，新文学包括新民体、逻辑文和白话文。这些文体，有古有新，以古为主，注意了对古典文学的传承；先古后新，新旧有序，不仅可以最大程度地容纳了古典文学，也体现了对新文学的眷顾，有着深远的发展的眼光。在各文体下面，分论作家。这些作家共有82

人，其中包括王闿运、章炳麟、胡适等人。钱基博先生所创设的"以文体为纲，以作家为目"的书写体例，从形式对内容的能动作用方面来看，是一种"有意味"的形式，因为这比当时新兴的以线性进化观为核心的书写模式有着更大的包容性，更能客观反映出社会转型时期文学的整体面貌。

二是历史叙事的批评性。传统的正史，一般在盛世时作为一件盛事，由政府出面搭建的一个写作班子集中进行，所立传的对象主要是历史上的帝王卿相名人，这样的史书编撰虽说目的在于资政通鉴，但"光宠"的成分实在太多，意识形态性太强。这些史官所写的本纪、列传，更像是梁启超所总结的"墓志铭"，缺乏应有的客观性、系统性。钱基博先生书写的《现代中国文学史》，与司马迁一样属于私人修治国史，指导思想很是明确，那就是"原始察终"："太史公原始察终，以史之体为诸子；吾则欲取精用宏，通子之意于传记。"而且正是本着这种"原始察终"的思想，才使得修史者在书写同时代人物时，能够摈除自己的主观随意性，使"传记"材料和内容更接近于历史本身，同时不回避批评对象的缺点和短处。从某种意义上来说，真实就是最好的批评，只有在"纪实传信"的叙事基础之上，才能"洞源悉流"，获得历史的本真，这是钱基博先生在具体评述"现代文人"时，采用"裁篇同传，知人论世"方式的题中应有之义。

三是批评的整体性。从某种程度上来说，"裁篇同传，知人论世"的叙事方式可谓是一种"传记"批评方式。这种文学批评方式的最大优势和特色，在于具有其他批评方式所不具有的整体性。一方面，该批评中包含着作家的人生经历，以及社会制度、文化思想等时代变迁，便于读者知人论世，对作家作品有着更好的理解和认知，甚至可以达到"了解之同情"；另一方面，可以对作家作品进行归纳总结，评鉴欣赏，并通过作品来更深一层地理解和认知作家的品行及其所处时代，获得系统性的认知。此外，在事与文的整合中，该批评还可以容纳书写者的思想主张，有时甚至可以"抑扬咏叹"，在一定程度上"流露"出书写者的历史观感。

四是行文的生动性。钱基博先生在"裁篇同传，知人论世"时，行文的生动性首先来自文学史内容的丰富性，由于文学史内容是义、事、文三位一体，内容的丰富性带来了多样性，由多样性派生出书写和阅读的生动性。其次，行文的生动性来自表述方式的多样化，特别是"寓一般于特殊"、"以小见大"等创作手法的灵活使用，更是增加了书写和阅读的趣味性。再次，行文的生动性还来自文学史家精当的归纳和睿智的评点。需要指出的是，文学史书写本身是一种学术研究行为，而不属于创作，所以，当文学史家"裁篇同传，知人论世"时，生动性不是行文的主要目的，文学家的"遗闻轶事"也仅是"考证之资"，最终还是要落实到文学本身上来。钱基博先生认为："所以考证文学家之履历者，其主旨在说明文学著作。舍文学著作而言文学史者，几于买椟还珠矣。"

二、书写基本范式及要求

钱基博先生撰写《现代中国文学史》，"以文体为纲，以作家为目"。他在对"现代文人"一一展开历史叙事时，所采用的"裁篇同传，知人论世"的书写范式，与文学家撰写个人传记相比，实际上有着很大不同。个人传记是以传主为中心，依照胡适观点，要写出传主的"实在身份，实在神情，实在口吻，要使读者如见其人，要使读者感觉真可以尚友其人"(《胡适文存（第3集第8卷）》)；而在书写文学史时，依照钱基博先生的观点，要以文学著作为中心，对文学家履历的考证、叙述必须以文学著作为主旨。

下面，将以《现代中国文学史》中

以陈三立为例"裁篇同传，知人论世"

"陈三立篇"有关内容为主，结合有关材料，看看文学家履历中究竟有哪些因素可以影响其文学创作，从而能够"裁篇同传，知人论世"，列入文学史书写的基本范畴之中。

（一）文学家的姓名、字号、籍贯和家庭出身。文学家的姓名、字号既与家庭出生紧密相关，也与家庭中的主导人物（一般是命名者）的思想紧密相关。陈三立名三立，指的是《左传》中的"太上有立德，其次有立功，其次有立言，虽久不废"；字伯严，反映出传统"诗礼"之家"幼承庭训"式的严格家教，这与其父湖南巡抚陈宝箴充满儒家积极入世精神的气质相吻合。文学家的号一般是自己起的，是对自己精神生活指向的总结，陈三立号散原，与戊戌变法失败后与父母在南昌的西山下筑庐而居有关，西山在《水经注》中被称为"散原山"，与标榜"遗世独立"的道教有一定关联。陈三立后葬其母于此山，并自号"散原老人"，表示逍遥于诗文，永不为世所用。这些因素与地域条件一起，构成了文学家早年的生活环境，在很大程度上影响其思想和个性的形成，从而影响到文学作品的整体风貌。陈三立"少而文，有风概"，被天下称为"四公子"之一，很早就得到著名人士郭嵩焘的赏识，并且仕途顺利，"绮岁游湖湘"（陈三立《留别墅遣怀诗》），其志意中最"瑰伟"的部分得以自然"湛发"出来。这也是他以后诗歌创作中最为光彩的部分。

此外，出身年月等因素有时也会产生一定的影响，如钱基博先生认为自己与孟子同生日，为此他在以浩然之气立身、为传统文化托命、追求雄壮文风等方面自觉地接受孟子的影响。这些都是文学史家"裁篇同传，知人论世"时要充分注意到的。

（二）文学家生活中的中心事件。对陈三立来说，生活中的中心事件莫过于戊戌政变,其次是他的父亲被慈禧太后密旨赐死。其中戊戌政变对他影响最大,使他的生活由"作新百度"的巅峰时刻跌入"偷闲亦自迷"(陈三立《城北道上》)的低谷状态。随之而来的其父被密旨赐死,使他的诗歌变得更加"荒寒萧索"。但由于早期养成的逸气犹存,所以他此时的诗歌在"沉忧积毁"中,仍有"真气磅礴"。晚年的陈三立"感慨家国兴废之故……忧心悄悄,乃深追悔少年之盛气,变法激荡驰骤之迄于无效",叙事抒情也显得更加"曲折"。

对早期的"现代文人"来说,戊戌政变可以说是许多人一生中共同的中心事件,如果抓住了这个中心事件,许多看似散漫的思想、作品、事实、现象就会"整个而活","彼此便相互联系了"。当然文学家生活中的中心事件除了诸如戊戌政变等重大社会变革外,还因人而异,多种多样,比如王闿运春风得意时,政治领路人肃顺被诛;林纾用古文翻译《茶花女遗事》,成为翻译西洋小说第一人;胡适读《天演论》时,思想为之一变,乃取书中"优胜劣败,适者生存"之意,更名为适,而以适之为字,尝试用白话取代文言。文学家生活中的这些中心事件对其文学创作影响极大,因为由于意外横生的变故,生活中原有的秩序被推翻了,更容易促使文学家的思想情感、创作个性发生剧烈改变。所以每次重大人生变故、重大社会变革前后,文学家的文风都会发生巨大改变。当然,这些都是文学史家"裁篇同传,知人论世"时所要包含的重要内容。

(三)文学家的代表作。代表作分为两种,一是文学作品,二是诗学作品。《陈三立篇》中收录的陈三立诗文有:《留别墅遣怀诗》用以表现其早年生活;《遣兴》《城北道上》《至沪访郑太夷》为庚子后移居金陵后作;《濮青士观察丈题山谷老人尺牍卷子》为其论黄庭坚的诗论;《九日从抱冰宫保至洪山宝通寺送梁节庵兵备》为其最"清"之作,并顺论其与张之洞的交往;《衡儿就沪学须过其外舅肯堂通州率写一诗令持呈代柬》论其与范当世的交往,并顺论其"志意牢落";《甲辰感春》写其"不能忘情经世";《癸丑由沪还金陵散原别墅杂诗》表现其辛亥之后的诗体变化;其父死后作《崝庐记》文以抒愤;作《庸盦尚书奏议序》"感慨家国兴废"。这些文学作品集录与叙事相结合,互相阐发、补充,有机融为一体。

《陈三立篇》中还收录了郑孝胥的《〈散原精舍〉序》,对陈三立的诗歌进行评论。钱基博先生认为,文谈、诗话、词话、曲话等文学评论,作为文学创作的理论总结，"抉发文心，讨摘物情，足以观文章升降得失之故"，应与文学创作方面的代表作一样，收录在文学史内容之中。

（四）文学家的诗学渊源和时代文学思潮。陈三立"为诗学韩愈，既而肆力为黄庭坚"（《濮青士观察丈题山谷老人尺牍卷子》一诗中有"我诵涪翁诗，奥莹出妩媚"之句）。由于受到韩愈特别是黄庭坚"以才学为诗，以学问为诗"诗风影响，陈三立力求"语必惊人，字忌习见"，从而形成了"生涩奥衍"的诗风。而且，陈三立的这种学人之诗也与当时盛行的宗宋诗风有着密切关联，与陈三立交往酬唱的，大多为范当世、郑孝胥等同光体诗人。

文学家的诗学渊源对其文学创作有着直接的联系，它深入文学家的思想和内心，指导着文学家的学习和创作。时代文学思潮作为文学家创作生活中的中心事件，作为一种外在力量，也从宏观上影响并左右着文学家的创作。因此文学史家"裁篇同传，知人论世"时，文学家的诗学渊源以及所处时代的文学思潮也应一并包含。

（五）与文学家思想或其作品紧密相关的有意味的事。陈三立特别喜欢黄庭坚，因为范当世也学黄庭坚，所以极推其诗，认为其诗作《甲午客天津中秋玩月》"苏、黄而下，无此奇矣"，

并酬以诗称"吾生恨晚数千岁，不与苏、黄数子游。得有斯人力复古，公然高咏气横秋"。陈三立因为特别喜欢范当世，还为他的长子陈衡恪迎娶了范当世的女儿。与陈三立不同，张之洞最不喜欢黄庭坚，"见诗体稍僻涩者，则斥为江西魔派"。张之洞、陈三立二人相交往，应该会交恶；然而张待陈"备极礼敬"，陈称张"重厚宽博"。

在文学史书写中，这些有意味的事情一方面可以"以小见大"，起到理论批评无法企及的效果；另一方面也可以求得行文乐趣，赢得读者的会心。

由于每个文学家都有着不同的人生经历，受地理环境和社会环境的影响也各不相同，而且这些因素作用到文学创作中也有一个复杂多变的过程，所以建立一个相对固定的文学史书写范式是非常困难的。为此，需要文学史家在书写文学史时，"其人其文，必择最有关系者"。钱基博先生"裁篇同传，知人论世"时，以历史的眼光，主动寻找"文章之变"，不仅"求博"、"求信"，还"求趣"。这"三求"，集中体现在《韩愈志》的书写上："盖独孤诸公之于韩愈，如陈涉、项羽之启汉高焉；而知文章之变，其渐有自。而愈之名独盛，诚窃叹知人论世之难！……因就睹记所及，自《新旧唐书》旁逮唐、宋、元、明、清诸家文集及

稗官野记之属，其有片言只字及于愈者，靡所不毕采，互勘本集以验其信；旁涉诡闻以博其趣，成为是志。"

三、为"现代文人"专门创设

钱基博先生"以文体为纲，以作家为目"，书写《现代中国文学史》，对与他同时代的作家进行整体批评。在具体书写过程中，一方面用"裁篇同传"的方式，进行丰富的历史叙事，另一方面也秉承着孟子"知人论世"的精神（"非有关国家之掌故，即以验若人之身世"），对作家作品有着更深的理解、更多的发现。《现代中国文学史》可谓是钱基博先生为"现代文人"创制的一种特殊的专门史。

（一）钱基博先生从时代变迁的大势，发现了文学家们的"立言"特色，在《现代中国文学史》中给予他们更多直接发表言论的空间。清末民初是一个社会极其动荡的时期，纲纪倾颓，泥沙俱下；同时也是一个思想极其解放的时期，中西激荡，众声喧哗，特别是"在现代中国这场'学术是手段还是目的'的讨论中，由于它特别强调了'学术与政治的脱钩'和'知识问题与价值问题的两分'，从而在中国历史上不仅第一次给予了纯粹理性以本体论地位，而且它还曲折地将学术主体的位置从'为帝王师'或'匹夫而为

百世师'的历史异化中解放出来"（刘士林《20世纪中国学人之诗研究》）。在"救亡图存"的时代背景下，在社会转型的关键时期，"人的文学"这一主题的逐渐凸显，决定了这一时期的文学家的写作不仅仅是审美想象的结果，更是发表自己现实主张的需要，诚如美国著名的中国学学者史华慈所认为的那样："我爱文学当然也因为文学很美，但我感到文学也像某种思想观念的历史。"（刘梦溪《学术思想与人物》）因此无论是创作还是学术，都充满着"立言"的色彩。

史华慈认为"文学也像某种思想观念的历史"

在社会急剧变迁的"现代中国",如果不把作家作品放在时代大背景下进行诠释,很难获得一个客观的认知和评论。《现代中国文学史》就给予了现代文学家们更多直接发表言论的空间,札录了他们许多学术思想和论文主张,如在《章太炎篇》就札录了章太炎许多"放言高论,而不喜与人为同"的观点:"人主独贵者,其政平";"党人之死权而忘国事";"见利思义,见危授命,久要不忘平生之言";"人人皆不道德,则惟有道德者可以获胜";"代议政体者,封建之变相";"学者以奸政"等学术思想,以及"魏晋之文……要其守己有度,伐人有序,和理在中,孚尹旁达,可以为百世师";"为文要豫之以学";"文学以文字为主";"文生于名"等论文主张。由于他们的"立言"来自自己的研究与思考,"要皆有以自成其学而独立",且事关国政、国学,因此他们中的许多人,如《现代中国文学史》中论及的王闿运、廖平、康有为等,都极为自负,"高自标置","喜为异学而不让",表现出传统的学者文人难得一见的"气矜之隆"。这种气象和格局,在一般的文学史中是很难看到的。

(二)钱基博先生从文学流变的角度,发现了一些因复杂的原因而被忽视或埋没的文体,在《现代中国文学史》中给予了客观的评价。八股文作为一种文体,"昉于宋元之经义,盛于明清之科举,朝廷以之取士者逾六百年",包含着丰富的创作经验,取得了很大的成绩,以至周作人认为"八股是中国文学史上承先启后的一个大关键,假如想要研究或了解本国文学而不先明白八股文这东西,结果将一无所得,既不能通旧传统之极致,亦遂不能知新的反动的起源。……八股不但是集合古今骈散的菁华,凡是从汉字的特别性质演出的一切微妙的游艺也都包括在内,所以我们说它是中国文学的结晶,实在是没有一丝一毫的虚价。"(《中国新文学的源流》)但是迄于清末,八股文随科举制俱废,成为被时代彻底否定的东西,也被当时的许多文论家所忽略。

钱基博先生在写作《现代中国文学史》时,洞源悉流,观其会通,发现了八股文的内在特征及其在新时代的传承、流变,从而予以客观评价:"康有为、梁启超之视严复、章士钊,其文章有不同而同者,籀其体气,要皆出于八股。八股之文……其为之工者,无不严于立界(犯上连下,例所不许),巧于比类(截搭、钓渡),化散为整,即同见异,通其层累曲折之致,其心境之显呈、心力之所待,与其间不可乱、不可缺之秩序,常于吾人不识不知之际,策德术心知以入慎思明辨之境涯而不堕于卤莽灭裂。每见近人于语言精当，部分辨析，与凡物之秩然有序者，皆曰合于逻辑矣，盖假欧学以为论衡之绳墨也。然就耳目所睹记，语言文章之工，合于逻辑者，无有逾于八股文者也。此论思之所以有裨，而数百年来，吾祖若宗德术心智之所资以砥砺而不终萎枯也欤？……八股之文……流风余韵，犹时时不绝流露于作者字里行间。有袭八股排比之调，而肆之为纵横轶宕者，康有为、梁启超之新民文学也。有用八股偶比之格，而出之以文理密察者，严复、章士钊之逻辑文学也。"试想严复是倡扬西方逻辑先进的第一人，认为逻辑为"致思穷理之术"，"观物察变之方"，"一切法之法，一切学之学"，而一再斥责传统的学问与方法"锢禁智慧，蠹害心术"，不知他看了钱基博先生"洞源悉流"后的新见，认为其逻辑有出于八股之处，有何感想？

（三）钱基博先生从文学家的具体经历出发，发现了一些有价值的线索，对作家作品的评论剖析源流，高把群言，自有见地。刘师培作为论文大家，深受同乡前辈阮元的影响。钱基博先生指出其"论小学为文章之始基，以骈文实文体之正宗，本于阮元也。论文章流别同于诸子，推诗赋根源本于纵横，出之章学诚也。阮氏之学本

衍《文选》，章氏蕲向乃在《史通》，而师培融裁萧、刘，出入章、阮，旁推交勘以观会通，此其柢也。"在对其学说进行剖源析流的基础上，给予了积极的评价，认为其"文章尔雅，泽古者深"，在学术上能够"自成一家言"，同时还独具慧眼地指出其"生平文章之誉，掩于问学"。

此外，钱基博先生结合苏曼殊或中或西、或古或今、或僧或俗、或著或译的"漂泊流徙"的生活、问学经历，评价其"散文萧闲有致，小品弥佳，而长篇皆冗弱，无结构，无意境，无情趣，笔舌散漫，所谓隽人而非大才也"，认为当时"推崇过当"。《现代中国文学史》中钱基博先生这样"自有见地"的评论很多，可见"裁篇同传，知人论世"这种整体书写方式的优长所在。

（四）在钱基博先生本着"知人论世"的精神，对现代文学家生活的时代环境及个人经历进行记录和考证的时候，还可以从他的历史叙事中发现其强烈的忧患意识和家国情怀。《现代中国文学史》在集录布政史樊增祥的艳体诗《彩云曲》时，随后交代了八国联军在北京的暴力行为，但在行文之中钱基博先生突然脱离了原先的叙事，抒发了一句感慨："于是朝局之斡旋，民生之利赖，不在诸公之衮衮，而系彩云之纤纤，此可谓中国奇耻极辱

也",可谓如木铎一声,振聋发聩。其后,叙述了由傅彩云提议、德军统帅瓦德西为评议人的金台书院仿八股试贴一事:"试之日,人数溢额,瓦为评定甲乙,考得奖金者,咸欣然有喜色。"从"人数溢额"、"欣然有喜色"中,我们看到的是中国传统史家的春秋笔法,微言大义。

更让人惊讶的是,本着"客观之学"书写的《现代中国文学史》,在进行四版增订的时候,在所加入的正文中竟然三处出现第一人称。这三处均在正文最后一节,分别是"吾读之而有感"、"吾又不禁忆章士钊《说铎》之作"、"予故著其异议,穷其流变,而以俟五百年后之论定焉"。为什么有这个意外现象的发生?从钱基博先生的感叹中就可以明了:"呜呼,斯文一脉,本无二致;无端妄谈,误尽苍生!十数年来,始之非圣反古以为新,继之欧化国语以为新,今则又学古以为新矣。人情喜新,亦复好古,十年非久,如是循环;知与不知,俱为此'时代洪流'疾卷以去,空余戏狎忏悔之词也。报载美国孟禄博士论:'中国在政治、文化上,尚未寻着自己。'惟不知有己,故至今无以自立。"从钱基博先生写作《现代中国文学史》的历程来说,当他动手写作时,文学界激烈地"非圣反古"、"欧化国语",他的主要动机

就是批评这股激进主义思潮;可当该书出版数年后进行四版增订时,文学界已经开始"学古以为新",与过去唱起了反调。对钱基博先生来说,可谓"不幸而言中";对现代文学家来说,可谓"无端妄谈"、"空余戏狎忏悔之词";对国家、人民来说,可谓"误尽苍生"、"尚未寻着自己",而这,怎不让先生百端交集,感慨忘言!《现代中国文学史》的写作是对现代中国文学的历史叙事,从他这难得一见的"忘言"中,我们可以强烈地感受到他的忧患意识和家国情怀。

从1904年林传甲写作《中国文学史》起,截止到目前,我国文学史书写方式经历了一个"迷古"、"骛外"(钱基博先生语)的过程。虽然文学史著作汗牛充栋,但"根于民性"、有中国特色的实在不多。钱基博先生的《现代中国文学史》,"裁篇同传,知人论世",体现了对传统的继承和学术新风的接受,因而别具一格。可能是因为思想(有人认为保守)、体例("以文体为纲,以作家为目")的原因,抑或断代(认为现代起于清末而非五四)、语言(用文言文书写)的缘故,该书一直未能得到文学史界充分的重视。实际上,这种文学史书写方式对书写者的要求很高,不仅要在体例上做到刘勰所言的"囿别区分,原始以表末,

释名以章义，选文以定篇，敷理以举统"（《文心雕龙》），还要求"不唯品诗论艺，而尤重网罗一代文人的遗闻轶事，从琐屑生活处推见其精神，体现了'知人论世'的文学史观"（刘梦溪主编《中国现代学术经典（钱基博卷）》）。这种具有整体批评、生态批评特点的书写方式，在当下已经西化了的文学批评和中国文学史写作领域已难得一见了，非常值得重新加以审视。

钱基博先生的现代
文学史观

外来思想在中国大规模传播主要有两个时期：一是佛教乘虚而入的魏晋南北朝，二是西洋思想澎湃涌入的清末民初。在社会秩序发生剧烈变化时期，在外来的、新的学术思想资源诱惑面前，最先遭到怀疑和否定的就是维系人心的传统思想观念。"文变染乎世情，兴废系乎时序"（刘勰《文心雕龙》），文学思想和创作也不例外。

第一节 执古与骛外

从总体上来看，佛教传入的过程，也就是本土化的过程，因为它主要来源于社会整体的主动接受；而且由于它和本土的玄学思想有着天然的紧密

韩愈先是反对佞佛，后是信了佛

关系，为此并没有产生太大的排异反应。也许直到中唐的韩愈，出于政治统治上的考虑，才有那么激烈的反对意见，并将之提升到传统思想和外来思想势不两立的高度：

孔子曰："敬鬼神而远之。"古之诸侯，行吊于其国，尚令巫祝先以桃茹，祓除不祥，然后进吊。今无故取朽秽之物，亲临观之，巫祝不先，桃茹不用，群臣不言其非，御史不举其失，臣实耻之。乞以此骨付之有司，投诸水火，永绝根本，断天下之疑，绝后代之惑。（《论佛骨表》）

虽然他坚决反对皇帝佞佛，可他"贬潮洲以后，意气颓唐，不得已而习

佛法"（章太炎《国学概论》），最终自己信了佛。季羡林先生认为："一种陌生文化进入本土时，往往要经过四个阶段：进入，碰撞，适应，融合。证之以佛教传入中国之情况，这种看法是正确的。佛教无父无君，又不能传宗接代，这大大有悖于中国的伦理道德，大碰撞是必然的。佛教方面先做了自我调整或者伪装。儒家讲'不孝有三，无后为大'。佛经的翻译者在最初译经时改篡原文，突出强调一个'孝'字。中国方面一些虔诚的佛教徒，也想方设法为之涂饰。这种适应终于得到了报偿，佛教于是逐渐在中国立定了脚跟。"

与佛教的"和平演变"相比，由于西学是伴随着铁舰枪炮而来的，此时的中国，需要思考的不仅仅是文化思想问题，更重要的是民族的生死存亡；但是思考的结果，最终集中到一点，那就是传统思想，需不需要用西洋思想来替代的问题。这体现出截然相反的两种观念："吾人倘以新输入之欧化为是，则不得不以旧有之孔教为非；倘以旧有之孔教为非，则不得不以新输入之欧化为是，新旧之间绝无调和两存之余地。"（陈独秀《答佩剑青年》）钱基博先生将这两种观念的弊端归结为"执古"与"骛外"：

民国肇造，国体更新，而文学亦言革命，与之俱新。尚有老成人，湛深古学，亦既如荼如火，尽罗吾国三四千年变动不居之文学，以缩演诸民国之二十年间，而欧洲思潮又适以时澎湃东渐，入主出奴，聚讼盈庭，一哄之市，莫衷其是。榷而为论，其弊有二：一曰执古，一曰骛外。（《〈现代中国文学史〉绪论》）

"骛外"者主张"全盘西化"，其代表是胡适："新文化运动的根本意义是承认中国旧文化不适宜于现代的环境，而提倡充分接受世界的新文明"（胡适《新文化运动与国民党》）。这种"骛外"主张反映在文学上，就是拿"必准诸欧"的标准，衡量中国文学：

胡适是"骛外"派的代表

欧化之东，浅识或自菲薄，衡政论学，必准诸欧，文学有作，势亦从同，以为"欧美文学，不异话言，家喻户晓，故平民化。太炎、畏庐，今之作者，然文必典则，出于《尔雅》，若衡诸欧，嫌非平民。"又谓："西洋文学，诗歌、小说、戏剧而已。唐宋八家，自古称文宗焉，傥准则于欧美，当摈不与斯文。"如斯之类，今之所谓美谈，它无谬巧，不过轻其家丘，震惊欧化，服降焉耳。不知川谷异制，民生异俗，文学之作，根于民性，欧亚别俗，宁可强同？李戴张冠，世俗知笑，国文准欧，视此何异？必以欧衡，比诸削足，履则适矣，足削为病。(《〈现代中国文学史〉绪论》)

以胡适为代表，"排摈一切，旁援欧儒，益为曼衍；谓贤圣为刍狗之已陈，无当于世教；谓经子悉后出所托伪，奚神于征文；喜为异说而不让，敢为高论而不顾"(钱基博《〈茹经堂外集〉叙》)。这种忽视"民性"，"削足适履"式地衡量的结果，表现在两个方面：一是认为"文言是已死的文字"，"白话乃是创造中国文学的唯一工具"，从根本上否定了中国传统的语言形式："古文死了二千年了，他的不孝子孙瞒住大家，不肯替他发丧举哀；现在我们来替他正式发讣文，报告

天下"(胡适《五十年来中国文学》)；二是用西方的文体衡量中国传统的文体，比如用中国的"诗"去对译西洋的"Poetry"，一方面扩大了传统的诗的内涵(中国传统诗皆有韵，西洋有无韵诗)，另一方面忽略了中国传统的词、赋、曲等文体特别是应用文体的存在(因西洋无对应文体)。

与这股西化思潮针锋相对的，就是"迷古"思潮：

然而茹古深者又乖今宜，崇归、方以不祧，鄙剧曲为下里，徒视不广，无当大雅。兹之为弊，谥曰执古。知能藏往，神未知来，终于食古不化，博学无成而已。或难之曰："子之言自论文耳。傥文学言史，舍古何述？宁不稽古，即可成史。"请晓之曰："史不稽古，岂曰我思？然史体藏往，其用知来，执古御今，柱下史称，生今反古，谥曰愚贱。"(钱基博《〈现代中国文学史〉绪论》)

这些"生今反古"者只知坚守，不知变化；只知因袭，不知应用；只知有因，不知有果；只知有古人，不知有自我，无怪乎钱基博先生用"愚贱"来概括之。

对于上述代表新、旧传统的两派批评家，钱基博先生的长子钱钟书有

过这样的总结、比较：

　　一个传统破坏了，新风气成为新传统。新传统里的批评家对于旧传统里的作品能有比较全面的认识，作比较客观的估计；因为他具有局外人的冷静和超脱，所谓"当局称迷，傍观见审"（元行冲《释疑》），而旧传统里的批评家就像"不识庐山真面目，只缘身在此山中"（苏东坡《题西林壁》）。除旧布新也促进了人类的集体健忘，一种健康的健忘，千头万绪简化为二三大事，留存在记忆里，节省了不少心力。旧传统里若干复杂问题，新的批评家也许并非不屑注意，而是根本没想到它们一度存在过。他的眼界空旷，没有枝节零乱的障碍物来扰乱视线；比起他这样高瞻远瞩，旧的批评家未免见树不见林了。不过，无独必有偶，另一个偏差是见林而不见树。局外人也就是门外汉，他的意见，仿佛"清官判断家务事"，有条有理，而对于委曲私情，终不能体贴入微。（《中国诗与中国画》）

　　从上面引用可以看出，无论是代表新传统的批评家，还是代表旧传统的批评家，由于客观或主观的原因，都有自己的优势所在，而且自己的优势也往往是自己的劣势。为此，这两派批评家如果固守偏见，都容易局限在自己的小圈子里无法自拔。

第二节　现代文学史观的确立

　　与上述两派观点不同，钱基博先生坚持"知"、"用"结合，在文学史观上主张"观其会通"：

　　吾人何以而治文学耶？曰智莫大于知来。来何以能知？据往事以为推之而已矣。故治史之大用，在博古通今，藏往知来。盖运会所届，人事将变，目前所食之果，非一一于古人证其因，即无以知前途之险夷，此史之所以为贵。而文学史者，所以见历代文学之动而通其变，观其会通者也。（《〈现代中国文学史〉绪论》）

　　文学为史，义亦无殊，信而好古，只以明因，阐变方今，厥用乃神，顺应为用，史道光焉。（同上）

　　《易》有圣人之道……以动者尚其变……通其变，遂成天下之文。（同上）

　　在现代中西文化大规模交汇过程中，钱基博先生提出的这种文学史观，主张民族文化的"根性"，注意民族文学发展的连续性，对外来思想也表现出一种兼收并蓄的客观态度，可以说是古今、中西文化思想的结晶：

　　第一，这种文学史观的提出，体现

司马迁"观其会通"的史观影响巨大

出对中国古典文论的传承和发扬，特别是对传统文学史观的传承和发扬。

文学史作为一门学科，起源于西方，经过日本传入中国。"自从接受了'文学史'概念，人们便开始尝试改变自己对于过去文学的认识，转换观察的角度、思考的方法，也开始尝试接触并使用一套新的语言，叙述中国文学的过往历史。"（戴燕《文学史的权力》）然而让我们深感惊异的是，钱基博先生在论述这一新名词的时候，并没有"使用一套新的语言"，而是使用其深厚的文史知识，把"中国文学史"这一新名词分析得条理分明，系统客观。他在谈"文之含义"时，考证的材料来自《易·系辞传》、《说文·文部》、《周礼·天官》、《礼·乐记》、《释名·释言语》以及《论语》等中国古籍；在谈"文学之定义"时，考证的材料来自梁昭明太子《〈文选〉序》、梁元帝《金楼子·立言》、刘勰《文心雕龙·总术》、《论语》、《韩非子》、司马迁《史记自序》、班固《汉书·艺文志》等中国古籍；在谈"史之为物"时，考证的材料来自《说文》、章炳麟、司马迁《史记》、胡适《五十年来之中国文学》、《周书·周祝解》、《荀子·性恶》等中国古籍。在阐述中国文学史性质的时候，也是拿中国传统的"文史"、史书《文苑传》、文学作品之集相比较，认为它们只是"文学史编纂之材料焉尔"。可以说以旧论新，新中有旧，旧中有新，既有传承，又有发展。

尤其引人注意的是，钱基博先生认为"文学史者，则所以见历代文学之动，而通其变，观其会通也"（《〈现代中国文学史〉绪论》），从而把《周易》作为文学史写作指导用书，与刘勰的主张一脉相承（"名理有常，体必资于故实；通变无方，数必酌于新声：故能骋无穷之路，饮不竭之源"）。据此，钱基博先生还评价"太史公上稽仲尼之意，会《诗》《书》《左传》《国语》《世本》《战国策》《楚汉春秋》之言，通黄帝、尧、舜至于秦汉之世，可谓观其会通者矣。所惜者，观会通于帝王卿相之事者为多,观会通于天下之动者少,不知以动者尚其变耳"(《〈现代中国文学史〉绪论》)。

第二,这种文学史观的提出,深受时代新学的影响。

钱基博先生在晚年曾经指出:"我的思想,和胡适思想不相容……胡适主张全盘接受欧化;他的考古学,也是自己打自己嘴巴,一味替西洋人吹;西洋人的文化侵略,只有降伏之一途;绝不承认民族文化。"(《自我检讨书》)但是胡适对他的影响,却是广泛而深入的。首先是《现代中国文学史》的写作动机起自胡适。先生写作此书时,在上海圣约翰大学任教,胡适是其同事,为了改变教会大学普遍重英文教学而轻国文教学的现状,先生向其学生提出"讲近三十年文学演变以到胡适……中国四千年文学之演变,亦可缩影到此二三十人身上,作一反映"(刘桂秋《无锡时期的钱基博与钱钟书》),唯一提到的书中人物就是胡适。

其次是《现代中国文学史》所具有的问题意识和实用精神与胡适紧密相连。胡适创白话文,主张平民文学,钱基博先生是不反对的,只是对白话文取代文言文采取了一种"研究"的态度,认为"语体文也是文章的一种"。1920年白话文取代文言文成为"国语"时,先生还编写了一本白话文读本《语体

文范》。此外,先生在阐述"文学之定义"的时候,也曾明确表态:"傥求文学之平民化,则不得不舍狭义而取广义";在谈孔子作文言时,也主张"统一"、"易晓"、"通用","时不限古今,地不限南北"。先生还深受胡适主张的"多研究些问题"的思想影响,问题意识很强,如谈文学起源时"文章之作,其于韵文乎? 韵文之作,其于声诗乎? 声诗之作,其于歌谣乎?"谈文学史作用时"吾人何以而治文学耶? 曰智莫大于知来。来何以能知? 据往事以为推之而已矣。"谈文学性质时"治文学史,不可不知何谓文学,而欲知何谓文学,不可不先知何谓文。"

与此同时,五四时期的"赛先生"对先生文学史观的形成也起到了重要作用。先生秉承时代精神,将文学史定为"科学也。……以文学记载为对象,如动物学家之记载动物,植物学家之记载植物,理化学家之记载理化自然现象,诉诸智力而为客观之学,科学之范畴也。"在此基础上,先生还运用演绎法,进一步指出"太史公《史记》不为史。何也? 盖发愤之所作,工于抒慨而疏于记事,其文则史,其情则骚也。胡适《五十年来之中国文学》不为文学史。何也? 盖褒弹古今,好为议论,大致主白话而贬文言,成见太深而记载欠翔实也。夫纪实者史之所

为贵,而成见者史之所大忌也。"这种学术勇气如果没有时代科学精神的感召,是很难表达得如此明了透彻的。

第三,这种文学史观的提出,也是西方文化影响的结果。

"在中国自严复翻译了赫胥黎的《天演论》之后,进化论观念就成了社会科学领域的主导思想,五四时期中国知识分子的'亡国灭种'的忧虑中有着一个进化论的'物竞天择'、'优胜劣汰'的思想基石。"(葛红兵、潘温亚《文学史形态学》)钱基博先生在青少年时期,偶尔看到"《格致新报》,乃上海徐家汇天主教堂发行,月出一期,中间登着严复译的赫胥黎《天演论》;我读了,觉得耳目一新"(《自我检讨书》)。进化论的内在逻辑实际上是一种简单化的线性逻辑,根据这种逻辑,很容易得出新的绝对胜旧的,新旧不能共存,立新就要破旧,这是一种普遍的规律。中国早期的许多文学史著作都是在进化论思想指导下完成的,如胡适在《五十年来中国之文学》中指出自己"对于文学的态度,始终只是一个历史进化的态度";谭正璧更是出版了一部《中国文学进化史》,将"进化"二字直接写进书名。在《现代中国文学史》中,也很容易找到进化论思想影响的痕迹,如在论骈、散之间关系时,认为"骈、散古合今分者,亦文字进化之一端欤。"在论明朝王、李复古时,认为"秦汉之文,玉璞金浑,风气未开,后世文明日进,理欲日显,故格变而平,事繁于昔,故语演而长,此亦天演自然之理。"在论中外文体发展时,认为"昔罗马文学之兴也,韵文完备,乃有散文;史诗既工,乃生戏曲;而中土文学之秩序,适与相符;乃事物进化之公例,亦文体必经之阶段也。"

直接影响《现代中国文学史》写作的西方文学思想来自英国的丹纳。丹纳作为古典的文学史社会批评方法的集大成者,在哲学和美学思想上接受了黑格尔理性主义历史哲学、达尔文进化论以及孟德斯鸠社会学的地理学派的影响,形成了独特的"种族、环境、时代"文学史三动因说,在20世纪

严复翻译《天演论》后,进化论思想深刻地影响了中国

产生了深远的影响。丹纳认为:"要了解一种艺术品,一个艺术家,一群艺术家,必须正确地设想他们所属时代的精神和风俗概况。"与陈寅恪提出的"凡著中国古代哲学史者,其对于古人之学说,应具了解之同情,方可下笔"(《冯友兰中国哲学史下册审查报告》)、宗白华提出的"我们对旧文化的检讨,以同情的了解给予新的评价,也更形重要"(《美学散步》)等观点,有着较为相同的内涵。钱基博先生在《现代中国文学史》中直接引用了丹纳的上述观点,认为在说明文学著作时,"不可不考证文学家之履历。"

"现代文学者,近代文学之所酝酿也;近代文学者,又历古文学之所积渐也。明历古文学,始可与语近代;知近代文学,乃可与语现代。"(钱基博《〈现代中国文学史〉编首》)从上可以看出,钱基博先生的"观其会通"的文学史观,新中有旧,旧中有新,在兼收并蓄中体现着一种以我为主的主体精神,非常具有现代色彩。可以这样说,这种文学史观的提出,标志着我国现代文学史观的确立。

第三节 《现代中国文学史》体例

"凡学问必有客观、主观二界。客观者,谓所研究之事物也;主观者,谓能研究此事物之心灵也。和合二观,然后学问出焉。史学之客体,则过去现在之事实是也;其主体,则作史读史者心识中所怀之哲理是也。"(梁启超《新史学》)如果说文学史观集中体现着写作者"所怀之哲理",那么体例就集中体现着写作者的方法。《现代中国文学史》的写作体例和指导思想一样,有历史的传承和书写者的创造:

余读班、范两《汉书》,《儒林传》分经叙次,一经之中,又叙其流别,如《易》之分施、孟、梁、丘,《书》之分欧阳、大小夏侯,其徒从各以类此,昭明师法,穷原竟委,足称良史。是编以网罗现代文学家,尝显闻民国纪元以后者,略仿《儒林》分经叙次之意,分为二派:曰古文学,曰新文学。每派之中,又昭其流别,如古文学之分文、诗、词、曲,新文学之分新民体、逻辑文、白话文。而古文学之中,文有魏晋文与骈文、散文之别,诗有魏晋、中晚唐与宋诗之别,各著一大师以明显学,而其弟子朋从之有闻者,附著于篇。至诗之魏晋,其渊源实出王闿运、章炳麟,而闿运、炳麟已前见文篇,则详次其论诗于文篇,以明宗旨,而互著其姓名于诗篇,以昭流别,亦史家详略互见之法应尔也。(《〈现代中国文学史〉序》)

《汉书·儒林》每叙一经,必著前闻以明原委,如班书叙《易》之追溯鲁商瞿子木受《易》孔子，范书之必称前书是也。是编亦仿其意，先叙历代文学以冠编首，而一派之中必叙来历，庶几展卷了如，要之以汉为法。（同上）

从上可以看出，《现代中国文学史》的写作体例深受两《汉书·儒林传》的影响，甚至到了"以汉为法"的程度。具体有四：一是三书都是断代史；二是整体上采用了"分经叙次"、"叙其流别"的方法；三是对作家个人采用了纪传体的记叙方式；四是设有"编首"，"以明原委"。但在新的时代环境下，"旧瓶子"却被装进了"新酒"。记得本人在北京访学时，陈平原先生认为钱基博先生《现代中国文学史》的著作体例（以文体为纲，注重文章源流）深受无锡国专授课方式和桐城派经典《古文辞类纂》的影响，不讲通论，以品味见长，与西方的文学史著作体例（以时代为中心）显著不同。钱基博先生在《现代中国文学史》中，既有传承又有许多开创性的贡献：

第一，确立了文学史上的现代理念。《现代中国文学史》虽然也是断代史，实际上钱基博先生却是在以断代史的名义，写作一部中国现代文学史，目的在"观其会通"，"顺应为用"，更好地为中国文学的发展服务；而且其书

名直接使用了"现代"这个具有现代意义的词语，在中国文学史的写作上无疑具有特殊的价值：

吾书之所为题"现代"，详于民国以来而略推迹往古者，此物此志也。然不题"民国"而曰"现代"，何也？曰：维我民国，肇造日浅，而一时所推文学家者，皆早崭然露头角于让清之末年，甚者遗老自居，不愿奉民国之正朔，宁可以民国概之。而别张一军，翘然特起于民国纪元之后，独章士钊之逻辑文学，胡适之白话文学耳。然则生今之世，言文学而必限于民国，斯亦廑矣。（《〈现代中国文学史〉绪论》）

可以说，"现代中国文学史"概念的提出，不仅直接打破了传统的以朝代为主体的史书写作体例，实现了清末民初两个历史时期的有机连接，而且对"不愿奉民国之正朔"的文学家的主体精神也极为眷顾，体现着强烈的现代人文关怀精神。在此之前，胡适于1922年应《申报》之约写作的《五十年来中国之文学》，虽然打破了传统的以朝代为主体的史书写作体例，在写作途径上表现出一定的创新性（实际上，"五十年"仅仅是申报馆限定的时间段，即为纪念《申报》创刊五十周年，并非胡适认定的国家文

学发展的某一特殊阶段;《五十年来中国之文学》也不是纯粹意义上的文学史书,更像是一篇关于文学的史论),但是对晚清和民初两个紧紧相连的历史阶段的文学发展,却表现出截然相反的态度(杨联芬在《晚清至五四:中国文学现代性的发生》一书中认为胡适"并没有将此前五十年作为中国文学现代化转变的一个逻辑时间,也无意将晚清与五四连为整体进行论证,潜意识中是不愿将'新'的'革命'的五四与属于'改良'的晚清放在一起")。陈子展于1930年写作的《最近三十年中国文学史》,将晚清文学作为中国现代文学的开端,并系统地将晚清和五四作为一段历史进行梳理,却没有提出"现代"这一概念。钱基博先生写作的《现代中国文学史》,不仅在著作题名中提出了"现代"这一概念,而且在写作过程中坚守"叙事贵可考信,立言蕲于有本"这一写作原则,融汇着"秉笔直书"的古典精神和科学实证的现代光辉(杨联芬在论述中国文学现代性发生的时候,虽然注意到钱基博先生的《现代中国文学史》,却没有意识到钱先生提出的"现代"这个概念的价值,以及与她所论述的"现代性"之间的关联,可以说是一个很大的疏忽。她在论著中还认为"钱氏的文学史关于'新文学'的历史演变的过程缺乏梳理,且他在晚清阶段注重的常常是非文学的'文章'即正统中国文学史中的'文学'",对钱先生的文学史写作途径存在误读)。

在其后相当长的一段历史时期,"现代中国文学史"这一提法在学术界都缺乏积极的响应,文学史写作者从线性发展的进化论思想出发,一般用"新文学"来概括现代以来中国文学的发展。比如王瑶认为:"由'五四'开始的中国现代文学,人们一向称为'新文学'。这个'新'字的意义是与主要产生于封建社会的'旧文学'相对而言的,说明它'从思想到形式'都与过去的文学有了不同的风貌。"(《中国新文学史稿》)司马长风也有同样的观点,只不过他将新文学的源头,由王瑶所主张的由陈独秀发起的新文化运动,改为由胡适发起的"为大中华造新文学"的文学革命(《中国新文学史》)。近年来随着现代性研究成为热潮,现代中国文学史研究中出现了"没有晚清,何来五四"的呼声。从中,我们更可以看出钱基博先生的首创之功,以及这一概念在文学史写作理论上的重大价值。

第二,按文体分类论述,以文体为纲,以作家为目,突破了传统的史书写作方式。

传统的中国历史写作,或者采用

编年体的方式，或者采用国别体的方式，或者采用纪传体的方式。而钱基博先生大胆突破了传统模式，以文体为纲，以作家为目，按文体分类论述。他分现代文学的文体为古文学和新文学两大类，其中古文学包括文（魏晋文、骈文、散文）、诗（中晚唐诗、宋诗）、词、曲，新文学包括新民体、逻辑文和白话文。在他所列举的文体中，有古有新，以古为主，注意了对古典文学的传承；先古后新，新旧有序，不仅可以最大程度地容纳了古典文学，也体现了对新文学的眷顾，有着深远的发展的眼光。唯一遗憾的是，小说这一时代文体被纳入散文（如林纾）和白话文（如周树人）之中，没有获得单列的机会（这与钱基博先生对小说地位的看法有关，也与古文传统有关。钱钟书在《林纾的翻译》一文中指出"方苞早批评明末遗老的'古文'有'杂小说'的毛病，其他古文家也都提出'忌小说'的毛病"）。

在各文体下面，分论作家，做到以文体为纲，以作家为目；在作家之中，以大师为主，"弟子朋从"为附。这些作家共有82人，包括王闿运（附：廖平、吴虞）、章炳麟（附：黄侃）、苏玄瑛、刘师培、李详（附：王式通）、孙德谦（附：孙雄）、黄孝纾、王树枏、贺涛（附：张宗瑛、李刚己、赵衡、吴闿生）、马其昶（附：叶玉麟）、姚永概、姚永朴、林纾、樊增祥、易顺鼎（附：僧寄禅、三多、李希圣、曹元忠）、杨圻（附：汪荣宝、杨无恙）、陈三立（附：张之洞、范当世及子衡恪、方恪）、陈衍（附：沈曾植）、郑孝胥（附：陈宝琛及弟孝柽）、胡朝梁、李宣龚（附：夏敬观、诸宗元、奚侗、罗惇曧、罗惇曼、何振岱、龚乾义、曾克耑、金天羽）、朱祖谋（附：王鹏运、冯煦）、况周颐（附：徐珂、邵瑞彭、王蕴章、龙沐勋）、王国维、吴梅（附：童斐、王季烈、刘富梁、魏绒、姚华、任讷、卢前）、康有为（附：简朝亮、徐勤）、梁启超（附：陈千秋、谭嗣同）、严复、章士钊、胡适（附：黄远庸、周树人、徐志摩等）。这些作家中，绝大多数为古文学作家，这一方面反映了当时的现实，另一方面也在凸显文言文的写作地位，反映出钱基博先生在五四以来的文化激进主义潮流中，不肯随波逐流的学术勇气。

钱基博先生写作《现代中国文学史》，所创设的"以文体为纲，以作家为目"的写作模式，从形式对内容的能动作用方面来看，是一种"有意味"的形式，因为它比当时新兴的以线性进化观为核心的写作模式有着更大的包容性，更能客观反映出当代文学的整体面貌。从下列图表中我们可以清晰地看出：

文体＼文学家			代表人物	弟 子 朋 从
古文学	文	魏晋文	王闿运	廖平、吴虞
			章炳麟	黄侃
			苏玄瑛	
		骈文	刘师培	
			李　详	王式通
			孙德谦	孙雄
			黄孝纾	
		散文	王树枏	
			贺　涛	张宗瑛、李刚己、赵衡、吴闿生
			马其昶	叶玉麟
			姚永概	
			姚永朴	
			林　纾	
	诗	中晚唐诗	樊增祥	
			易顺鼎	僧寄禅、三多、李希圣、曹元忠
			杨　圻	汪荣宝、杨无恙
		宋诗	陈三立	张之洞、范当世及子衡恪、方恪
			陈　衍	沈曾植
			郑孝胥	陈宝琛及弟孝柽
			胡朝梁	
			李宣龚	夏敬观、诸宗元、奚侗、罗惇曧、罗惇曧、何振岱、龚乾义、曾克耑、金天羽
	词		朱祖谋	王鹏运、冯煦
			况周颐	徐珂、邵瑞彭、王蕴章、龙沐勋
	曲		王国维	
			吴　梅	童斐、王季烈、刘富梁、魏絾、姚华、任讷、卢前
新文学	新民体		康有为	简朝亮、徐勤
			梁启超	陈千秋、谭嗣同
	逻辑文		严　复	
			章士钊	
	白话文		胡　适	黄远庸、周树人、徐志摩等

第三，纪传人物成了研究的对象。

《现代中国文学史》虽然也采取了纪传体的叙述方式，但是写作目的已经有了很大不同，简单地说，传统的史书主要目的是为某个朝代的儒林人士群体立传，为他们歌功颂德；而在《现代中国文学史》中，作家成了评述对象，他们的履历介绍，只是成为"知人论世"的考证之资："所以考证文学家之履历者，其主旨在说明文学著作。"（《〈现代中国文学史〉绪论》）为了确保考证之实，甚至不惜化简为繁：

> 汉传经师，人系短篇，简而得要。仆纂文士，传累十纸，详而薪尽。（《〈现代中国文学史〉序》）

非不知简之为贵也，史之难言久矣，非事信而言文，其传不显。李翱、曾巩所讥魏晋以后贤奸事迹暗昧而不明，由无迁、固之文是也。而在今则事之信为尤难。盖俗之偷久矣，好恶因心而毁誉随之，一家之事，言者三人，而其传各异矣。言语可曲附而成，事迹可凿空而构。其传而播之者，未必皆直道之行也；其闻而书之者，未必有裁别之识也。吾恐后之人务博而不知所裁，故先为之极，使知吾所取者有可损，而所不取者，必非其事与言之真而不可益也。（万斯同语，见《〈现代中国文学史〉序》）

> 征文则扬、马侈陈词赋，《汉书》之成规也；叙事则王、谢详征轶闻，《晋书》之前例也。知人论世，详次著述，约其归趣，迹取生平，抑扬咏叹，义不拘虚，在人即为传记，在书即为叙录，吾极其详，而以俟后来者之要删焉。署曰长编，非好为多多益善也。（《〈现代中国文学史〉序》）

所以说在《现代中国文学史》中，"尝显闻民国纪元以后"的"现代文学家"只是他研究、批评的对象，他的研究旨趣还是在于"观其会通"。为了使作家评述更有见地，达到"观文章升降得失之故"的目标，钱基博先生在对作家个人进行纪传批评的同时，还采用了比较批评、研究商榷式批评等方式：

> 古人一事，必具数家之学，著述与比类两家，其大要也。班氏撰《汉书》为一家著述矣，刘歆、贾护之《汉记》，其比类也；司马光撰《通鉴》为一家著述矣，二刘、范氏之《长编》，其比类也。古人云："言之不文，行之不远。""文不雅驯，荐绅先生难言之。"为职官故事、案牍、图牒之难以革合而行远矣，于是有比次之法。（《〈现代中国文学史〉序》）

至若林纾之文谈，陈衍之诗话，况

周颐之词话，以及吴梅之曲话，其抉发文心，讨摘物情，足以观文章升降得失之故，并删其要，著于篇。（同上）

第四，善于抓住中心事件，体系有机统一。

《现代中国文学史》出版后，被潘式君誉为"部勒精整，叙次贯串，其宛委相通之法，良得史公之遗"（钱基博《〈现代中国文学史〉四版增订识语》）。体系的有机统一首先来自"编首"的设立。传统的史书"每叙一经，必著前闻以明原委"，这样文章条理流畅，便于阅读理解。钱基博先生在此基础上，提出了更高的目标："博古通今，藏往知来"。为了能够"展卷了如"，实现"观其会通"的目标，先生从广阔的视野，运用现代的历史分期办法，根据传统的文与质的关系，在《〈现代中国文学史〉编首》中，将中国文学史划分为四个时期：

第一期自唐虞以迄于战国，名曰上古，骈、散未分，而文章孕育以渐成长之时期也。

第二期自两京以迄于南北朝，名曰中古，衡较上古，文质殊尚。上古之文，理胜于词，中古之文，渐趋词胜而词赋昌，以次变排偶，驯至俪体独盛之一时期也。

第三期自唐以迄元，谓之近古。

中古之世，文伤于华，而近古矫枉则过其正，又失之野，律绝之盛而词曲兴，骈文之敝而古文兴，于是俪体衰而诗文日趋于疏纵之又一时期也。

第四期明清两朝以迄现代。唐之韩愈，文起八代之衰，宋之言文章者宗之，于是唐宋八大家之名以起。而始以唐宋为不足学者，则明之何景明、李梦阳也。尔后谭文章者，或宗秦汉，或持唐宋，门户各张。迄于清季，词融今古，理通欧亚，集旧文学之大成而要其归，蜕新文学之化机而开其先。

先生在编首中，每一派之中必叙来历，为现代文学的许多人物、许多派别的理论观点找到来源，立了根，使得传统与现代有机连接，整个文本前后一贯，浑然一体。钱基博先生的学生周振甫认为，此书《编首》叙述上古、中古、近古、近代，下接现代文学，正是为了通古今之变（《钱基博自成一家之言——〈现代中国文学史〉七十年后新版有感》）。

其次，体系的有机统一表现在抓住了中心事件。戊戌变法作为中国社会从传统社会向现代社会剧变的关折点，不仅是整个中国历史的一个中心事件，更是清末民初时期的一个中心事件，无论写政治史、文学史还是什么其他类型的历史书都绕不过去，必须要重点关注的。《现代中国文学史》就

戊戌变法是中国从传统社会向现代社
会剧变的关折点。图为变法中心人物
康有为像

抓住了这个中心事件进行写作，整体
的内在逻辑性很强。为了避免重复，
增加视角，加强连贯，细化结构，该书
还采用了史家常用的"激射隐显法"。
钱基博先生还在《序》中特别指出：

　　是编叙戊戌政变本末，详见康有
为、梁启超篇，而戊戌党人之不屡人
意，则见义于章炳麟篇，借章氏之论以
畅发之。如此之类，未可更仆数，庶几
史家激射隐显之义尔。

　　最后想解决的这个问题就与戊戌
变法这一历史中心事件密切相关，那
就是《现代中国文学史》为何"起王闿

运"？这个问题的重要性还在于它关
涉到历史的分期问题，即现代中国也
就是说中国的现代性起源于何时。常
规的看法认为是起源于"五四运动"，
但是目前学术界也出现了"没有晚清，
何来'五四'"的呼声（李杨在《没有
晚清，何来"五四"的两种读法》指出
王德威"没有晚清，何来'五四'"的
观点具有双重涵义。其一，可以将其
理解为一个"重写文学史"的命题，因
为他通过批判五四文学的霸权，确立
了"被压抑的现代性"——"晚清现
代性"的文学史价值，在启蒙文学史
和左翼文学史之外，为中国现代文学
史的写作，提供了另一种书写方式；其
二，将其理解为一个"知识考古学"意
义上的解构命题，该命题的意义不在
于挑战有关中国现代性的五四起源
论，而在于挑战"起源论"本身），与钱
基博先生的看法殊途同归。

　　我想理由之一很简单，诚如《现
代中国文学史》中所言："方民国之肇
造也，一时言文章老宿者，首推湘潭王
闿运云。"王闿运的古文水平很高，所
撰《湘军志》"文辞高健，为唐后良史
第一。""诗才尤牢笼一世，各体皆高
绝。……所作《圆明园词》一篇，韵律
调新，风情宛然。"为此他的入选可以
说是实至名归。

　　理由之二，王闿运"开风气之先，

绾新旧之枢"（《〈现代中国文学史〉四版增订识语》）："时则让清之季，学者承乾、嘉以来训诂章句之学，习注疏，为文章法郑玄、孔颖达，有解释，无记述，重考证，略论辨，掇拾丛残，而不知修辞为何事，读者竟十行，辄隐几卧。"王闿运深感痛心，想力挽颓风，"故其为文悉本《诗》《礼》《春秋》，而溷庄、列，探贾、董，旁涉释佛，发为文章，乃萧散似魏晋间人，大抵组比工夫，隐而不现，浮枝既削，古艳自生。"（《现代中国文学史》）与章炳麟一起被列为魏晋诗、魏晋文的开创性人物。

理由之三，王闿运是戊戌变法思想的最初启蒙者。王闿运尚今文家言，主治"其中多非常异义可怪之论"的《公羊》家言，善于把《公羊》学的学说理论"与当前的政治实际结合在一起"（萧艾《王湘绮评传》）；后被四川总督丁宝桢延为成都尊经书院院长，弟子廖平受其学，并开蜀学；康有为初从粤中大儒朱次琦学，后见廖平所著书，"乃尽弃其旧说"，廖平曾游南海广雅书院，为康有为通《公羊》，明改制，后来康有为托古改制，为戊戌变法开了风气。钱基博认为："疑古非圣，五十年来，学风之变，其机发自湘之王闿运。"虽然"闿运晚年惓惓逊朝，致讥民国，而不知其张《公羊》以言改制，为今文学者固其壁垒，即不啻

为革命家言导其前茅"（《现代中国文学史》）。

学问贵乎自得，际遇一任自然

钱基博，字子泉，又字哑泉，别号潜庐，晚号老泉，江苏无锡人。夏历丁亥（1887年）二月初二生于江苏无锡城内连元街吴氏住宅，与弟钱基厚孪生，自谓"与孟子同生日"。先生"自以始得姓于三皇，初盛于汉，衰于唐，中兴于唐宋之际，下暨齐民于元明，儒于清，继继绳绳，卜年三千，虽家之华落不一，绩之隐曜无常，而休明著作，百祖无殊，典籍大备，灿然可征也。"

钱基博像

（钱基博《自传》，以下未注出处的均引自《自传》）对钱氏家族中一脉相承的文化内涵有着深切的体认和强烈的认同，其中，"五代十国时吴越国自钱镠而下的三世五王，是为江南钱氏所公认的始祖"，在钱氏家族谱系中更是具有一种特殊的文化象征意义。

在文化家族的心理自觉下，钱氏"儒于清"的具体表现，就是"我祖父教书 我伯父和父亲教书，我同堂哥哥和自己的亲哥哥都教书，我从小跟着我的伯父和父亲、哥哥读书；因为我祖上累代教书，所以家庭环境，适合于'求知'；而且，'求知'的欲望很热烈。"先生"暇则读书，虽寝食不辍，息以枕，餐以饴，讲评孜孜，以摩诸生，穷年累月，不肯自暇逸"。钱穆先生在《八十忆双亲·师友杂忆》中，认为"生平相交，治学之勤，待人之厚，亦首推钱基博。"

一、早期问学

先生作为一位国学大师，深厚的国学功底始自童年时期的私塾教育。这种传统的教育模式强调的是对儒家经典的研习，形式是呆板的，要求也是非常严格，即使在社会大变革、教育制度大变迁的时期也保持着原有的惯性力。在先生这样以"家世儒者"相标榜的家塾教育中，表现得尤为明显：

"父祖耆公以家世儒者，约敕子弟，只以朴学敦行为家范，不许接宾客，通声气。又以科举废而学校兴，百度草创，未有纲纪，徒长嚣薄，无裨学问。而诚基博杜门读书，毋许入学校，毋得以文字标高揭己，沽声名也。"

在这样的家庭教育下，先生"胚胎前光，早承家学，父诰兄诫，不离于典训，斐然有述作之志"。五岁从长兄子兰（钱基成）受书，九岁修毕《四书》、《易经》、《尚书》、《毛诗》、《周礼》、《礼记》、《春秋左氏传》、《古文翼》等，皆能背诵，主要进行的是经学教育。十岁从伯父仲眉公学策论，熟读《史记》、诸氏唐宋八家文选，主要进行的是史学和时文方面的学习和锻炼，应对科举考试（先生曾参加县试，其中一次因"伤时非宜"未被录用，1903年科举制度废除）。十一岁把《尔雅》和《古文观止》、《唐诗三百首》、《纲鉴易知录》"当作小说看过一遍"。

先生十二岁时，"碰到戊戌政变"。1898年发生的戊戌政变对先生的思想产生了极大的冲击，可以说是先生一生里的中心事件。由于"受到了康有为、梁启超的资产阶级改良主义的'维新变法'运动的影响，先生开始从事'新学'，对中国古代历史、地理进行自学。"（钱钟汉语，转引自李洪岩《钱钟书与近代学人》）在诸多国学经典中，先生"性喜读史"，自十三岁读司马光《资治通鉴》、毕沅《续通鉴》，先后将两部巨著圈点七遍，又精研顾祖禹《读史方舆纪要》。十六岁作《中国舆地大势论》，凡四万言，刊于梁启超主编的《新民丛报》，梁启超亲自写信给他表示鼓励，文中"东南文化，受之西北，当还以灌溉西北"的观点却受到了于右任的严厉批驳。先生还模仿陆机《文赋》撰《说文》一篇，"以己意阐发文章利钝"，刊于刘光汉主编的《国粹学报》，"意气甚盛"。

先生与西学发生关联，并产生浓厚兴趣，始自《格致新报》。"《格致新报》……中间登着严复译的赫胥黎《天演论》；我读了，觉得耳目一新；从此对于生物学，自然科学发生兴趣。"（钱基博《自我检讨书》）由于无钱购买科学书和仪器，还发生了几个具有文化象征意义的故事：一是"有时即瞒着父兄，取家中藏的经史，到书铺去换取上海制造局出版各种物理化学书看。"二是用在《国粹学报》征文所得奖金，购买饭盛挺造《物理学》等日本文自然科学书。三是与曹仁化等组织理科研究会，纠合同志四十人，通过出会费的方式延请教师讲授物理、化学、博物、生理卫生和日语等课程。在一个专治传统国学的家庭里，西学的吸引力竟是如此巨大。

在青少年时期，先生先后接受传统国学、科举、新学、西学思想影响，但是由于种种原因，却"始终未受到学校教育。一切知识，只靠我自己力量去追求。"1906年先生应薛南溟之聘，任家庭教师，为其子薛汇东教授算学。薛南溟乃晚清著名外交家和维新思想家。1909年先生与通俗小说家王蕴章之妹结婚。王蕴章，南社社员，"鸳鸯蝴蝶派"代表作家之一。1910年长子钱钟书出生，文化家族又添新丁，因长兄无子，钟书出生后即出嗣给长兄子兰。钱钟书学贯中西，著有《谈艺录》、《宋诗选注》、《管锥篇》等学

钱基博与其长子钱钟书

术著作，以及促使其声名远播的长篇小说《围城》。

二、独特的成长经历

"学问贵乎自得，际遇一任自然。"（钱基博语，转引自周洪宙《肝胆相照两昆仑——钱基博与钱钟书》）在成为国学大师之前，先生还有着一番独特的成长经历。

其一是入幕府。江西提法使陶大均看到先生文章后，"骇为龚定庵复生。招之入幕，从容讽议，而不责以治事。"陶大均早年受业黎庶昌，乃曾国藩再传弟子，好诗古文词，独许先生文，以为得曾国藩所谓阳刚之美。先生1909年入幕，筹办司法改良，月薪白银百两。江西司法黑暗重重，为此先生主张从停止刑讯、改良监狱开始；同时从自身做起，月薪悉以奉父，"衣冠敝旧"；宴会时"捧杯微饮，神志湛然"；反对陶大均深夜召妓，要求仪刑百僚。方是时，先生"刻意为文章，日诵韩文，以为定程，声琅琅出户外"，陶大均认为其"有亢而无抑"，"往而不返"，戒之"毋固我。毋张皇"。次年陶臬台死在任上，先生回乡。入幕府可以说是先生进入军政的前奏，先生小试牛刀，获得了尊重和自信。

其二是入军政。1911年辛亥革命兴起，无锡光复，先生任锡金军政分府秘书。"然而革命虽然成功，人民并未抬头！一般国民党员，暴横不可以理喻，视旧式绅士尤利害！所有地方恶霸，争求入党，作护身符；一隶党籍，言出为宪；良懦慑息，恶霸抬头；军政分府的人，欲得党为后盾，又多藉手假公济私，勾结一起。……觉得革命并没有像理想一样美妙；革命仍是以大众的痛苦，造就少数人的地位与煊赫；革命情绪，从此萎缩。我回家，闭了门，研究法国革命史……乃知道一样糟……美国选举费消耗之庞大……大资本家之把持选举……地方小政客

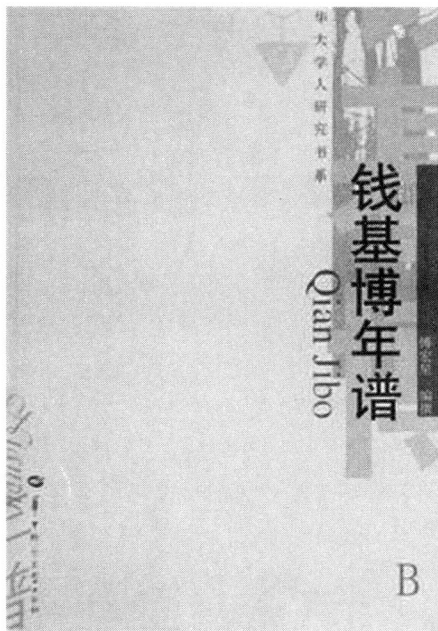

钱基博年谱

之贩卖选民……。中国命则革了,民主前途,实不能想;当日只想自己少造孽!"(钱基博《自我检讨书》)

南京临时政府成立后,先生应苏浙联军总参谋、邑人顾忠琛之聘,去安徽任援淮部队总司令部少校参谋,延治军书。不久,援淮部队改编为第16师,先生晋陆军中校衔,任副官参谋,调江苏都督府,随部队驻镇江。在此期间,先生"戎马仓皇,未尝废文史",草《吴禄贞传》,一时传诵。当时革命新成功,同事"肆意声伎以歌舞升平",先生"独留守,挟册吟讽,中宵琅琅;卫兵值守门外,未尝不窥而怪焉,或指语以为笑乐。"二次革命失败后,直隶都督赵秉钧、江苏都督冯国璋皆以秘书为招。先生"自以奉职南方军府,丈夫立身,岂容反复;议论异同,只以救世难而非以图身利。又目睹世乱方兴,飞书走檄,不过以文字为藩府作口舌;文章不以经国,而莠言乱政,匪所思存。"于是谢不往也。

其三是入教育。谢绝邀请后,"我当日只有两条路可走:一条路,在本地当个绅士,地方上亦尚有人信用。一条路,靠我笔下尚来得,外间也有人知道,投到北京去活动,做一小政客。不过我觉得我自己有点危险性!我身体不健康,胆气也不够;不过我有些小聪明,能用吾脑,碰到一些事,能够正反面看,不

同普通人的只看表面;万一被人利用着我打歹主意,我将误用我的聪明害人!所以我决定选择一环境,限制我的用脑,没有机会打歹主意;还是教书!"这次理性抉择,决定了先生一生的道路。

应顾祖瑛邀请,先生出任无锡县立第一小学教员,"自此委身教学",历任吴江丽则女子中学国文教员、江苏省立第三师范学校国文与经学教员及教务长、圣约翰大学国文教授、国立清华大学国文教授、第四中山大学中国语文学系主任、私立无锡国学专门学校校务主任、光华大学中国文学系主任及文学院院长、浙江大学中文系任教授、国立师范学院国文系主任、华中大学(后改为华中师范学院)教授等职。先生从小学一直教到了中学、大学,积累了丰富的教育教学思想。

其四是入文坛。先生进行文学创作,与其内兄王蕴章息息相关。王蕴章在主编《小说月报》《妇女杂志》期间,先生在这两个杂志上发表了许多文学作品,其中最有名的是《技击余闻补》系列短篇武侠小说,以及《魏铁三传》《松窗漫笔叙》《先母孙宜人述》等系列散文、传记。《技击余闻补》为林纾《技击余闻》之补作:"今春杜门多暇,友人有以林侯官技击余闻相贻者,叙事简劲,有似承祚三国,以予睹侯官文字,此为佳矣。爰撰次所闻,

补其阙略，私自谓佳者决不让侯官出人头地也。"当时林纾以古文译西方小说，名满天下，先生以后生自我高许，再加上读者比较二人的畸轻畸重，遂与林纾构怨。1921年《技击余闻补》又名《武侠丛谈》由商务印书馆出版。

三、治学的独到之处

在文学创作和文学研究之间，中年以后先生还是倾向于后者。对自己治学的独到之处，先生有着这样的总结性评价："基博论学，务为浩博无涯涘，诂经谭史，旁涉百家，抉摘利病，发其闟奥。自谓集部之学，海内罕对。子部钩稽，亦多匡发。而为文初年学《战国策》，喜纵横不拘绳墨。既而读曾文正书，乃泽之以扬马，字矜句炼；又久而以为典重少姿致，叙事学陈寿，

钱基博手稿

议论学苏轼，务为抑扬爽朗。所作论说、序跋、碑传、书牍，颇为世所诵称。碑传杂记，于三十年来民情国故，颇多征见，足备异日监戒。论说书牍，明融事理，而益以典雅古道之辞出之，跌宕昭彰。序跋则以生平读书无一字滑过，故于学术文章得失利病，多抉心发奥之论。"

从上可以看出，先生学行最大的特点，诚如其名，就是"博"。对传统的经史子集，都有深入研究；对当时的"民情国故"，都有独到的看法。

关于"诂经"，1918年先生《孟子约纂》完稿，1919年由无锡辅仁中学刊印；1923年《〈周易〉解题及其读法》由上海商务印书馆出版；1933年《〈四书〉解题及其读法》由商务印书馆出版；1935年《读〈礼运〉卷头解题记》载《光华大学半月刊》第4卷第2期，《〈丧礼〉今读记》刊于《光华大学半月刊》第4卷第4期；1936年《经学通志》由上海中华书局出版。从上可以看出，四书五经，都在先生"考镜源流，发明指意"之列。

关于"谭史"，1926年《读太史公谈〈论六家要指〉考论》刊于《清华周刊》第25卷10号；1933年《〈文史通义〉解题及其读法》由中山书局出版；1935年《〈史记〉之分析与综合》刊于《光华大学半月刊》第4卷第3期；1946年作《读史方舆纪要》、《国语之古史今读》，刊于《武汉日报》《文史》副刊第10期。从上可以看出，重要的史书、史论，先生"分部互勘"、"观其会通"，也都有一定的研究成果。

关于"百家"，1926年《读〈庄子·天下篇〉疏记叙目》刊于5月《清华周刊》第25卷11号；1930年《读〈庄子·天下篇〉疏记》由商务印书馆以《万有文库丛书》出版，1933年4月又以《国学小丛书》出版；1934年《〈老子·道德经〉解题及其读法》由上海大华书局出版；1935年《周秦诸子聚讼记疏证》载《光华大学半月刊》第4卷第5期；1939年《孙子章句训义》由商务印书馆出版；1947年《增订新战史孙子章句训义》由商务印书馆出版。从上可以看出，先生"榷论儒道，兼核刑名"，周秦诸子，都有所涉猎。

关于"集部之学"，1926年《国学文选类纂》由商务印书馆出版；1931年《名家五种校读记》、《〈文心雕龙〉校读记》由无锡国学专门学校出版；1932年《韩文读语》载《光华大学半月刊》第1卷第1、2、3、4期；1933年因教授侄儿钟汉读陈澧《东熟读书记》，成《后东塾读书记》，是年10月由上海书局出版，改名《古籍举要》；1933年《〈古文辞类纂〉解题及其读法》由中山书局出版，《现代中国文学史》由上海世界书局出版,《〈骈文通义〉》由大华书局出版;1934年《明代文学》由商务印书馆出版,《韩愈文读》由商务印书馆出版,《〈离骚〉讲话》刊于《光华大学半月刊》第3卷第1、2期,《陶渊明集》刊于《光华大学半月刊》第3卷第3期,《〈古诗十九首〉讲话》刊于《光华大学半月刊》第3卷第4期;1935年《韩愈志》《模范文选》由商务印书馆出版;1936年《读清人集别录》刊于《光华大学半月刊》第4卷第6期至第5卷第10期。从上可以看出,先生自谓"集部之学,海内罕对"不为过誉。

此外,与"民情国故"密切相关的论说、序跋、碑传、书牍等,不可胜数,如《治学篇》《近五十年许慎〈说文〉学流别考论》《克己复礼为仁荀故》《民治二字解故》《汉儒显真理感论》《罪言——教育救国与教育自救》《十年来之国学商兑》《班超之精神生活》《历史上焚书坑儒之理论与其实现》等论说;《〈茹经堂外集〉叙》《〈国学概论〉序》《读胡汀鹭画题记》《复堂日记补录序》《汉书事钞写本跋》《〈京江相公诗稿真迹〉跋》《〈雪苑侯朝宗全集〉序》《国命旬刊发刊辞》《〈关友声词集〉序》《〈仁园诗稿〉序》《〈转蓬集〉序》等序跋;《光华大学成立记》《清华园解题记》《上海倪王家乘略例》《上海倪王家乘叙记》、

《孙先生鹤卿纪念碑文》《国立师范学院成立记》等碑传;《致章士钊书》《致吴稚晖书》《版本通义》《〈尔雅〉释补》等书牍。其中《版本通义》是我国第一部以"版本"一词命名的版本学专著。

无怪乎张睿读先生文而感叹说:"大江以北,未见其伦。"

四、以文章教学后生

先生学行的第二个特点,在于"以文章教学后生",治学与教学紧密相连,诚如其言:"其为教也,必诚必信;以为卷怀不可以宏道,乃开诚以示物;显言不可以避患,故托古以明义;务正学以言,无曲学以阿世。"

一是"开诚以示物",直接将自己的思想成果示人。"钱基博先生毕生从事教育事业,他总是以一个教师的责任启发激励后进,主张'告人以正''救人心之陷溺''维系人道于不敝',提倡诚信正直的人格精神。"(傅道彬《钱基博先生小传》)先生读书治学最重视方法,并以此指导学生。在丽则女子中学教授国文期间,先生"每讲读一文,先命题学生作过,然后示以范式文字"(刘桂秋《无锡时期的钱基博与钱钟书》),在学生"穷思极索"写出习作之后,将自己的创作成果直接展示给学生,让学生在比较

中提高。圣约翰大学作为一所教会大学，学生普遍重英文教学而轻国文教学，为了改变这一现状，当系务会决定开设文学史一课时，先生向学生提出"讲近三十年文学演变以到胡适，……中国四千年文学之演变，亦可缩影到此二三十人身上，作一反映。"其名作《现代中国文学史》就是在教学研究相结合的状态下写出来的。

综观先生著述，讲论古籍、指导研究方法的著作占的比例最大，对《周易》、《四书》、《老》、《离骚》、《古诗十九首》等古代要籍都有题解、疏正、读法等方面的论著，而这，实际上都是在教

在圣约翰大学讲授《现代中国文学史》

学过程中酝酿产生的。

二是"托古以明义"，也就是说以古为新。先生所处的时代，是我国由古代向现代急剧转型时期。由于民族救亡的需要，西学被大量引入，传统文化作为一个整体遭遇到学术界的片面否定。在这样的背景下，先生以"托古以明义"的方式，力求以古为新，与"五四"以来的激进主义大异其趣："国学之一名词，质言其义曰：'国性之自觉'云尔！国于天地，必有与立。而人心风俗之所系，尤必先立乎其大，深造而自有得，相以维持于不敝。其取之它国者，譬之雨露之溉，土肥之壅，苟匪发荣滋长之自有具，安见不求自得而外铄我者之必以致隆治，扬国华也耶！是故国学之所为待振于今日，为能发国性之自觉，而俾吾人以毋自暴也！"（钱基博《〈国学文选类纂〉总叙》）

先生曾题楹联曰："书非三代两汉不读，未为大雅。文在桐城阳湖之外，别辟一涂。"其学术研究"熔史铸子，裁以昌黎……言皆有物"（曾广钧语）、"下笔则古"，而不像林纾，"观其所译小说，重在言情，纤秾巧丽，浮思古意。三十年来，胥天下后生，尽驱入猥薄无行，终以亡国。"（李详语）先生认为："真读书人，正当化矜释躁，征其学养。"在《治学篇》中，先生借教学中出现的问题，示人以治学的基本方法。

虽然谈的是古代学术，但"究其原始，叙其流变，条理通贯，别有会心"："治学有方，贵能会异见同，即同籀异；匪是无以通伦类，诏途辙。……夫会异而不知见同，则所知毗于畸零，而无以明其会通。傥即同而未能籀异，则用思嫌于笼统，而奚以较其大别。二者所蔽不同，而为失则均。斯固近日学者之通患，而诏诸生以知敝；匪徒好为引绳批根之论也。"（钱基博《治学篇上》）

三是"务正学以言"，不阿附学生，文化传承的使命感很强。先生所处的时代，"学潮激荡，长傲纵欲"，以至于许多学生忘了读书使命，有些大师也"与为町畦"，甚至"不屑枉己以容悦不学之后生"。而先生"严气正性，不与诸生翕翕然。每莅讲室，危言激论，大声发于座上，时亦杂以诙嘲，呻其占毕，多其讯，从学者初惮其严，久则相悦以解。"

先生"教写作时，从不给学生命题，只给出典籍里的章句或短文，让学生作注，这使学生养成了查阅、研究的习惯。""给学生评分，常常是59.9分，不及格！学生与之争辩，先生就一题一题、一点一点为之细算，如说某题应得几分，某处错一点，要扣几分；某处又错多少，该扣几点几分，算下结果，恰好一分不少，半点不多，正是59.9分，这0.1分无论如何加不上去，弄得

学生无言可答。"（刘衍文《钱基博先生轶闻》）对优秀如其子钱钟书也是如此要求："我望汝为诸葛公、陶渊明；不喜汝为胡适之、徐志摩！如以犀利之笔，发激荡之论，而迎合社会浮动浅薄之心理，倾动一时；今之名流硕彦，皆自此出；得名最易，造孽实大。"先生是一个"严气正性"的人，率多"危言激论"，与剧变的时代密切相关，也与"剧不适"的体质有关，故其文章很少涉及个人情感中慈爱、轻松的一面，在《〈古籍举要〉序》中，我们难得一见："闭户讲学而有弟子能相送难，此亦吾生一乐。""弟子"指的是其子钱钟书、从子钱钟汉等人，地点在"傍晚纳凉庭中"。

先生是反对学生罢课的，据袁勛回忆，学生不上课，他仍按时在教室坐着；但当校方以此开除学生时，先生认为学校应重在教育而不重在处罚，人才难于培养而易于摧残，如果继续开除学生，他愿意同退。先生唯一一次主张罢课在圣约翰大学，下文将谈到。在《〈现代中国文学史〉跋》中，先生给禁止学生"闹学"的原北洋政府教育总长章士钊很高的评价："章行严少小闹学，意气无前，而整饬学风，行严乃不自我先，不自我后，首发大难，不惮以今日之我与昔日之我战，召闹取怒，功罪与天下人共见之，可谓磊落丈

夫已。"

先生苦心孤诣何在，在1948年华中大学成立24周年所作讲演《答诸生论今日之大学》可以看出："凡我共学，苟一思国于大地，必有与立；百年之大计在树人，而树人必先自树；倘社会动荡而吾亦与为动荡，无心问学，以自暴自弃；长此以往，天下之读书种子将绝，聪明亦以澌灭，人道或几乎息，以返于洪荒草昧，张脉偾兴，人将相食，此则吾之所大惧！"

五、强烈的家国情怀

先生学行的第三个特点，在于具有强烈的家国情怀。

1924年，钱先生来到上海，任圣约翰大学国文教授。次年"五卅"惨案发生，圣约翰大学学生集会声援，美国校长卜舫济却横加指责。在教授会上钱基博先生勃然而起，慷慨陈词："吾国人无拳无勇以就屠戮于英人，枪弹横飞，血流交衢，使此事发生在美国，在世界任何之国家，其国人裂眦嚼齿之必思得当以报；恐不屑屑奔走哀号如我国今日所为已也！……又以我国人之号哀痛者为罪焉！"为了抗议卜舫济，全校华籍师生纷纷自动离校，先生是首批离校的教师。在爱国人士王省三的资助下，在上海另建光华大学，离校师生得以继续学习。在

光华大学的一次毕业典礼上，先生将本次运动赋予"国性之自觉"、"精神的新泉"、"现代化的中华民族教育"等意义，心中充满了民族自豪感："光华的成立，就是教会教学的反叛，而表现一种国性之自觉；要以现代人的心理去了解中华民族的精神，想在中华民族古代文化中，找出精神的新泉，而产生一种现代化的中华民族教育，以图整个民族的团结和统一。"

1937年先生在浙江大学中文系任教授。在"寇深""国危"之际，先生作为一个儒者，面临着黑嘎尔式的"逃往远县""著书立说，以牖国民未来之新机"和菲斯的式的"留在围城""现身说法，以鼓后生当前之义勇"，"实现吾学说以牖导吾国民之良机会"的两难选择。当思及当时的中国"风教陵替，耻尚失所。学者以放旷为尚而黜礼法，谈者以虚薄为辩而贱名检；行身者以放浊为通而狭节信，进仕者以苟得为贵而耻居正，当官者以望空为高而贱勤恪。……中华民族之精神，萎绝亦已久矣"时，先生毅然选择了后者。先生与顾谷宜教授合作，从俄文本翻译《德国兵家克劳塞维兹兵法精义》，年轻时撰写侠义小说时的尚武精神又重新充斥胸中。

1938年先生来到了抗战前沿地带，任湖南蓝田国立师范学院教授、

国文系主任。应国民党南岳抗日干部训练班教育长李默庵之请，先生赴南岳讲授《孙子兵法》，指出日寇"胜久则钝兵挫锐，攻坚则力屈，久暴师则国用不足"，已处于战略上的劣势。其后，撰写《孙子章句训义》《欧洲兵学演变史论序》等著作，继续为抗战卫国出力，其中《近百年湖南学风》尤其著名。先生在书中表以十七人，其中有文人、学者、循吏、良相和名将，指出湖湘人具有"罔不有独立自由之思想，有坚强不磨之志节"，并明确提出

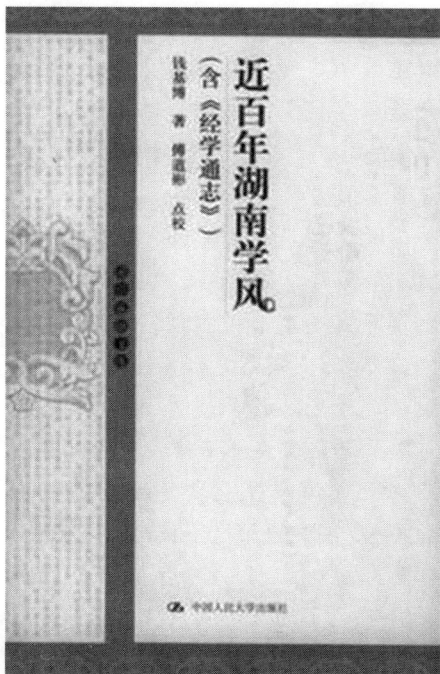

撰《近百年湖南学风》，希望"为天下"

"张皇湖南，而不为湖南，为天下；诵说先贤，而不为先贤，为今人"的写作意图。1944年长沙等地失守，国立师范学院被迫西迁溆浦，先生自请留守，欲以身殉国："留此以慰各方父老之意，非寇退危解，不赴院召，亦使人知学府中尚有人站得起也"。后逢湘西雪山峰之役，国民政府军大捷，寇退危解。

在民族危难时刻，先生还有着更为深远的眼光。早在民国建立初期，先生曾致函当时著名争论家章士钊，认为"独念民国肇造，谈士蜂起。尚集权，则兆洪宪之帝政。言联帮，又启强藩之割据，民亦劳止，汔欲小休；而文士之笔杆，乃与武人之枪枝，同恶相济，祸国殃民，然后知诸葛公澹泊明志，宁静致远之为高识。老子曰：'天下神器，不可为也。'"对公共知识分子话语权有着辩证的看法。在撰写《〈现代中国文学史〉跋》时，先生进一步提出"神器不可以一端窥，愚民不可以浮议扰。……举一世之人，徒见诸公者文采照映，倾动当时，而不知柴棘满胸，中有难言之隐，扪心不得，抱惭何穷。读者以此一帙为现代文人之孽镜台可也。民不见德，唯乱是闻，觥觥诸公，高文动俗，徒快一时，果何为乎？"对公共知识分子整体保持着清醒的批判。在《〈近百年湖南学风〉馀论》中先生指出"方明之衰，士大夫好

议论，不顾情实；国家可毁，而门户不可毁，异己必除，而客气不可除。党同伐异以为把持，声气标榜以为接纳，而义理不以饬躬行，问学不以经世用。及其亡也，法纪荡然。"以史为鉴，点出了知识分子结党营私的后果。在给弟子郭晋稀的信中，对许多知识分子的作为深感痛心："现在战争国家之于智识阶级，以中国为优待，而中国之智识阶级为最负国，不必汪精卫也。即以内移之各大学而论，闻警则先去以为民望，有事则酣豢以事玩愒。闹意见，争薪级，而绝无人能自课所尽之责任，是否足受国家之薪给而无愧！"（孔庆茂著《丹桂堂前——钱钟书家族文化史》）

1941年先生在《历史上焚书坑儒之理论与其实现》中深刻地预料到："我们须知秦为中国历史上划时代之一次大转变，而今又将来一次划时代大转变。一时代之大动荡，必先之以思想之动荡、议论之动荡。……因为知识阶级养尊处优，需要思想自由、言论自由，而一般大众，在水火刀兵之中，只需要一个'治'，能在国家安定之下，安居乐业，以事生产。'动员农工，打倒知识'，共产党呼为口号。而我默观情势，应时势之要求，已形成一种社会意识。加以极权国家，右倾如希特勒之于德，左倾如史丹林之在俄，统制思想自由，摧毁知识阶级。而对内能治，对外能强，更普遍地形成一种国家意识，予列国政治当局以一种新刺激、新欣慕。那末，焚书坑儒之悲剧，会在中国重演一番，也未可知。"

抗日战争胜利后，先生受聘于武昌私立华中大学。新中国成立后与其子钱钟书等均选择留在国内。1950年先生将5万余册藏书全部赠给华中大学。1951年读《毛泽东选集》第一卷后，"观其会通，以籀其成功"，在书的扉页写下"转败而为功"等三条读后感。1952年把历年收藏的甲骨、铜玉、陶瓷、历代货币、书画等文物200余件捐赠给华中师范学院历史博物馆，尚有碑帖字画1 000余件、方志1 000余种，悉数赠予苏南文物管理委员会和江苏泰伯文献馆。

考虑到当时的中国"向苏联一边倒"的形势，1956年底或1957年初先生作万言书上书毛主席，痛斥苏联的称霸野心，主张以史为鉴，不与苏联结盟。其后反右开始，先生遭批判，写信向中共湖北省委陈情："我认为社会主义，须看作民族文化之复活；而后社会主义，乃在中国深根不拔；国际主义乃与爱国主义结合！此中存在许多矛盾，当然有；然而矛盾之中，要理会到统一；毛泽东矛盾论，也曾明白指示我们。"

然而大音稀声，时代绝响，旷世乃

闻。1957年11月30日先生因病去世，享年70岁。弥留之际，将所著论学日记及其他手稿托付给女儿钱锺霞（"文革"中全部日记尽毁于火，《清代文学史》亦无一字子遗，积之艰而毁之易矣）。在此，谨把先生《自我检讨书》中的一段话摘录出来，作为他的盖棺之论："人家说我思想顽固；其实我的思想，多方面接受，从不抗拒任何方面的思想；不过不容许我放弃自己是一中国人的立场，这是无可讳言的，而且我自认为当然的。"

六、强烈的自信精神

综观先生的学行，有一种精神贯穿其中，那就是自信，而且这种自信很强烈，经常是"一本正经"，毫不掩饰。

这种自信来自人生历练，更主要来自学术的砥砺。当得知北京大学外文系温源宁教授欲介绍钱钟书要到伦敦大学东方语言学院教中国语文时，回信告诫儿子"勿太自喜！儿之天分学力，我之所知；将来高名厚实，儿所自有！立身务正大，待人务忠恕。"在充分肯定儿子的同时，还高度评价了自己："吾兄弟意气纵横，熟贯二十一史，议论古今人成败，如操左右券，下笔千言，洒洒不自休；而一生兢兢自持，惟恐或入歧途。""我父子非修名不立之难，修名何以善其后之难。"语

间充满着一个大学者应有的自信，态度端庄，毫不怵惕作态。先生还毫无避讳地将这两封家书公开发表在校刊上。

陈衍在《石遗室诗话续编》中评价先生"学贯四部，著述等身。肆力千古文辞，于昌黎、习之，尤哜其裁而得其髓。"盛名之下，先生非常注意"善其后"，一生勤勉笃学，砥砺学术。据其学生吴雨苍回忆，先生在每周往返沪锡两地时，在火车内也总是看书不辍，如遇车内乘客拥挤，不能看书，便闭目静坐，背诵诗书。有一次，先生和吴雨苍同车返锡，坐的是二等车厢，乘客不多，火车启动后，先生就拿起书来读，读到高兴处，竟高声朗读起来，旁若无人，抑扬顿挫，声震车厢，旅客无不为之愕然。先生也以古文自信："自以为节性之和，不如太仓唐文治……文事则差有一得之长。""文在桐城阳湖之外，别辟一涂。""所著文章，取诂于《许书》，缉采敊《萧选》，植骨以扬、马，驶篇似迁、愈，雄厚有余，宁静不足，密于综核，短于疏证。文之佳恶，吾自得之。"

先生学术上的自信最集中的表现，在于始终坚持学术独立："余文质无底，抱朴杜门，论治不缘政党，谈艺不入文社，差幸服习父兄之教，不逐时贤后尘。独念东汉党人，千古盛事，然

郑康成经师人师，模楷儒冠，而名字不在党籍，谈者高之。自唯问学不中为康成作奴仆，唯此一事，粗堪追随。"（《现代中国文学史》）。郑玄，字康成，为东汉末年的经学大师，他遍注儒家经典，以毕生精力整理古代文化遗产，使经学进入了一个"小统一时代"。

追随郑玄（康成），论治不缘政党，谈艺不入文社

先生作文曾学桐城，后受依附于桐城的林纾"无端大施倾轧，文章化为戈矛，儒林沦于世道"，然而先生"生平论文，不立宗派。在曩时桐城之学满天下，博固不欲附桐城以自张；而在今日又雅弗愿捶桐城已死之虎，取悦时贤。"在林纾"身价既倒"后，先生撰写《现代中国文学史》，"平情而论，胸中既未尝有不平之气，更何必加以寻斧，效恶声之必反。"先生在撰写此书时，与胡适同为光华大学同事，梁

启超为前辈大师，先生是这样评价二人的："一时大师，骈称梁、胡。二公揄衣扬袖，囊括南北，其于青年实倍耳提面命之功，惜无抶困持危之术。启超之病生于妩媚，而适之过乃为武谲。夫妩媚则为面谀、为徇从，后生小子，喜人阿其所好，因以恣睢，不悟是终身之惑，无有解之一日也。武谲则尚诈取、贵诡获，人情莫不厌艰巨而乐轻易，畏陈编而嗜新说，使得略披序录，便膺整理之荣，才握管觚，即遂发挥之快，其幸成未尝不可乐，而不知见小欲速，中于心术，陷溺既深，终无自拔之一日也。"

先生不为"亲者"讳，不为长者讳，秉笔直书，切中二人关键要害。所以当先生"以稿相示"梁任公，"任公晤谈时，若有不愉色然，辄亦无以自解也。"先生的这种自信，体现了"独立之思想，自由之精神"，标志着中国现代学术高度的自觉，具有永恒的价值。

先生所处的时代，是"骎骎乎白话篡文言之统，而与代兴为文章之宗"的时期，此时的文言与白话之争，是一个时代的大话题。从目前掌握的资料来看，先生对白话文取代文言文采取了一种"研究"、"慎重"的态度，认为"语体文也是文章的一种"。有三个例证：

一是当1920年白话文取代文言文成为"国语"时，为了教学的需要，

先生编写了一本白话文读本《语体文范》，该书收录了先生的一篇白话文（《题庞生文后》）属于著述门的。在《例言》中，先生指出"做语体文，也得要有识见、有条理才动人看"；"语体文也有缺点和不便推行的所在，不是纯靠着空言提倡，可以推行得"；语体文有些语句写起来多费了纸和笔，念在嘴里啰嗦麻烦；"文章好丑，在意境上有分别，不在形式"。先生在书中还从商榷的态度，指出现在的文言，是古代通用的语言，不是各国方言、白话；白话文比较文言的便利，也不过是句式；使用白话可以收到"文、言一致"之

效，但对大多数不通北话的南省人来说，仍将被屏弃在言文一致之外，文言比白话更加通用。

二是在《现代中国文学史》中，先生将现代文学家分为并列的古文学和新文学两类，白话文包括在新文学中；在对"文"、"文学"定义时，回避了文言与白话问题；在谈到孔子制文言时着重论及文言非当时话言，因此不受时间和地域限制，比话言更通用；在谈当代激烈的文白之争时，由于"作史"的缘故，只是列举了主张白话取代文言的胡适等人的主张和反对其主张的胡先骕等人的观点，没有透露出自己

钱基博故居——朴园

的看法。只是在《绪论》中，从"史"的"纪实传信"的角度，对胡适的对文言"成见太深"提出了批评："胡适《五十年来之中国文学》不为文学史。何也？盖褒弹古今，好为议论，大致主白话而贬文言，成见太深而记载欠翔实也。夫纪实者史之所为贵，而成见者史之所大忌也。於戏。是则偏之为害，而史之不传信也。"

三是在那样"鄙旧、追新"的年代里，在白话文大行其道的潮流中，先生坚持用文言文写作，而且写的文章"实在清粹漂亮。"真切地反映出先生不肯随波逐流的学术勇气。面对未来，先生对自己的学术无比自信："吾知百年以后，世移势变，是非经久而论定，意气阅世而平心，事过境迁，痛定思痛，必有沉吟反复于吾书，而致戒于天下神器之不可为，国于天地必有与立者。"

先生的学术主张，在当今的社会转型中得到了越来越多的响应。诚如先生的故居（现名朴园），从以前的拆毁对象，变成了目前武汉市政府的一级保护建筑项目。更加饶有意味的是，在故居维修过程中，工人们在阁楼上发现了先生的教案手稿，如获至宝，怎么也不肯上交；最后要回来的几页被学校嵌置在相框里，永久地陈列，供后学瞻仰。

雨丝风片，烟波画船
——江南游历篇

忆游中山陵

乙酉早春,与客同游中山陵。雨后初晴,繁花生树,碧草青青,天地一新。

近睹连战谒陵,题曰"中山美陵",而忆作。

钟山有美陵,怡然画中行。
松柏青如雪,玉兰花满径。
树树皆春色,处处尽秋晴。
拾阶同攀登,四海共此情。

游苏州一湿地有感

近期埋头文案,偶至苏州一湿地,有感,形成打油诗一首,以释倦。

船入水巷开,芦花拂面来。
波心荡漾处,正好发个呆。

嘉兴记游

嘉兴一游,微雨相随。凭吊览胜,

钟山有美陵

芦花拂面来　高晓峰摄

和由心生。有记。

人行烟波里，楼在烟雨中。
湖塘皆清景，无事不从容。

楼在烟雨中　高晓峰摄

无锡重游

一

梵宫瞻大佛，鼋头探清波。
山水有奇景，岁月任蹉跎。

二

廿一再登临，鼋头景色新。
低头叹逝水，山水有清音。

扬州弄堂

幽行在无穷尽的

长满青苔的怅然的历史中
还没有尽头
心悚然地伴随在异乡薄阴的天气里
像爬行的猿猴刚直立于莽苍
的原野
石板路很滑
不知一滑中能到达哪一个远
古的时代
脚步含微的轻响中
不知融进了多少的恐惧和悠
长的渴望
古典建筑默默地
在薄雾中拥有内在的神秘和
空旷
我就这样踽踽独行
独行在这寂静的历史的遗道

低头叹逝水　姜晓云摄

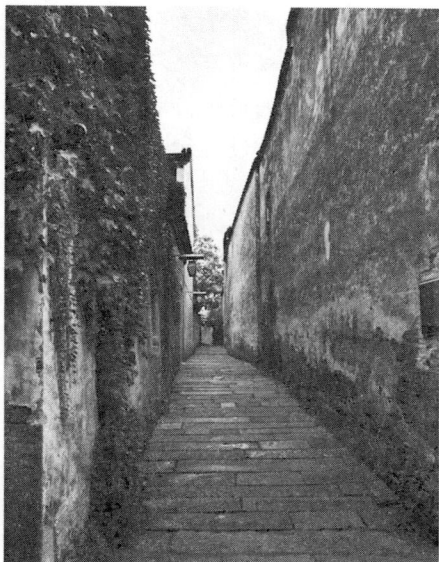

历史的遗道　高晓峰摄

夜游西塘

咿——呦——
这是水与橹的轻柔
是桥上飘落的莫名的欢忧
在渐渐淡去的层层光影中
你的凝眸
似脉脉流淌千年的春水
你的欢颜
似青青柳色中灯火的妆容

灯火的妆容　高晓峰摄

沙滩记忆

两个人的雨夜
两个人的沙滩

你是天真的孩子
喜欢抛开手中的伞
　聆听纯纯的海浪声
　感受淋雨后的新鲜

你在沙滩上不停地忙碌
找寻着那些未眠的同伴
　你惊喜地把它们紧握在手中
　然后小心翼翼地放生于指间

我喜欢静静地撑着伞

静静地感受雨声和涛声的明暗
静静地观看那沉寂无光的大海
让海水一遍一遍地
　　　漫过脚下和心田

两个人的雨夜
　两个人的沙滩
　　两个人的浪漫
　　两个人的孤单

锦绣山川

静听瑞雪降临中国的大地，
笑看红妆素裹江山如此多娇；
仰视雄鹰展翅青青的高原，

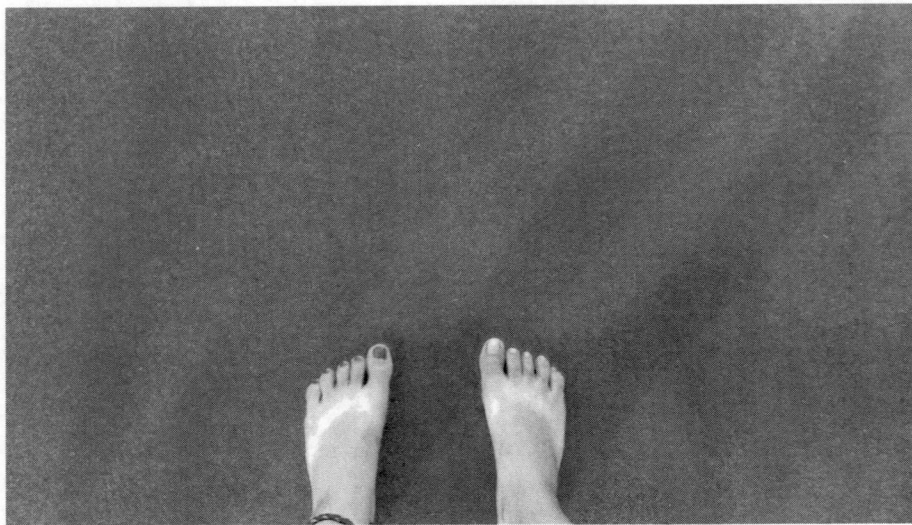

沙滩　姜航摄

笑看东方风来满眼明媚的春光。
这是一片锦绣的山川、锦绣的山川，
白山黑水，青山绿水，
处处都是我们美丽的家园。

静听雨水滋润万物的生长，

笑看风雨之后阳光多么灿烂；
俯视江河舞动金色的田野，
笑看层林尽染尽是醉人的芬芳。
这是一片锦绣的山川、锦绣的山川，
青山常在，绿水长流，
处处都是我们美好的家园。

美好的家园　高晓峰摄

犹之惠风，荏苒在衣

——江南闲居篇

我躺在旷野的草地上

我躺在旷野的草地上
　　黑色的夜风将河水吹响
在这安谧的笼罩中
　　我闻到远处稻花的清香

天空那急匆的流星
　　为谁把道路照亮
恬静的夜空里
　　传来银河轻微的动荡

我觉得有人悄悄地走来
　　羞怯地站在高高的草旁
她的眸子闪出黝黑的光芒
洁白的衣裙
　　是黑暗中的一缕月光

寻月？月亮无声地浮上
　　黯淡了所有的群星
我心中的恋人
　　可在远方把我思念
我的月亮，你安闲地照吧
在你柔和的安慰中
露水打湿了我无边的思绪
却没有浸灭我心中的火焰

洁白的云彩　高晓峰摄

我如一团洁白的云彩
　　在暗蓝的天空等你
我如一团洁白的云彩
　　在不远的天空等你

给——

九十年代的新春
我却有一种古典的幽情
我享受着它那温馨的芳香
我沉醉在它那莫名的战栗中

一阵似恼又暖的和风
　　输入那朦胧的花心

你含香秀口吐出的语言
　　是那样的高雅迷人
我永远渴求的一种感情
　　强烈地将我们拉紧
我感到从未有过的力不从心

还记得那美丽的花园吗
　　月下我曾独自地回忆
那轻飘柔软的风
　　唤起我心中懵懂的恋情
那没有花叶的灌木
　　是一丛我寂寞的心

别像树一样保持自己的矜持了

一丛寂寞　姜晓云摄

春风已在你的青丝上绾上一层红云

你身影中那朦胧的羞涩

千万别再给我蒙上阴影

我对着这棵亭亭的树

已经献出了我的虔诚

思

——寄远方

还是那一回头的明眸，

似微风吹开沉空中的星斗。

浅河合着青水缭绕着走，

秋空的高远把一切出脱得令人颤抖。

什么精灵把这一切化成你目光中的轻柔，

使人觉得四季的变化丝样地随着你游：

包括这冷秋的清幽，

还有寒冬中那长长的等候。

中秋怀远

仰观太虚月转廊，俯听秋蛩幽意长。

已有凉风引诗绪，更多桂树送暖香。

秋空的高远　姜晓云摄

桂树暖香　姜晓云摄

中秋感怀

一

笙歌犹在响,残茶散余香。
明月桂花里,秋风思故乡。

二

故乡有人来,天净月华开。
争忆童稚事,言欢意已衰。

天净月华开　姜晓云摄

三

池塘月色满,落叶似飞仙。
夜静送来人,秋虫正呢喃。

四时咏怀

明道先生云:"万物静观皆自得,
四时佳兴与人同。"
予心有戚戚矣,感而作。

一

桃花丽白日,青翠浮云天。
燕随东风至,双双舞翩跹。
万物皆自得,心中有欢欣。
山水光影动,新景又一年。

二

辛劳数日后,酣然入梦乡。

佳兴自得　姜晓云摄

睡到自然醒，侧耳听鸟声。
清风去犹在，曦光暗复明。
世间相与乐，最是五月天。

三

秋香何处觅？桂子菊花黄。
抬头闻心语，感子雅意长。
相聚少言语，别后常怀想。
人生多风云，共此灯烛光。

四

北风吹日夜，天明方复歇。
相约同登山，山水已是闲。

浅草依稀绿，林木仍萧瑟。
寒鸦鸣不止，暖阳静无声。

戊子春节感怀三首
敬赠刘师梦溪

一

梅开花始盛，雪落水滋生。
心中常怀想，先生雅意长。

二

道深见赤子，文厚自沉雄。

红楼雪霁　姜晓云摄

曹陈家国意,马王域外中。*

三

更有陈先生,妙笔共驰骋。
春来穿花雨,秋至带香风。

*曹雪芹、陈寅恪、马一浮、王国维
为刘先生学术研究中关注的重要人物。

端午诗节和骆冬青教授

天下处处是网罗,怡然咏归在诗河。
行吟何必寻急湍,圣贤自古多悲歌。

附:骆冬青教授诗
绿苇裹米撒汨罗,诗种从来付天河。
可有龙舟竞激湍,迎风猎猎唱九歌。

回　家

　　刚到南京三个月,我就开始掂算自己的归程。然而公事私事的牵绕,使我始终不得成行。在其后的日子里,我开始抑制不住地想起家来。原本在头脑中早已熟稔暗淡了的家乡的山水顿时清晰起来,父母许多细微的神情举止也经常在我眼前定格回放。我思念起母亲烧的小鱼锅贴,水煮的或葱爆的龙虾,思念起父亲亲手种植

诗河　高晓峰摄

的黄瓜和西红柿,思念起家门前的老榆树和见了我亲热得恨不得跳上我肩膀的小黑狗。我思念家乡,家乡的一切在我的心中都在散发着光彩,都在深情地向我呼唤。终于我寝不安,食无味,害上了余光中先生所言的最难捱的思乡病。在一个落雨的傍晚,我在街头听到有人在用二胡拉唱:远方的人在思念你,亲爱的妈妈……我的泪一下子潮湿了我的眼睛。于是,我草草地收拾了自己的行李,决定回家。

走在进村的小路上,我像陶渊明一样,载欣载奔,觉得家乡的天空格外高远,身边的草木格外俊爽多情。自然的乡音,简朴的民居,自由的鹅鸭在水中自由地游动,一切的一切都在自然而然地生长呼吸,一切的一切都怡然而又自乐,我的放逐的心灵似乎一下子找到了潜居的场所。"则天成化,道同自然",难怪两千多年前的无比消极的庄子面对自然时,发出"山林与! 皋壤与,使我欣欣然而乐与"的由衷之叹。

父亲和母亲迎候在门前。他们见到我回来,赶紧迎上来,说你回来了,言谈中甚至还有点拘谨,但我从他们眼中看出了他们内心的欢喜。我大声说我回来了。乡邻们从自己的家中纷

道同自然　高晓峰摄

纷出来，我一一和他们打着招呼，他们说我白了，胖了，也洋气了。母亲也在仔细地端详我，一边听别人说一边不住地点头。我看到父亲慢腾腾地提着菜篮子从家门口向外走。

我和母亲在家里的院子中坐下来。我谈了自己在外的感遇，母亲则絮叨地说着家里家外的事情。正是傍晚时分，落日的霞光撒在母亲身上，母亲笼罩在一片灿烂的金黄中，显得慈祥而又无比的美丽。在说话中间，母亲不时地站起来，或是抓一把碎米喂急促归来的恋家的鸡，或是捧一捧稻谷喂笨拙的略带点傻气和稚气的鸭和扑扇着翅膀优雅地舞蹈着的鹅。有了这些小生灵和它们孩子气的叫声，院子里溢满了情感的芳香与美丽。母亲就这样不时地站起来，像是在迎接，也像是在检阅。

我也在享受着被迎接的、被检阅的光荣。我终于回家了！

春风沉醉的晚上

隐隐约约的月光下，春天的风总是轻轻柔柔地带着点温暖的气息，吹在脸上，如母亲轻微的呼吸，让人感受到母爱的博大与无微不至。风还温驯地卷起我的衣角，像儿童依恋在母亲

的身旁。我站在四周满是建筑的小镇中央，忽然想去拜访一个久违的朋友。他住在镇外。他爱自然。他的温存，他的气度，就像我看见的是镜中的自己。

镜中的自己　姜晓云摄

走在短直的石子街道上，两旁的行道树像浅黑色的篱笆，稀疏透出的月光，如白色的芬芳的花朵。风吹动杨叶，发出清脆的音响在朦胧夜色里流淌着，而街道则完全成了风的走廊。街上少有行人。如此绝妙的夜晚，我独自地走着，不感到一点寂寞，心中充满着惊奇与幻想。

我哼起轻快的小调，感到全身心的放松。在风的依托下，我过小桥，穿

公路，踏进了宽阔的原野。黄泥小路曲曲折折，平坦宜人。置身野外，仿佛那阴晴不定的月亮格外亲近，也格外地遥远；浓黑的麦田如凝固的铁汁，给它铸上一层厚重的底色。

友人的小屋是套红色的瓦房，四周散栽些杂树。它横在小路的尽头，和附近的几家错落的房屋构成了一个小小的村落。村口的池塘呈现出深不可测的神秘，废弃的水井如同巨人的眼睛，井架则像佝偻的老人垂手而立。

到了朋友家门口，我变动的心仿佛一下子沉静下来，敲门的手轻轻地放在门板上。转过头来，我向远处望去，斯风、斯月和满野的景物，都已沉醉在这早春的风里，汇入了月下的苍茫，化为一片宁静平和的存在。

良辰美景奈何天

黑色的大屋顶，如茵的草坪，花下树旁，三三两两的毕业生，成群结队地在拍照留念。随风而动的衣袍，随意而来的笑语，还有行人的注视和微笑。良辰美景，赏心乐事，在即将告别的刹那，总是显现出一种伤感的美丽。古老的校园，由于有了青春的身影，而变得生动；青春的身影，在红墙飞檐的衬托下，透着经典和永恒。

之前的论文答辩，再之前的身心俱疲的论文写作，再之前的对参考资料的寻寻觅觅，所有烦心的事情和记忆，逐渐被临近毕业的喜悦冲淡了，甚至了无痕迹，如同春梦，但一个场景，却越来越清晰起来，那就是刚入学不久时，文学院组织观看的一场戏。在昏暗的剧场里，所有的灯光都打在舞台上。舞台上唱些什么，我已经不大记得了，只记得是很稀有的昆曲，里面有一折《牡丹亭》。"雨丝风片，烟波画船，锦屏人忒看的这韶光贱。"这一句，由于我身旁一位同学的哼唱，而让我记忆犹新。他叫臧卫东，昆曲迷，也是本次活动的组织者。

我和他本不熟，只有不甚记得的几面之缘。但我越临近毕业，心中越是常想起他，有时在论文写作时，有时在访学的火车上，有时在看别人拍毕业照时。我不清楚，一个温柔敦厚的形象，一个不起眼的甚至有点革命化的名字，何以如此令我难以忘怀。后来，我才知道，忘不掉他的不止我一个，还有我们班的许多同学，还有他的导师……

都说十年寒窗苦，读到博士，已近二十年了，许多青春，都花在抄写记忆上，特别是对那些一心向学的人来说，许多生命的乐趣，都付与了青灯黄卷，以及实验室里的瓶瓶罐罐。还好，臧卫

姹紫嫣红开过　姜晓云摄

东除了好书之外，还喜好昆曲，喜好散步，喜好与人为善。他是个性情中人，只是，他刚读了一年半，就告别了人世间他所有的这些喜好。"原来是姹紫嫣红开遍，似这般，都付与断井颓垣。"

"良辰美景奈何天。"这是青春的祭奠，包含着曾经拥有过的美好。我相信，当我们穿起红黑帽袍，缓缓地走向毕业典礼礼堂时，臧卫东，我们儒雅的班长，一定会在天堂微笑。

一路芳华

在1998年那个略显炎热的春天，我来南京师范大学参加研究生复试。那时的宁海路还没有拓宽，仍保持着民国时期使馆区特有的宁静，绿树参差环抱，道路平坦悠长。当我一路寻觅前行，蓦地瞥见南京师范大学校门的时候，心中突然有了一种特别澄亮的感觉。

我慢慢地进入校门，穿过被桐荫覆盖着的甬道，来到被阳光照耀着的大草坪前，周边廊柱相连的古典建筑，各式各样盛开的花树，如茵的绿草，一切都显得生机勃发。一路上，我遇见了还在大量绽放新叶的古老的银杏树，深绿的池塘以及其时只有半边栏杆的曲折的桥、没有顶盖只有四根立柱写着圣人语录的亭子，还有中正得稍显谦恭的孔子塑像，其后是一棵风神潇洒的雪松树。我拾级而上，一级级地窥见到了文学院的黑色的飞檐、静谧的大屋顶、鲜亮的黄墙红柱，以及巨大的院牌和深深的门洞。山顶之上的文学院中大楼以无言的姿态，迎来了一个内心充满感动的年轻人。多年以后，我有幸听到了我的博士生导师刘梦溪先生的一句戏语，中大楼就像是一座庙宇，我们就像是参拜人。

的确，大学就像是庙宇，坐落于

人间却又连接着天地。好的大学因为充满着精神和信仰，联系着苍天和众生，所以精力弥满，朝拜者众，不远万里；劣的大学因为失去了精神和信仰，在现实利益面前变得患得患失，甚至蝇营狗苟，所以日益凋敝，门可罗雀，薪火不继。但大学是"像"却绝不是庙宇，大学需要拥有和培养的是能站得住的人，是有自由思想和独立精神的人，是食人间烟火的凡夫俗子和勇于济世的盖世英雄的多元结合体。大学的这些文化品格是确定不移的，却又是内在的、隐性的、无价的，如果我们非要赋予大学"价值"的话，可以把上述这些称为大学的价值。记得当初我走进文学院中大楼的门洞里，在灰暗的光亮里，首先看到的是鲁迅先生的一尊塑像，在塑像上，还有这样一行字："石在，火种是不会灭的。"

大学是一种独特的文化存在，具有深厚历史底蕴的大学，更是一种象征性的文化存在。一个街道、一座城市、一方天地，都会因拥有这样一所大学而变得优雅、沉静、闪亮。一所大学在穿越历史的成长过程中，只有对自身的文化价值有着更好的坚持、更多的积累，才会枝繁叶茂、遍体光华。2012年是南京师范大学建校110周年，欣闻学校在110周年校庆日期间，将为随园老人、清代诗人袁枚立像。

我想我会挑一个丹桂飘香的晴朗午后，从随园门口"诗"性的袁枚为起点，中途瞻仰德风园里"礼"性的孔圣人，最终抵达文学院中大楼里"硬"性的鲁迅。我想我会在人到中年的一路"秋"色中，重温十五年前的那个青"春"，在"春秋"的岁月变换中再次感受曾经的一路芳华。

一路秋色　高晓峰摄

大河中的飞鸟

我的家乡多河，有两条大河在老县城西十字交叉。据说以往丰水的季节里,不同来向的洪水汇聚而来,四处漫溢的河水,冲走的不仅仅是低矮的泥草房,还有一条条鲜活的生命。而到了秋天,水退草黄的时候,人走在大河曾经流淌过的河床里,所能看到的,是荒草中由脚踏出来的歪歪斜斜的小路,当然,还有草丛上起起落落的飞鸟。

小时候,听父亲讲,他小时候有一次跟父母走经河床的时候,不知不觉就进入了"雁阵"当中。那大雁密密匝匝,多得数也数不清;它们扑打着翅膀来来去去,"旁若无人"地引吭高歌。这时,只要他愿意伸出手来,就可以轻松地抱住一只;可面对比自己还要高壮的大雁,比流离的人群还要密集的雁群,他内心充满的,不是那种捕捉的渴望,却是一种发自内心的无端的恐惧。在那个战争不断的年代里,人的生命力,往往比不上一只有羽毛保护的小鸟。也就在惊恐之间,这群大雁就排好阵型飞走了。空中、地上和草里,只留下了许多凌乱飞舞的羽毛。

小时候的我,秋天的时候,傍晚时分,喜欢仰望天空,看大雁从天空飞过。这些雁儿,就像我当时读过的教科书上写的那样,一会儿在天上排一个"一"字,一会儿在天上排一个"人"字,优雅地前行。听着那洪亮的声音,感觉它们像是去一个幸福的地方做客,我的心里满是羡慕和喜欢。

不知为什么,我对天空中的飞鸟充满着感情。这也许受我母亲的影响。那时我们家门口有许多大树,比如杏树、核桃树、榆树、槐树、桑树,树上有各种鸟儿,还有它们的幸福的巢。有些比较顽劣的少年,还有一些口馋的中年人,就喜欢上树掏鸟蛋,或者用自制的弹弓打鸟。在一群兴奋的跟随者当中,这些"头目"总是显得很自负,像个司令官。可每到我家门口,都是被我母亲毫不客气地撵走,就像撵走那些在晒场上偷食吃的麻雀。

鸟儿的歌唱,是生命安详的象征,对那些历经苦难的父辈们来说,更是如此。可对我们这些孩子来说,虽然苦难刚刚过去,可毕竟才吃了一点点苦,而且开始有了宁静的生活和甜甜的向往,所以更不会去回忆什么过去了。而且我们一直认为,回忆是老年人的事,就像我们的父母、爷爷奶奶,经常对我们唠叨着过去的苦难,可他们的脸上根本看不出有那么难受,甚至有时还带着微笑和自豪。我们那时想得更多的,是去大河边看来来往往的船帆,看大人们在河里游来游去,同时嘴里贪婪地吃着他们从河里采上来的水生的果实。

我去大河边,还有一个隐秘的、说出来会被别人嗤笑的愿望,那就是看飞鸟。我一直认为,天空里的飞鸟

鸟儿的歌唱是生命安详的象征　高晓峰摄

是孤独的，大河中的飞鸟才是自在的。天空里的飞鸟，除了飞翔，就是不停地飞翔，可怎么也飞不出遥远的天空。大河中的飞鸟，除了可以在天空中自由地翱翔，还可以撑起双翅像树叶一样平稳地滑向水面。这些飞鸟们，捉食的本事也是相当高明的，当它们从天空滑向水面的瞬间，也就是它们带着猎捕的鱼儿幸福升空的时刻。大河这时也是可爱的，展示着它那波光粼粼的一面；大河这时还是恬静的，因为经过每年冬天的不断治理，它已经是一条令人放心的大河了。

　　大河中的飞鸟们在水面上的飞行时间一般很短，而且集中在清晨和傍晚。更多的时候，它们是在河滩的草丛里安静地憩息，或者在河坝的树梢上整理自己的羽毛。我们看过了船帆，看过了大人们的游水，吃过了他们采上来的水果，然后就是沿着河边不停地嬉戏奔跑。这种放肆的奔跑，经常惊动了在水边和树上栖息的飞鸟。它们"扑棱棱"地飞起，也不知是我们惊吓了它们，还是它们惊吓了我们。最难忘五月时分，河坝上种植的洋槐花都开放了，满树的洁白花朵，满河流的醉人清香。

　　自由如风的岁月，总在单衫年少时。随后，红尘给你的心灵蒙尘，岁月让你的身体超载。仿佛在转瞬之间，我们的天空已经看不到飞鸟，岁月的河流已经不再甘纯。记得我第一次路过长江的时候，正是春天。当时，心里想的是白居易的"日出江花红胜火，春来江水绿如蓝"，还有元好问的"寒波澹澹起，白鸟悠悠下"。虽然一切未能如意，但滔滔江水所代表的生命的宽度和涌动，还是给了我深深的感动。

哲人们说，生命就像一条大河。我想，那河中的飞鸟，就是自由生命的象征。而今，当我携家居住在中国第一大河边的古都金陵，每天清晨都可以听到屋后仙鹤山上传来的鸟儿动听歌唱时，都忍不住在想，这里有一种由衷的幸福！

后 记

想象江南的诗性与美丽,最早是从中小学课本选录的精美诗文中:"春风又绿江南岸,明月何时照我还";"南朝四百八十寺,多少楼台烟雨中";"从流飘荡,任意东西"。在衣食困窘的少年时代,江南的这份诗性与美丽,虽然可望不可及,却往往让自己沉迷,并育有一份诗情。

懵懵懂懂地走了不少人生弯路之后,有幸在1998年的春天来到古都金陵读研,用刚刚觉醒的主体精神,去拥抱生命中的春天。更有幸的是,遇到了刘士林先生,爱上了他的诗性哲学,跟随他走进了无比美妙的江南诗性文化之中。受此影响,我着手写的第一篇关于江南文化的文章,就是"江南话语丛书"新一辑中收录的《帝子词人李后主》,由于写得兴起,那天上课还迟到了,恰恰还是士林先生的课。记得士林先生问了一下缘由后,淡淡地说:"你今天可以不来上课的。"随着学习的深入以及学术兴趣所致,我在江南文化研究中,更多关注的是江南的学术文化思想。在导师石家宜先生、刘梦溪先生的亲切指导下,我的硕士、博士学位论文分别写的是刘勰的《文心雕龙》和钱基博的《现代中国文学史》。魏晋南朝和清末民初是江南文化发展的两个关键时期,刘勰和钱基博可谓是江南博学清言的学者的古今代表。

"江南话语丛书"是学术性、文学性和现代性兼具的一套读物,在第1辑中我也曾在刘士林先生、洛秦先生的主持下跑过"龙套",如今终于有了"独白"的机会,在此对二位先生的信任表示感谢。检视箧中,文章虽未大满,却曾呕心沥血、孜孜不倦,油然而生敝帚自珍之意。编辑此书时,正值学校寒假、春节将至。每当走进已露春意的校园,大隐隐于办公室,专心致志于每个文字的推敲 和每张图片的选择,骋目娱怀,不亦快哉!

感谢刘士林先生给本书改了个这么精当的名字,感谢南京师范大学文学院骆冬青先生长期以来精心的鼓励与支持,感谢高晓峰等好友为本书提供了诸多精美的照片,感谢胡友志、赵靖、周奕欣、葛妍婕、丁晗等南京师范大学校长学生助理团的师生对书中插图所给予的精细的修订,感谢书中摘引过的图文的作者们的精妙的玄思(如有未及标明之处请直接与本人联系),感谢夏楠、王晓静对本书的精准的编辑,同时也向所有人的所有关心和厚爱表示深深的谢忱!

姜晓云

2013年2月8日于南京仙林茶苑

修订后记

我们的江南文化研究和出版,始于2002年。当时我还在南京师范大学教书,洛秦也刚主持上海音乐学院出版社。大家在古都南京一见如故,遂决定携手阐释和传播江南文化,到今年正好是10周年的纪念。

10年来,工作一直没有停顿,大体分为三个阶段,略记如下:

在决定出版"江南话语"丛书后,我们首先于2003年8月推出了《江南的两张面孔》,当年的12月,又推出了《人文江南关键词》和《江南文化的诗性阐释》。这3种图文并茂、配有音乐碟片的小书,颇受读者青睐,先后几次重印。

2008年,在上海世博会来临之前,我们对全三册的《江南话语》丛书做了第一次大的修订,除了校订文字、重新设计版式、补充英文摘要,还增加了洪亮的《杭州的一泓碧影》和冯保善的《青峰遮不住的寂寞与徘徊》,使丛书规模从3种扩展到5种。

2012年开始,我们又酝酿做第二次大的修订,在原有5种的基础上,增加了《吴山越水海风里》《世间何物是江南》《诗性江南的道与怀》《春花秋月何时了》和《桃花三月望江南》,内容更加丰富,也记录了我们的新思考和新关切。在此,我们希望她能一如既往地得到读者朋友的喜爱。

最令人高兴的是,历经10年时光的考验,我们两个团队没有任何抵牾,而是情好日密、信任如初。在当今时代,这是很不容易做到的。仔细分析,原因大致有二:一是我们最初的想法不是用它赚钱,而是做一点自己喜欢的书;二是更重要的,10年来我们一起努力坚持了这个在常人看来颇有些浪漫和不切实际的约定。

记得在少年时代,第一次读到古人"倾盖如故,白发如新"一语时,我就为这句话久久不能平静。现在看来,"倾盖如故",我们在共同的书生事业里已经做到,放眼未来,"白发如新"也应该不是问题,因为我们在一起发现了江南的美,也都愿意做这种古典美的传播者和守护者。当然,我们也希望有更多的朋友参与这个过程,为中国文化的复兴和江南文化的现代转换贡献各自的力量和智慧。

刘士林

二〇一三年五月十七日于春江景庐薄阴细雨中

图书在版编目(CIP)数据

诗性江南的道与怀 / 姜晓云著. —上海：上海音
乐学院出版社，2013.6
 （中国风：江南文化丛书）
 ISBN 978-7-80692-874-5

Ⅰ.① 诗… Ⅱ.① 姜… Ⅲ.① 散文集－中国－当代
② 杂文集－中国－当代 Ⅳ.① I267

中国版本图书馆CIP数据核字（2013）第112479号

书　　名：诗性江南的道与怀
编　　者：姜晓云
责任编辑：夏　楠　鲍　晟
封面设计：钟　巧
出版发行：上海音乐学院出版社
地　　址：上海市汾阳路20号
印　　刷：上海天华印刷厂
开　　本：787×1092　1/16
字　　数：110千字
印　　张：14.5
版　　次：2013年6月第1版　2013年6月第1次印刷
书　　号：ISBN 978-7-80692-874-5 / J.834
定　　价：40.00元

本社图书可通过中国音乐学网站 http:// musicology.cn 购买